JN205637

星海社 FICTIONS

世界樹の棺

筒城灯士郎

Illustration／淵゛

星海社

世界樹の棺　目次

大嵐のなか、ひとりの少女が激しい雨に打たれながら、強風に煽(あお)られながら、土手のうえを必死に歩いている。彼女は全身ずぶ濡れになって、妹の名を繰り返し叫ぶ。川は水かさが増し、荒れ狂っていた。

少女はふと何かを見つけた。土手の斜面の途中のところ——濁流のすぐ傍(そば)に、ふたりの少女が倒れているのを発見した。悲鳴をあげて駆け寄る。妹を見つけたのだ。名を呼ぶが、反応がない。息をしていない。それどころか脈もなかった。

——間に合わなかった!

少女は泣き叫んだ。どうして、愛する妹が死ななければならなかったのだろう! この悲しみを、この怒りをどこへぶつければいいのか! 妹と一緒に倒れていた何者かが、呻(うめ)き声をあげた。こっちの方はまだ生きているのだ。どうして、どうして妹は死んだのにもかかわらず、この者は生き長らえたというのか。すぐ傍に大きな石が転がっていた。少女はそれを両手で持ち上げた。

このとき、彼女はもう正気を失っていた。彼女はその石を、妹と一緒に倒れていた、見ず知らずの者に振りかざした——。

——だがそのとき、その者が瞼(まぶた)をひらいて言ったのだ。

「……××さま？」

†

かつて
世界は巨人の放つ火焔に呑まれ
大樹は薙ぎ倒しになり
夜は不気味な光を帯びて
大地は海に沈んだという

それからどれほど経っただろうか
生き残った者の一部は
過去の技術を発掘し
大国を築き上げた

ある日
彼らは予言を受けた

『吸魂の巨人が
ふたたびその銀翼を広げ
最終戦争は
繰り返されるだろう
防ぐ手立てはどこにも存在しない』

大国の王はこれを受けて
民に命令を下した
『巨人の居場所を
突き止めよ
巨人を発見し
我が国の手中に収めるのだ』

†

ひとつ、またひとつと船は地に墜ちてゆく。

誰かが叫んだ。

「……くそっ、エヴァーハルトの艦隊までもが——我が国最後の希望が——散ったというのか！」

前方のビジョンにこの国最大の母艦が映った。
母艦は激しく炎上していたが、やがて、内側から激しい爆発が起きて、中央から船体が真っ二つに割れた。

その爆炎のなかから〈吸魂の巨人〉が姿を現した。
ヒートシンクの翼をゆっくりと羽ばたかせ——燃える空のなかを静かに飛行している。
凄まじい熱を纏い、周囲の景色をゆらめかせている。
すべてを焼き払いながら、確実にこちらへ迫ってくる。
ふたたび誰かが叫んだ。
「まずい。——このままでは〈傘〉が崩壊してしまう！」

世　界　樹　の　棺

第一章 引き金屋

〈引き金屋〉がやって来るまでの城内は平和そのもので、ベーリン王は隣国の王子をもてなし歓談をしていた。暖炉のまえにはマホガニー製の小さなテーブルが置かれてあり、それを挟んで向かい合わせにソファがセットされている。部屋の壁に掛けられたクリスタルの短剣が、東の窓から入った日差しにさらされ安らかに白藍(しらあい)色のきらめきを上げていた。

ベーリン王とオノーレ王子の会話は、はじめこそ政治や経済について触れていたものの、いまは外交的に重要ではないプライベートなことにまで及んでいる。

ベーリン王は自分の娘であるモコと、いま目の前にいるオノーレ王子とを婚姻させたいと考えている。そんなことは城に居るものなら誰でも知っている。街の民でも知っている。王子の父であるジャネーブ王と、ベーリン王は盟友であり、互いを一番信頼し合い、ジャネーブ王だって自分の息子と盟友の娘との婚姻を望んでいるのだ。そんなことは、隣国のパン屋だって知っている。

では、肝心のモコ本人はどう考えているのだろうか？

十七になったばかりのこの美しいお姫さまは？

王の隣に座って歓談に参加している彼女は、正面にいる王子のことを本当のところ、どう思っているのだろう？

――結婚したいって思っているのかしら？　……部屋の端（はし）で待機するメイドの少女にとっては、それが一番の関心事だった。

彼女はお姫さまのようすを窺（うかが）いたいと考えたけれど、どうにも位置が悪かった。さっきからずっと調度品と同化するようにして立っていたが、この場所からでは王子の顔を見ることはできるものの、お姫さまについてはその可愛らしいつむじしか見えない。

顔が見たい――どうしても。

メイドの少女は欲求にあらがえずに移動した――何食わぬ顔をして、さりげなく、そぉっと、貴重な書物がたくさん並んだ本棚のまえへ。

そしてお姫さまの表情をとらえた。彼女はいつも通りの優しく明るい笑顔で、特段変わったようすはない。

――たとえ顔をのぞき見たところで一人の少女の心の中なんて、その恋心なんて、どの国の誰にもわからないのだ。王様だってわかりっこない。それはありきたりな世界の秘密のひとつだ。

でもとにかくこの国は、この城は、平和そのものだった。王の後ろに待機している近衛（このえ）兵の男も、いまは腰にぶら下げたサーベルの存在を忘れているかのようにリラックスしていた。

とはいえ永遠の凪（なぎ）の季節なんてものはどんな世界にも存在しない。引いた潮（しお）が必ずまた満ちるように、平和もいつしか崩れ去るときがやってくるのだ。

それが今だった。

メイド長のミセス・ココシュカが部屋へと駆け込んできた。いつも冷静沈着なはずの彼女がなぜかあからさまに動揺していた。

「陛下……帝国より、ラインハルト代将がお見えになりました」

彼女が自らの役割を果たしてその言葉を言い終えたとたん、部屋にただならぬ緊張感が走った。

「〈引き金屋〉が？」

と引きつった顔で近衛が呟く。……彼は腰のサーベルのことをふいに思い出した。

「オノーレよ、もうしわけないが」

即座にベーリン王が隣国の王子に言った。

「ええ、わかっています。本日はお招きいただきありがとうございました。またお呼びいただけるときを楽しみにしています」

と王子は形式的なことをすばやく言って、立ち上がった。部屋を出る間際に一瞬、なにか躊躇するようなそぶりを見せたが、でもけっきょく彼は、そのまま黙って部屋を出た。

……このとき王子が自分の国へ帰ったものだと誰もが当然考えたが、しかしじつのところ王子は、すぐにはこの国から出ていなかった。王子はこの瞬間の政治的緊張を克く理解していたのだ。彼はこの国を離れなかった。他の者がそれに気づくのはまたしばらく後の話である。

「モコよ」

ベーリン王は最愛の娘に、まるで災害から逃がすように言った。「今すぐ、この部屋を出なさい」

お姫さまはそれに従い部屋を出ていこうとした——けれどそれは叶わなかった。

ラインハルト代将がこの部屋へと足を踏み入れたのである。

悲惨な出来事であるほどその前触れには気づきにくい——モコは廊下からまっすぐにこの部屋へと来たラインハルト代将と正面からぶつかりそうになって、ぎりぎりのところで互いに踏みとどまった。

「おっと……これはこれは」

ラインハルト代将は自分の胸の高さほどの身長しかないお姫さまをじっとりと眺め、ふとベーリン王へと視線を移して、「あなたの娘は美しくなりましたね」と言った。そしてまたお姫さまへと視線を戻し、その手の甲に形式的なキスをした。お姫さまの顔から笑顔は消えている。彼女はひとことも口をきかずに会釈を返して速やかに部屋を出ていったが、ラインハルト代将はその背中をしばらくのあいだ見つめていた。その間、彼が何を考えていたかなど誰にも想像がつかない。王でさえ、ただその光景を黙って見守ることしかできない。

ラインハルト代将は急に振り返り、ベーリン王の顔を直視しながら暖炉のまえまでやってきて、「よろしいか?」とソファを指さした。

「ええ、もちろんです、ラインハルト提督」

とベーリン王は返事して、互いに向かい合ってそこへ座った。

「急におしかけてすまないね」

ラインハルト代将はそう言って、ベーリン王の反応を確かめるように彼をみつめた。

「いえ、とんでもない。用件は？」

ベーリン王は不安を感じていたが、顔に出すまいと必死だった。

「条約の改定が決定したもんでね」

「改定ですか」

「ああ」

ラインハルト代将は黒革のブリーフケースから書類を出して、ベーリン王に見せた。「サインをいただきたい」

「……読んでもいいでしょうか？」

こわばった表情で王は訊(き)いた。

「もちろんだとも！」

ラインハルト代将はくだけた調子で言って、王に書類を渡した。「〈石帝善隣条約(せきていぜんりん)〉は、わが帝国とあなたの国との条約なのだ。好きなだけじっくりと読んでくれたまえ。あなたにはその権利がある」

ベーリン王は言われたとおりに書類を精査した。

〈石帝善隣条約〉とは、ベーリン王の治めるこの小さな公国と、強大な帝国との間で結ばれた不平等条約のことだ。王がみたところによると今回新たに加わる項目もまた不平等な内容であることに違いはないが、しかしすでにこの国は帝国に領事裁判権を認めているし、関税自主権だって失われているのだ……改定は些細なことだった。

「……了解した」

ベーリン王はそう言って、メイド長から羽ペンを受け取り、サインした。ペンを置いたとき、彼は内心ほっとした——本当にたいした内容ではなかったのだ。

「ありがとう」

ラインハルト代将は満足そうに頷いて書類を受け取り、ブリーフケースのなかへ丁寧にしまった。彼はメイド長が運んできたコーヒーにミルクを入れ、大量の砂糖を入れ、ゆっくりとかき混ぜてから、一口でいっきに飲み干した（一同はそれを固唾を呑んで見守った）。

とん、とカップを置いて、立ち上がる。

そして部屋をぐるりと見まわす。

部屋の隅で息を殺してようすを窺うメイドの少女はもちろんのこと、隙を見せまいと必死な近衛兵に対してもまるで関心がないようだった（近衛兵の男はこのとき、利き手を中途半端な位置——自分のお腹のあたり——にまで持ち上げていた。腰のサーベルに近い位置だ。彼の警戒心が無意識にそうさせたが、しかしサーベルを握るわけにはいかない。そこまでいけば「失礼」では済まされない。だから利き手は中途半端な位置にあった）。

「あれは？」

とラインハルト代将は壁に掛かったクリスタルの短剣を指さして訊いた。

「頂き物です」

とベーリン王は短く答える。

「クリスタルでできているのか」

「ええ」

「握ってみてもいいかね？」

「……どうぞ」

と、ほんの少しの間をあけてから、ベーリン王はそれを許可した。

「うん。素晴らしいな」

ラインハルト代将は短剣を握って、さまざまな角度からそれを眺めた。クリスタルの短剣はうえから見ると紙のように薄く、横から強い衝撃を与えればすぐに割れてしまいそうだ。実用性のあるものではない――むしろ使えないことによって「平和」への願いが込められていた。

ラインハルト代将は不意にそれを振った。――ぴゅゅっ、と小鳥の鳴くような美しい音が響く（この部屋にいる彼以外の全員が、内心ドキリとした。メイドの少女はあともう少しで悲鳴をあげて飛び上がるところだった）。

「危ないですよ、提督」

ベーリン王はぎこちない笑みを浮かべて、短剣を受け取ろうと手を出した。

「もしも人に刺されて死ぬのなら、こういう美しい剣で死にたいね」

とラインハルト代将は言って、ベーリン王に短剣を返そうとした……が、そのとき彼は手を滑らせ、クリスタルの短剣は大理石の硬い床のうえに落ちた——それをわざとやったかどうかは、彼本人にしかわからない。

ぱりん、と高い音が鳴って短剣が粉々に砕け、メイドの少女が「きゃっ」と小さく悲鳴をあげた。

「あぁ……なんてことだ！」

ラインハルト代将は両手を開いて大げさに驚き——ベーリン王のようすを窺う。王は床を見て呆然としていた。

「すまない。ほんとうに」

ラインハルト代将は心底詫びるような口調でそう言った。「高価なものだろうに」言いながらも王の反応を確かめるような目つきだけはそのままだった。「……そこのきみ、片付けろ」とメイドの少女に命令する。メイドはそこへ駆け寄った。

「ほんとうに申し訳ない」

と再び彼は王に言う。

「いえ……」

と王は我に返り、「事故です」と言葉を絞り出した。「……しょうがありません」そして床から目を離して、よろよろとした足取りでソファへと戻る。

「ところで、ベーリン王よ」

ラインハルト代将も向かい合うように座り、再びブリーフケースから書類を出した。

「また改定ですか」

と王が訊く。

「いや、さっきので終わりだよ」

とラインハルト代将はちいさく笑う。「念のため、重要事項のおさらいだ」そう言って彼はさっきのものとはべつの書類をテーブルの上にのせて、王に見せた。

「〈石帝善隣条約〉において最も重要なのは、あなたもご存じのとおり、第一条から第三条だ」

と彼は言って、書類のうえの該当する場所をとんとん、と指先でノックした。

そこにはこう書かれてある（とても重要な文言だ）。


第一条、石国の保有する「旧文明時代兵器」はすべて帝国へと供託する。

第二条、市民、軍人にかかわらず、石国の民が帝国の民へ危害を加えること、及び自由を拘束することは、いかなる理由があろうとこれを禁ずる。

第三条、以上の項目が守られている間、帝国は石国へは侵攻しないものとする。しかし違反した場合、帝国は石国を敵国と見做し、即座に軍事介入するものとする。

石国というのはベーリン王の統治するこの国のことだ。当然、王はこの条約を熟知している。

「見慣れた文章です」

とベーリン王は言った。

「よろしい」

とラインハルト代将は満足そうに頷いた。「……ところでベーリン王よ」

「なんですか？」

「飛行船からも見えたのだが、ここから南の、川を渡った向こうに大樹があるな？」

「ええ」

とベーリン王はそれを認めた（このとき彼は、目の前の男が世界で最も警戒すべき人間であることを思い出して、気を引き締め直した）。「あれはこの国では、〈世界樹の苗木〉と呼ばれています」

「ふむ。……その〈世界樹の苗木〉は、この国の領内だな？」

とラインハルト代将は質問を続ける。まるで尋問のようだった。彼が話し相手から目をそらすことは一瞬もない。

「ええ」

とふたたびベーリン王はそれを認める。――どうやら条約の改定よりも、こちらの話が本命のようだ。

「あの大樹は、中が巨大な空洞になっているそうだが」

「よくご存じで」

「……内部に、条約に違反するものはあるかね？」

「それは……どういう意味ですか？」

「まあたとえば、第一条には『旧文明時代兵器』をわが帝国へ供託することとある」

「じつは、それは……」

「あるのか？」

「いえ」

ベーリン王は目をそらすように下を向いて、ゆるゆると首を振った。「……わからないのです」

「わからない？　……あの大樹はこの国の領内なのだろう？」

「ええ。しかし、あそこには古代人形たちが住みついています」

「旧文明時代のからくりか」

「彼ら古代人形と我々人間は、なるべく関わらないように生きるというのがこの国の習わしなのです」

「そうか、なるほど……」

ラインハルト代将は納得したかのようにうんうんと何度も頷いた。「あなたはあの内部を把握していない、と言うんだな？」

「ええ」

「調査団を派遣したことは？」

「……ありません」とベーリン王は弱々しい声で言った。

ラインハルト代将はその目をじいっと見つめている……。

「一度もないのか？」

「ええ」

「ほんとうに？」

「……ええ」

「ふむ。そうか。了解した」

ラインハルト代将は王から目を離し、コーヒーのおかわりをメイド長に注文した。メイド長のコシュカがすぐにそれを運んでくる。ラインハルト代将はやはりミルクと砂糖をたっぷりと入れて、それを一口でいっきに飲み干した。

とん、とカップを置いて、立ち上がる。

「今からわが軍がそこを調査する」

ラインハルト代将は唐突に宣言した。

「え」

とベーリン王の表情が凍り付いた。「……しかし、あそこは」

「領内なのだろう？」

とラインハルト代将は有無を言わさない口調でふたたび訊いた。

「ええ、しかし……」

「ならば調査しないといけない。規則だからな」

「………」

「正直な話」

ラインハルト代将はまたくだけた口調で言った。——この空間内でリラックスしているのは彼だけだ。「私もあんな場所に行きたくはないのだ。しかし厳密にやらねば、陛下(へいか)が納得なさらない」

「そうですか」

ベーリン王は諦めたように立ち上がった。「では、私も同行しましょう」

「あなたも来るのか」

こいつは面白い、という表情でラインハルト代将は言った。

「ええ。私がいたほうがからくりたちとも話が通じやすいはずです」

「まあいい。……ところでベーリン王よ」

「なんですか」

「国の崩壊を見たことはあるかね？」

「いえ……幸運なことに、一度もありません」

「そうか。私は幸運なことに、この目で何度も見た」

ラインハルト代将は部屋を歩きまわりながら、とびきりの笑顔になって、演説するかのようにまくし立てた。「そのうちの一つはたった四ヶ月まえのことだ」王にむかって指を立てるジェスチャーをする。「モラコ公国は青海沿いの漁師の多い国で、あの海はじつに美しかった。世界でいちばん美しい海だったかもしれない——残念なことに条約違反を犯すまでは。……きみも知っているだろう？あの海を。あの海沿いの街並みを。……結ばれていた条約の内容は〈石帝善隣条約〉とは多少違うが、しかし守ることの難しいものではなかったはずだ。だがモラコは違反した——それを発見したのはこの私だ。これまで八つの国で同じような違反を見つけてきた。四ヶ月まえのそのときも、いつもと同じように、即座に私は命令を下した。わが艦隊から千八十二機の爆撃機が一斉に飛び出した——まるでパレードの紙吹雪のような光景だ。私の率いる艦隊と同規模のものが世界には全部で六つあり、そのすべてが規則に従いもはや敵国となったモラコめがけて舵を切った——全戦力で潰すというのがわが国のやり方だ——しかし、それはすぐに止まった。モラコを爆撃する作戦は二時間と十一分で終了したからだ。街は消えた。美しい青海は藻(も)がびっしりと広がった池のようになっていた――逃げだそうとした人々の死体でだ。モラコには二万八千六十二人の民が住んでいたそうだが一人残らず死んだ。わが帝国の領地となったしあの海は貴重なので再利用することになったが、私の軍が瓦礫(がれき)の撤去と山積みの死体の処理作業を終えるのにはまる四ヶ月もかかってまったく一苦労だったよ。……それが終わっていまようやくここへ来れたということに、私は感動しているのだ」

ラインハルト代将の異名が〈引き金屋〉であることは、世界中の誰もが知っている。
彼のその狂った信念を、世界中の誰もが知っている。
帝国の将官に――狂っていない者など唯(ただ)の一人も存在しないのだ。

「……さて。ベーリン王よ」
とふたたび彼は王に訊いた。さっきまでの笑顔が瞬時に消えて、口を真一文字(まいちもんじ)に閉じ、彼は嘘を見抜くための凍(い)てつくような視線でベーリン王を射貫(いぬ)いた。獲物を狩る目だ。人を見る目ではない。あるいは人の目ではない。まばたきすらせずに、表面的な言葉ではなく、王の生理的な反応を窺っている。「もう一度訊くが……この国に、条約違反はないかね?」

ラインハルト代将の持つ異能については誰も知らない。

帝国の六人の艦長には皆それぞれ異能の力が備わっているというが――それは〈未来や過去を見通す力〉であったり〈動物の声を聞く力〉であったり〈雷を落とす力〉であったり〈変身する力〉であったり〈人の心の中を覗く力〉であったりと噂されているが――彼が何の力を持っているのかについては、帝国の将官より上の者を除いて、誰も判らなかった。

「……条約違反など、ありません」

とベーリン王は嘘を吐いた。「調査団を派遣したこともありません」一国の王がいまにも泣きそうな顔になっていた。

「そうか。ならいいんだ。きみがそう言うのであれば――そういう言葉を返すのであれば、それが真実なのだろう。私はいっさい疑ってはいない」

と言ってラインハルト代将は王の肩に手を置いた――まるで父が息子を落ち着かせるような仕草だったが、こんなことで王の気がやすらぐわけがない――むしろ錆びついた鋼のヤスリを心臓に直接撫でつけられるように感じた。

「ベーリン王よ、第一条には『旧文明時代兵器』と書かれてあるが、べつに把握していないのであれば、たとえあの大樹のなかでそれが見つかったとしても問題にはしないよ」

「……そうですか?」

「ああもちろんだ。把握していないのなら仕方がないではないか。そのときにはわが軍がそいつを預かり、すみやかに撤収しよう。それで終わりだ。……ただし、第二条に違反した場合はそうはいかない。つまり、わが帝国の民がこの国の民によって傷つけられている事実が判明した場合だ」

ラインハルト代将は友人と話すような軽い口調で、その質問をした。

「……まさかとは思うが、死体なんか、隠してたりしないだろうね？」

「そんな、まさか……」

ベーリン王は泣き笑いのような表情でそれを否定した。「ありえません、絶対に」

「そうか、ならいい」

と言ってラインハルト代将はようやく王の肩から手を離した。「それではこれから、一緒に大樹へ向かうとしよう」

二人の話はようやくそこで終わった。

……ところで。

このときこの部屋の中には五人の人物がいた。ラインハルト代将と、ベーリン王と、近衛兵の男と、メイド長のココシュカと、メイドの少女だ。

このなかで最も重要そうでない人物こそが、後から見れば、じつは世界にとって最も重要な人物だった――それは今、砕けたクリスタルの短剣の破片を必死に拾い集めている――メイドの少女である。

彼女の名前は恋塚愛埋(こいづかあいまい)。

年齢はお姫さまと同じかすこし下くらいに見える。

身長はお姫さまよりも低い。

三年前の大嵐の日、城の裏を流れるマーレ川の河川敷にて意識不明の状態で発見された彼女は、記憶を失っていた。発見者にして王女であるモコが話をつけ、ベーリン王の温情によりしばらくの間、この城に無条件で置かれていたが、そのうち彼女は自発的にメイドの手伝いをはじめた。いまでは正式なメイドとなり給金をもらって、街のアパートの一室を借りて自立している。

彼女こそが、この物語の主人公だ。

第二章

ハカセとメイド

ある日のこと。

誰かが家のドアを叩く音でわたしは目を覚ました。

――どんどどん、どんどんどん。

わたしはとりあえず上半身を起こしたものの、ベッドから降りる気にはなれなかった。身体が重いし、ぜんぜん頭が回らないのだ。

「んー……」

いま何時だろう？　って思ってなかなかうまく開かない目とはっきりしない意識で、照明を落としたうす暗い部屋の壁掛け時計をじーっとみつめて時間を確認してみると――なんと深夜の四時だった。

――どんどどん、どんどんどん。

またノック。

なんでこんな時間に家を訪ねてくるんですか、わたし一人暮らしだしふつうに恐いんですけど、いったい誰がドアをあんなに激しく叩いてるんですか。……と、わたしは一瞬不安にかられたけれど、よくよく考えてみたらそんなことをする人物は一人しか思い当たらない。

「…………」

わたしはベッドから降りて玄関まで壁伝いによろよろと歩いて行って、ドアの向こうの人物に愚痴気味に話しかける。

「……何なんですか、ハカセ」

「おお、起きたか。相棒」

ひび割れた低音が返ってきた。やっぱりこの人だったか。

「相棒じゃありません。こんな時間になんなんですか」

「急用だ。恋塚、とりあえずこのドアを開けてくれ」

「嫌です」

とわたしはきっぱり言う。いまは下着姿だし、そもそも顔も見たくないし。

「じゃあいい」

とハカセはすんなり諦めて、話を続けた。「おまえ、図書館好きだろ？」

「まあ好きですけど」

なんなんですか、この時間にその質問。

「いまから行ってこい」

「そこまで好きじゃありません」

「なんだ。おまえの図書館愛はその程度か」

「深夜四時に行くほど図書館を愛する人なんていませんよ。というか、もしいたとするならその世界はたぶんディストピアです。わたしは過激なエロやグロや反社会的な描写や差別用語をガンガン連発するものを昼間に人前で堂々と読むことのできる、この世界のすばらしき自由を満喫したい人なんです。……ていうかハカセ、この時間はそもそも図書館開いてないですよ?」

「その点問題ない。開館してくれるよう、サロモンにはすでに話をつけてある」

サロモンさんというのは図書館の館長のことだ。

「ほんとうに?」

「ほんとうだ」

……つまりここへ来るまえはサロモンさんを起こしに行ったってことか。そんでもってサロモンさんはもう図書館へむかっていると。いくらハカセとわたしが図書館の常連といえど、そこまでしてくれなくたっていいのに、サロモンさん。

「なんてはた迷惑な」

「おまえが着くまで、サロモンはむこうで待っていると言ってたぞ」

「ひどい!」

謀(はか)ったな!

「そうか?」

ハカセはよくわからん、というようなニュアンスをごく自然に返してきた。まったくこの人ってやつは。

「……わかりましたよ。行きますよ」

ごねても仕方がなさそうなのでわたしは嫌々ながらも了承。するとドアの隙間から紙切れが差し込まれてきた。手に取って確認してみると、箇条書きで、意外にも端正な文字が綴られてある。

「なんですかこれ」

「リストだ。そこに書かれているものを調べてこい。そんで、それが終わったらおまえのバイト先にこい。わしは先に行って待ってる」

「へいへい」

わたしが適当なかんじで返事をすると、ハカセはそれ以上は特に何も言うことなく、別れの挨拶なんてものも一つもなく、その特徴的な足音を鳴らしてむこうへと去って行った。

ちゃっつん、ちゃっつん、ちゃっつん、ちゃっつん……。

「…………」

わたしは台所でお湯を沸かし、洗面台で顔を洗って、紅茶を淹れて、きのう買ったクロワッサンを口に詰め込み、紅茶で流し込んで、一張羅のメイド服に袖を通して、出発の準備を終えて部屋を出る。当然のことながらまだ外は日が出ていなかった。

「うぅ、暗い」

……なんとなく、長い一日になりそうな気がする。

✝

愛理メモ、その２８１。

〈世界樹の苗木〉……街はずれに立つ大樹。古代人形たちの住む世界。

愛理メモ、その282。

〈古代人形〉……旧文明時代に作られたからくり。人間とそっくりな外見をしている。

図書館へ行ってハカセからもらったリストを確認しながら、関連しそうな本を読み漁り、いつもいつでも持ち歩いているお気に入りの手帳に調べたことをまとめてがが書き込んでいく。わたしはなんでもかんでもメモを取る、メモ魔なのである。メモ魔としてこの街で名を馳せている少女、それがわたしこと、恋塚愛理なのである——いやべつに、名を馳せてなんかいないけれど。しいて言うなら、知る人ぞ知るってかんじだけど。

「……よし。だいたいこんなもんでしょ」

いつものように、〈愛理メモ〉をぱぱっと作成。

図書館でいろいろと調べているとあっという間に時間は過ぎるもので、一通りのことを調べ終えたころにはもうとっくに朝日が昇っていた。

「お腹すいたなぁ」

そういえばたしか今日は火曜日だ。ということを思い出す。火曜日ってことは広場で朝市が開かれているはずだ。どうせこれからお城にむかうのなら、食材を仕入れて持っていったほうがココシユカさんも喜んでくれるだろう……よし、そのついでに昼ごはんも調達しよう。

わたしはハカセの分まで館長に礼を言って、図書館をあとにして、いったんお城と反対方向へと街を闊歩。

西へ西へ。


石造りの街はさっきまで閑散としていたけれど、太陽とともにたくさんの人が家から出てきて通常運転。いやあ今日も賑やか賑やか。

〈ベーリン広場〉につくと、いつもはだだっ広いだけの空間に所狭しと屋台が並んで日よけのテントを張っていた。並べられているものはたくさんの果物や野菜やチーズ。真っ赤なリンゴに、濃い菖蒲色をしたブルーベリー。かわいらしい小ぶりのレタス、重量感のある巨大な円盤状のままのエメンタールチーズに、これまた重量感のあるブロックのままの生ハム。

選り取りみどりで、
色とりどりだ。

いつも通りの風景だ。

さて何が必要だったかしらと、色彩豊かなマーケットのなかをぐるりとねり歩いていると、肉屋のおばちゃんに声をかけられた。

「愛理ちゃん！　おはよう」

「おはようございます」

　わたしはメイド服のスカートをくいっと引っ張り優雅に挨拶。

「今日も可愛らしいわね」

「いえいえそんな……え、そうですか？」

「若い頃のおばちゃんにそっくりよ」

「わたし、将来、おばちゃんみたいになるんですか」

「なるわよ」

　とわたしの三倍は体重がありそうなおばちゃんは言い切った。

　……そのお肉は年齢とともにくるのだろうか？

　気をつけておかねば。

「これ食べていきなさい」

　と言っておばちゃんは極太のソーセージを皿に載せて渡してくれた。焼き立てですごく良い匂いがしている。いちおう試食扱いだけどすごいボリュームだ。

「ありがとうございます」

　と言って一緒に渡されたフォークを使ってその場で丸かぶりしようと思ったら……。

「ちょっと待って」

　とおばちゃんに止められた。「これかけてあげる」と言っておばちゃんがかけてくれたのは、炙ってドロドロに溶けた――ラクレットチーズだった。

でろろろぉ～。

「うわ、ありがとうございます」

重い。

重いぞ。

わたしはカロリーという名のホラーに若干怯え始めつつも、欲望を抑えられずにチーズのかかったソーセージをひとくちぱくり。

「………っ！」

むむ、これは。

「どう？　新商品なんだけど」

とおばちゃんが訊いてくる。

「おいしーです！」

とわたしはお世辞抜きに感想を言う。「肉汁とチーズが混ざり合って、しあわせのエントロピーが無限に増大しています！」

「あらあら、むずかしくてよくわからない表現だけど、ありがとう」

「ハーブがいつもより効いてますね！」

「そうなの！　よくわかったわね、さすがメイドさん」

「これ個人的にすごく好みです。たぶんココシュカさんも気に入ってくれるんじゃないかしら。というわけで、お城用にくださいな」

「まいどありがとう！」

その後もいろいろと必要そうなものを仕入れる。「愛理ちゃん、これおまけ」だの「愛理ちゃん、これも持っていきなさい」だのおっちゃんおばちゃんに愛されるわたしは、いつものことながらこのマーケットを出るころには大きな紙袋をいくつも抱えることになるのだった。

買い物するときに山盛りおまけしてもらえるのは、ずっとまえからのことで、いつもメイド服を着ているわたしは人に顔を覚えてもらいやすいのだ。メイド服サマサマ。


……そういやいま何時だろう？

と思って、〈ベーリン広場〉を出たわたしはちょっぴり北上して〈ルクト通り〉へ。通りを東へ行くとこの街の中心にそびえ立つ大きな時計台が見えてきた。

その名も〈黒猫が告げる時の鐘（シュヴァルツェ・カッツェ・グロッゲ）〉。

大昔からある石造りの時計台は、ちょうど十一時手前を示していた。なぜ十一時手前が「ちょうど」なのかと言うと、この時計台は毎時、五分ほどまえから大掛かりなからくりが作動するのだ。

わたしはこのからくりが大好きだ。

わたしだけでなく、通りすがりの人たちの何人かも足を止めてそれを見上げている。

「おっ、始まった」

と近くで誰かが呟いた。

そのとき、文字盤の横がパカリと開いて、中からからくりの黒猫たちが飛び出てきた。それぞれラッパを吹いていたり、太鼓を叩いていたり、シンバルを打ち鳴らしていたり、指揮をとっていたりと個性豊かだ。彼らは時計の外周を愉快に踊るようにして歩く。そのパレードがぐるっと一周し終えるころにはもう長針が「XII」の文字を指す間際——いよいよクライマックスだ。——きた。奴が、きたぞ。時計台のてっぺんに据え付けてある鐘の前に、ででん、とボス猫さまが登場。図体がやたらとデカく、眼光がするどい。修羅場をくぐり抜けてきたっぽい切り傷が頬にあるけれど、それは元からそういう彫刻なのかただ単に傷ついただけなのかが今となってはわからない。ボス猫さまだって年代モノなのだ。彼はグーなのかパーなのかよくわからない握り拳を作った右手をちいさく振りかぶり——不意をつくほどの素早さでもって——猫パンチで鐘を打ち鳴らした。

カーン、コーン、カーン、コーン——……。

鐘の音が街中に響き渡る。

十一時になった。

満足したわたしは時計台を背にして街のメインストリートをふたたび歩きすすめる。

東へ東へ。

この街のメインストリートには石造りのアーケードがずっとむこうまで延びていて、わたしはその下を通る。〈クリム通り〉に面したハカセの家が右手に見えるけれど、ハカセは先に城へむかっているらしいのでいまはとくに用はない——わたしはそこを通りすぎてアーケードから出て右手に折れて、道一本分南へ下り、〈ユルケ通り〉を横切り、この街でいちばん高い建造物のゴシック様式の大聖堂も横切って、いったん公園に入る。

街の南に面するこの公園は〈見晴らし台〉と呼ばれていて、その名の通り見晴らしが良いのだった。

わたしの住むこの箱庭じみた街はそれほど広くはなく、馬車を使うまでもなく端から端まで歩いて移動することができる。とはいえさっきいた〈ベーリン広場〉からお城まではほんとうに端から端までなので、運動全般が苦手なわたしの細腕はすでに紙袋の山を抱えることにちょっとダルくなっているのだった——目的地の城まではぜんぜん耐えられそうにない。

そういうわけで、

いつも通り、ここですこし休憩にしましょうか。

けっこうな広さのあるこの街随一の公園には、背の高い立派な木々が等間隔に植えられていて、この時期は全体的に深い緑色をしている。秋になれば葉は落ちて茶色い景観となり、冬になれば雪に染まって白くなる。その木々の合間合間に設置されたおしゃれなベンチにわたしは紙袋をおろす。

公園の南側は大きなバルコニーのようになっている。石造りのがっちりとした欄干(らんかん)に、わたしは手をかけ身を乗り出した。

――絶景だ。

崖(がけ)の縁(ふち)のぎりぎりのところにまでびっしりと並んだ家々の、レンガでできたその照柿(てりがき)色の屋根が可愛らしい。

その外側には若葉の緑と晴れた日の空の青を混ぜたような鮮やかな紺碧(こんぺき)色をしたマーレ川が静かに横たわっている。――このマーレ川はわたしたちの街の北と東と南の三方を囲うようにして流れているから、わたしたちの街はすこし離れた丘の上から眺めたときには、半島のようにもみえるのだ。

川の対岸には〈世界樹の苗木〉が静かに聳(そび)え立っている。

じっと見ているとすべての物と物との距離感がわからなくなりそうな、あまりにも巨大な一本の樹。枯葉色をした規格外の幹。雲より高い位置に深い緑色をした葉が茂っていて、それがあるせいで頭のほうがどうなっているのかわからない。

〈世界樹の苗木〉には古代人形が住んでいるらしい。

というか、ついさっき図書館でそれを調べもしたんだけど——古代人形というのはからくりの一種らしい。ってことは、さっきの黒猫たちみたいなものなんだろうか？

彼らは人とそっくりの姿をしていてほとんど見分けがつかないらしい。

しかもちゃんと会話とかもできるそうだ。

……旧文明時代の技術って、すごいなあ。

そうして〈世界樹の苗木〉をしばらく眺めて、そろそろ腕の疲れもちょっとはマシになったかなと思えてきたので、わたしは再びずっしりとした紙袋の山を抱えて城を目指す。

〈ユルケ通り〉を来た方とは反対方向へと横切り〈ティクカ通り〉へ合流。〈女神の泉〉を過ぎればもう城は目の前だ。

「おはよう、愛理ちゃん」

「おはようございます」

わたしは門番さんに挨拶を返す。門番さんは城門を開けてくれて、わたしはそこから城に入る。

お城の城壁は白にちかいクリーム色で、屋根はすこし青みがかったグレー。真上から見たシルエットはざっくりいうと長方形で、四隅と長い方の二辺の中点にそれぞれ四角すいと円すいの塔が付いている。シンプルで可愛らしいこのお城がこの小さな公国の主であるベーリン王の居城でもあり、わたしの職場でもある。

「あら。おはよう、愛理ちゃん」

中庭でココシュカさんに遭遇して声をかけられた。ココシュカさんはメイド長で、いちおうわたしの上司ってことになる人だ。といっても、この小さなお城で働くメイドはココシュカさんとわたしの二人だけなのだけど。わたしはいまは自宅からここへ通っているけど、ココシュカさんはずっと住み込みで働いている。洗濯から来客のもてなしから料理まで何でも完璧にこなす、わたしが心から尊敬できる人のひとり。

「おはようございます、ココシュカさん」

「買い出しに行ってくれたのね」

「ええ」

「ありがとう。助かるわ」

と言ってココシュカさんはわたしの両手から紙袋を全部引き取ろうとする。

「わたし、半分持ちますよ?」

とわたしは言ったけれど、ココシュカさんは「いいの。天王寺(てんのうじ)さんが休憩室で待っているから、愛理ちゃんは早く行ってあげて。わたしも後で行くわ」と言ってけっきょく全部受け取った。けっこう重いのにぜんぜん平気そうだ。さすがココシュカさん。外見は細身なのに、わたしと違ってなぜか腕力もあるんだよなあ。

まえに大きなクローゼットをひとりで移動させているのを目撃したことがあるけど、わたしにはぜったいできっこない。

……ちなみに「天王寺さん」というのはハカセのことだ。彼の本名は天王寺朧(おぼろ)という。ハカセのことをハカセと呼んでいるのは、じつはわたしだけなのである。ハカセは考古学に詳しくて、それはべつに仕事というわけではなく趣味でやっているんだけど、でも本業の方をほったらかしにしてそっちにのめり込んでいるので、わたしはそれを揶揄してハカセと呼んでいるのだ。

ハカセとわたしはべつに血がつながっている祖父と孫ってわけじゃないし、ただのご近所さんと言ってしまえばそれでおしまいの関係なんだけど、でもわたしたちはこの三年の間に色々とありすぎて——それは〈愛理メモ〉にも書ききることができない。そんなことをしたらお気に入りの手帳の残りのページを使い果たしてしまう。もったいないのでそんなことはしたくない。

まあいわゆる、腐れ縁ってやつですな。

お城の北端には礼拝堂があって、そのとなりにちいさな別棟が建っている。この別棟がわたしたちメイドの休憩室だった。お城にはもちろんちゃんとした応接間もあるんだけど、ハカセは『あの無駄にでかい空間と大げさなソファが落ち着かん』と言うので、彼はここへ来るときにはいつもこの休憩室を使っている。

ほとんど自分の部屋みたいなもんだし、わたしはノックもせずに木製のドアを開ける。

「おまたせしました、ハカセ……って、寝てるし！」

ハカセはわたしがいつも座っている席に勝手に座って、机に突っ伏して盛大にいびきをかいていた。

「ぐががががぁ」

ぎゃーっ。

わたしの席によだれでも垂らされたらひとたまりもないーっ。

「ハカセ、ねえハカセ！　起きてください！　……おい起きろ！」近くに行って、わたしはハカセの耳元で叫んだ。

「ぐがががが…………はっ」

するとハカセは〆られたときのウマズラカジキのようにびくりと全身を痙攣させて、目を覚ました。「……なんだ恋塚か」

「恋塚です」


「ここは夢か？」


とハカセは言う。どうやら寝惚けているらしい。あるいはついにボケ始めたかのどちらかだ。「現実ですよ」と後者の可能性にかけたわたしは（――これがせめてもの愛と）ハカセに介護人のような柔和な口調で教える。するとハカセはにやりと口角を上げて、「そうか良かった。じゃあもうひとつ質問だ」と言った。「質問ですか、なんですか？」とわたしは訊いた。

「人類が滅びるとして、その原因はいったい何だ？」

「………」

朝っぱらからずいぶん重い問答だ。

「そうですね……」

とわたしは少し考えて答える。「自然災害、とかじゃないですか？」

「なんて平凡な回答なんだ！」

とハカセは大袈裟（おおげさ）に嘆（なげ）いた。

「じゃあ戦争、とかですか？」

「平凡すぎてまた眠くなってきた！」

「正義のための行動を取った結果、そういう結果になることもあると思うんです」

「本当につまらん」

とハカセは言った。「あまりにもつまらんので、もう無理だ。わしは二度寝する」と言って、ハカセは本当に、また机に突っ伏した。

「寝るな！」

とわたしは叫んだ。

「………」

ハカセは顔を上げない。

「おい、起きろ！」

と言ってわたしはハカセの身体を揺さぶるけれど、ハカセはその揺れに合わせて額を机にこすりつけるだけだった……さいあく！

「えぇーっとそうですね……」

わたしはさっきよりももう少し考えてから、答え直してみた。「もしも外部的な要因ではなく、内部的な要因──つまり人類の行動の結果によって、人類が滅びるとしたら、それは正義みたいなものではなく、自己矛盾によるものかもしれません」

「……自己矛盾とはどういうことだ？」

とハカセは机に突っ伏したまま、くぐもった声で訊いた。「囚人のジレンマとか、そういうことをおまえは言っているのか？」

「いえ、そういう話じゃないです。矛盾というのは、集団ではなく、個人で完結するようなものです。それは正義の話をするときだって、同じだと思いますし」

「ふむ」

「でもわたしが言っているのは、むしろ正義とは反対のことかもしれないですね。正義って、誰かを守る、とかそういうことだと思うんですけど、それって強さの表れってかんじじゃないですか。わたしはむしろ、人類が滅びるとしたら、弱さに起因すると思うんです。だって、それこそ自殺なんて、強さというよりは弱さの表れってイメージじゃないですか」

「……飛躍していてよくわからん」

「プレッシャーのかかる大舞台が間近に迫っているとき、もちろん本心では大成功させたいと思っているにもかかわらず、『風邪をひきたい』とか『中止になってほしい』とかって思ってしまうこと、あると思います。それと同じで、生きたいのに死ぬ準備を進めてしまう人っていると思うし、恋を成就させたいのに自ら失恋に向かっていく人も……世の中にはいると思うんです。願うほどに辛くなって、自分のキャパシティを超えてしまう。極限状態でのその矛盾した行動って、人間らしくて——美しいじゃないですか。もしも人類が滅びるとしたら、その矛盾が起因になるべきだと思うんです」

その瞬間、がばっとハカセが顔をあげた。

「今のはじつは心理テストだ」

「心理テスト、ですか？」

「あぁ、お前のことがよくわかった」

「わたしの、何がわかったっていうんですか？」

「全部だ」

「え、全部？」

「お前はアレだな……非常に」

「非常に？」

「そう、非常に」

ハカセはそこまで言って、ふと思い出したかのように、「……あ、そうだ。本題に入ろう。こんな話はどうでもいいんだ！」と、これまでの流れをズバッと全部断ち切った。

「そんな、最後まで言ってくださいよ！」

とわたしが叫んで、わたしたちの朝の挨拶は、これにておわり。

「〈世界樹の苗木〉に異変があったらしい」

とハカセは本題を切り出した。

「異変ですか」

とわたしは首をかしげる。

「わしら人間は〈世界樹の苗木〉に住む古代人形と、できるだけ関わらないように暮らしている。むこうもそうだ。人間は〈世界樹の苗木〉には滅多(めった)なことでは踏み込まないし、古代人形たちも街へは滅多に降りてこない」

とハカセは説明してくれる。「とはいえ完全に断絶された関係でもなく、多少は交易(こうえき)もやっている。こちら側からは主に食料、むこうからは旧文明時代の遺品……等々。で、こちらの交易屋とむこうの交易屋は月に一度〈世界樹の苗木〉の麓(ふもと)で商談するわけだが、先月予定されていた商談の日にむこうさんはやって来なかった。古代人形というのはまるで時計のように決まった時間に確実に約束の場所へとやってくるものだし、これまで約束をすっぽかされたことなど一度だってなかったそうだ。これは奇妙だ、と思ったこちらの交易屋は暗黙の了解を破ることになるとわかっていながらも〈世界樹の苗木〉の内部をすこし覗いてみたそうだ……」

——そこに古代人形たちの姿はなかった。

「……この街の住人とほぼおなじ数が住んでいると言われているからくりたちの姿が、一体も確認できなかった」

とハカセは一気にすべてを話した。

「なるほどねえ」

と言ってわたしは頬杖（ほおづえ）をついて考える。

……確かにそれは、異変と言えそうだ。

「と言っても、〈世界樹の苗木〉の内部は広いし、交易屋は第一層までしか踏み込まなかった。これ以上は自分の仕事ではないと考えて引き返してきたそうだ。そういうわけで、『天王寺朧と恋塚愛理は〈世界樹の苗木〉を調査し、古代人形の交易屋をさがせ』との命令が国王から発せられた」

「えーっ！　勅令（ちょくれい）ですか」

とわたしはハカセのその最後の言葉をきいて驚愕した。

「そうだ」

「どうして……」

「あいつが言うんだから仕方ないだろ」

とハカセは昔なじみのベーリン王のことをあいつ呼ばわりして、ぼさぼさの頭をかいた。「正式な手紙が届いて封も開けていたのだが、しばらくほったらかしにしてしまっていた。そのことに気がついたのが昨夜なんだ。……でもまあ、王もいまは王女と一緒にジャネーブに旅行中だし、帰って来るまえに済ませてしまえば問題ないだろ」

「ハカセはともかく、なんでわたしも含まれてるんですか。わたし、ただのメイドですよ？」

「まえにその話を王としたとき、わしが『もしそれが決まったら恋塚も同行させてください報酬は要りませんがそれだけはお願いします』って言ったから」

「おい！」

なんて余計なことを。

「おまえがいたほうが色々と便利だからな」

便利屋扱いされてしまった。むかつく。

「えー、わたし、入浴のお手伝いとかできないですよ？　ハカセ持ち上げられないです」

とわたしは、カウンターを一発お見舞い。

「まだ自分で入れるわ」

とシンプルなツッコミが返ってくる。

「おしめも自分で替えられますか？」

「はいてないわ」

「ちなみにいつ出発する予定ですか？」

「今日。これから」

「ぎゃあ」

……なんかそんな気はしてたけど。

「わたしいちおう、これからメイドの仕事があるんですけど」

「その点大丈夫よ」

いつの間にか部屋に戻ってきていたココシュカさんが言った。「わたしが愛埋ちゃんの仕事も、きっちり全部やっておくわ」

「…………」

がびーん。

あなたがいなくてもこの職場は問題なく回るわよ、と言われた気がしてわたしはショックを受けた。ちょっぴりさみしい。

「愛埋ちゃんが頑張ってる姿を想像して、いつも以上に頑張るからね！」

……フォローまで入れられてしまって、さらにショック。

愛埋ショック。

「ココシュカはさすがだなあ。このちんちくりんとは出来が違う」

ハカセはココシュカさんをテキトーなかんじで褒めるためだけにわたしのことを外見込みでテキトーに貶し、こちらにむかってにやりと口角をあげて、わたしの肩にしわくちゃの手をおいた。

「そういうわけだ。これで心置きなく重大な使命を全うできるな、相棒」

「嫌です」

「愛理ちゃん、お昼はもう食べたの？」

とココシュカさんが訊いてきた。

「さっきマーケットでいろいろ頂いちゃいました」

とわたしは正直に答えて「ハカセは食べました？」とハカセに振った。

「わしはついさっきロッソのワインを呑みながらボンゴレビアンコを食べたぞ。こないだ教会のとなりにできた〈銀紅庵〉とかいう店で。けっこううまかったぞ」

とハカセは答える。この人昼間から呑んでるのか。

「じゃあ食後のお飲み物でもいれましょうか？　まだもうすこし、ここにいらっしゃるんでしょう？」

とココシュカさん。

「うん。出発まではもうすこしある」

とハカセ。

「お二人ともレギュラーでよろしい？」

「うん」とハカセ。

「すいません。ありがとうございます」とわたし。

「……そういえば恋塚、メモは取ってきたか」

と、キッチンへとむかっていくココシュカさんの背中を見送りながらハカセがわたしに訊いた。

「いちおうリストにあったものは」

と言ってわたしはお気に入りの手帳をスカートのポケットから出す。

「どれどれ」

とハカセが中身を確認する。

「……最初のほうは、見ないでくださいよ？」

とわたしは釘を刺す。

「ん。なにか恥ずかしいことでも書いてあるのか？」

と案の定ハカセは訊いてきた。

「乙女の秘密です」

と答えておくことにする。

「まあいい」

とハカセはすんなり諦めて、手帳を途中からぱらぱらとめくる。

「古代人形のことをこんなにも調査したのは、こういうことだったんですね……」

とわたしは独りごちる。

ハカセは黙々とメモを読んでいて聞いちゃいない。

わたしは急に手持ち無沙汰になったので、カチューシャを頭から外して弄る。そして、なんとなく顎にセット。

……うん。

フリルで喉(のど)がこそばゆい。

「なにやってんだおまえ」

とハカセからのツッコミが入った。

「ヒゲです。急に生えてきました。ホルモンバランスがやっべー」

「おぉ、ほんとうだ恋塚、大変だ。胸も萎(しぼ)んでいるじゃないか！」

「うるさい！　これは元からだ！　……もう読み終えました？」

とわたしはそのままの格好で訊いた。

「読んだ。相変わらずおまえの主観や口語がそのまま出ているメモだが、まあ問題はない。要点は摑めてる」

「というか、ハカセならそもそもその内容知ってたんじゃないですか？」

とわたしはカチューシャを頭に戻しながら訊いてみる。考古学マニアのハカセのことだ、このくらいの資料ならすでに目を通していてもおかしくない、というかむしろ、目を通していないほうがおかしい。

「もちろん知っていることばかりだが、おまえは知らないじゃないか」

「えぇーっ。じゃあわたしに勉強させるためだけに調査させたんですか」

「そうだ」

「ハカセが教えてくれればいいじゃないですか」

「めんどい」

「…………」

言うと思った！

「でもまあわしもこのメモを使う可能性はある。……恋塚よ、そもそもこの世の中に書き手の知らない情報が書かれたメモというのはただのひとつも存在しない。メモというのは大よそ再確認のために在るのだ」

「あっそ」

なんだか急に格言めいたことを言ってテキトーにあしらおうという魂胆（こんたん）がみえたので、わたしもすごくテキトーに相槌（あいづち）を打った。

……わたしとハカセのやりとりは、だいたいいつも、こんなかんじ。

そのときココシュカさんがトレイを手にして戻ってきた。

「はい、愛理ちゃん、天王寺さん。レギュラーです、どうぞ」

ココシュカさんはコーヒーカップをテーブルに置いて、「出発までゆっくりしていってくださいね」と言ってすぐにとなりの部屋へと移動して、掃除をはじめた。

わたしたちは二人そろって無言でカップを手に取る。カップに顔を近づけると香ばしい良いかおりがした。ひとくちゴクリ。――おいしい。やっぱりココシュカさんは何をやっても完璧だなあ。

「ねえハカセ」

わたしはカップを手にしたまま言った。

「なんだ」

ハカセもカップを手にしたまま答えた。

「ちょっと、気になることがあるんですけど」

「面倒くさくないことなら、答えてやってもいいぞ」

「ハカセのそのレスポンスがもうすでに面倒くさいんですけど。……〈世界樹の苗木〉に住んでいる古代人形って人の姿に似てるんですよね？」

「ああ」

「それってどのくらい似てるんでしょうか？」

「わしも実物をみたわけではないが、かなりそっくりにできているということは交易屋から聞いたことがある」

「服は着てるんですか？」

「もちろん」

「じゃあ服の下も、わたしたち人間とおなじようにできてるんですかね？」

「たとえば？」

「たとえば、えーっと……性器とか」

後半のほう、ちょっと声がちいさくなってしまった。

「性器は間違いなく本物のようにできているはずだ」

ハカセはいつものでかい声で答えた。「そもそも古代人形の外見が人間に酷似しているのは……人の代替というか……そ、う、い、う目的のために発達した、という説がもっとも強い。……おまえなら、ほら、よくわかるだろ？」

「ほへー。なるほどーぉ」

と納得してわたしはカップにくちをつけて、中身を一気に飲み干した。「……わたしにはよくわかりませんケド」

「急にキャラを取り繕うな」

ハカセもカップにくちをつけて、同じように飲み干した。

わたしはカップをテーブルに置いて言った。

「ねえハカセ」

「なんだ」

ハカセも同じようにして答える。

「古代人形って、人とぜんぜん区別がつかないってことですよね？」

「さすがにそこまで似てるかどうかはわからん。よく似ているとは言っても、じっさいにこの目で見てみたら——視線がどうにもおかしいとか、声の質が奇天烈だとか——金属臭がすごいとか——細かな点で違和感を覚えるかもしれんしな」

「でももし人と区別が付かなかったら……」

「付かなかったら、なんだ？」

「わたし思うんですけど……」

「はやく言え」

「——じつはわたしたちの住むこの街に、すでに、こっそり紛れていたりしません？」

ハカセはわたしのその言葉を聞いた瞬間に咳き込んだ。

「かはっかはっ……げほげほっ、こほん」

「なにやってんですか、ハカセ」

「こほん。げほん……ゲホゲホゲホゲホ」

「……………お、おじいちゃん、だいじょうぶ？」

若干こちらが心配になるくらい猛烈に咽せていたハカセは、こちらに手をひらひらさせて平気平気と合図して、呼吸を整えてから、「それじゃあまるで旧文明時代のフィクションだな」と言った。

「たしかに旧文明時代のフィクションですね」

「人が住んでいる街に、人そっくりなからくりがこっそり紛れてるだって？　そりゃ大変だ！　……恋塚、おまえ、本の読みすぎだ」

「そうですか？　……まあ確かに、図書館へは通いつめていますけど……って、それはハカセも同じじゃないですか」——わたしとハカセがはじめて出会ったのは図書館だ。「というか、『人が想像できるすべてのことは、実際に起こりうる』って昔の人が言ってましたよ？　昔の技術ってとんでもなく凄いんでしょ？　とすれば、あり得ないことじゃないじゃないですか」

「そりゃまあそうかもしれんが……しかし〈世界樹の苗木〉の麓には関所がある。その関所はかなり厳重にやっているから、古代人形がこそっとこちらへやってくることは不可能だ」

「ふーん。じゃあその逆も無理なんですね？」

「逆？」

「人間がこっちからむこうへ行くとか」

「それもまあ無理だな」

「一人も？」

「一人も。いけるのは決まった交易屋だけ。そいつらもちゃんとみんな帰ってきてる」

「じゃあハカセ」

「なんだ」

「交易の内容って、むこうからこちらへは旧文明時代の遺品、こちらからむこうへは食料なんですよね？ ……どうして人のいないはずの〈世界樹の苗木〉は、食べ物を要求するんでしょうか？ それって、おかしくありません？ からくりなのに、わたしたちと同じもの食べるんですかね？ ハムとかチーズとかパスタとか？」

「そうだな……」

ハカセはボサボサの頭をがしがしと掻いた。考え事をするときのクセだけど、ふつうにフケとか飛んでくるので、わたしはちょっと身体を引く。

「彼ら古代人形にはたしか、自己学習の機能があったはずだ。知識欲を人工的に組み込んであるんだ。だから彼らにとって人間の食べ物は研究対象なんじゃないかな。だって、おまえが言うように、からくりたちが人間と同じものを食べたり飲んだりするとは考えにくい」

「エネルギー効率悪そうですすもんね」

「まあな」

わたしたちはたどり着いた結論になんとなく納得して、すこしのあいだ無言になる。

壁掛け時計のカチカチという音がきこえた。

ココシュカさんがとなりの部屋から戻ってきて、テーブルをみて言った。

「あら、お二人とも飲み終わったのね」

「ええ。美味しかったです」

「おかわりいる?」

「うーん……どうしようかなぁ」

わたしはちらりとハカセを見た。

「もらおう」

とハカセは答える。

「じゃあわたしもください」

とわたしも答える。

「お二人ともレギュラーでよろしいかしら?　それともべつのものにする?」

とココシュカさんが訊いた。

「じゃあわたしはアメリカンで」とわたしは答えた。

「じゃあわしはハイオクで」とハカセは答えた。


「かしこまりました」

と言ってココシュカさんはキッチンへと向かっていく。高価なハイオクを頼むだなんて、ハカセはどこ行ってもぜんぜん気をつかわないなあ……まあ、いつも通りだけど、とわたしは考える。

「あ、ココシュカさん」

とわたしはココシュカさんの背中に言って、彼女を呼び止めた。

「どうしたの？」

とココシュカさんは振り返って、訊いてくる。

「やっぱり、わたしもハイオクで」とわたしはちょっと照れながら、彼女に言った。

「はいはい、愛理ちゃんもハイオクね」

「おねがいします」

「はーい。ちょっと待っててね」

ココシュカさんはにこりと微笑んで、部屋を出る。

チックタックと壁掛け時計の秒針が鳴った。

「おまたせしました」

しばらくしてココシュカさんが、トレイを抱えて戻ってきた。トレイのうえには二つのコーヒーカップとポリタンクが載っている。

「いま淹れますね」

と言ってココシュカさんは〈赤い握り手がついた二股の手動のポンプ〉を手に取って、二股の片方をポリタンクに、もう片方をコーヒーカップに差した。

しゅぽ、しゅぽ、
しゅぽ、
しゅぽ……。

という音とともに香ばしい良い匂いが部屋に充満する。

「はいどうぞ」

ココシュカさんは手際よくハカセの分を淹れた。

「どうも」

と言ってハカセは満足気にカップを受け取る。

「次は愛理ちゃんの分ね」

と言ってココシュカさんはわたしの分も淹れ始めた。

しゅぽ、しゅぽ、
しゅぽ、しゅぽ、

しゅぽ……。

要領よくコーヒーカップにそれを注ぐと、ココシュカさんは「それじゃあごゆっくり」と言ってまた部屋を出て行った。

「「いただきます」」

わたしとハカセはカップにくちをつける。瞬間、くちの中に上品な香りが広がった。——うーん、やっぱりハイオクは華やかだ。もちろんレギュラーにはレギュラーの良さがあるけれど。あっちには独特のコクと苦味があって、でも後味がすこしくどい——いわゆる雑味が強いのだ。でもハイオクはあっさりとしていて飲みやすい——まるで水みたいに澄み渡っている。どんな嗜好品でもそうだけど、最終的に品質の高低を決定するのは、やっぱり口当たりの良さなんじゃないか——とわたしは思う。

「やっぱりハイオクはおいしいですね」

とわたしはハカセに言った。

「うまい。でも、ただうまいだけじゃない」

とハカセは補足した。「レギュラーのときよりも、こっちを飲んだあとのほうが、身体の調子が良くなるというか、軽くなる気がする。たぶん、ビタミンとか豊富なんだろうな」

わたしとハカセはカップの中身を飲み干して、席を立った。

「さて、からくりたちを探しに大樹へいくぞ」とハカセが言った。

出発のまえにわたしは城のとある部屋に寄った。そこにはこの時期使われていない暖炉があって、暖炉のまえにはマホガニー製のテーブルがあって、それを挟むようにして向かい合わせにソファの置かれた……来客をもてなすのに使う部屋だ。

一番きれいな塵払い（ちりはら）でクリスタルの短剣の埃（ほこり）を払う。一年前にこの役目を王さまから任されて以来、これだけは欠かすことの出来ない日課だった。クリスタルの短剣は南の窓から入った光にさらされ空色に輝いている。この短剣はジャネーブ王から永遠の盟友の証として贈呈された、この国の国宝のなかでも特に大切な一品なのだ。「割らないように気をつけてくれよ？」「任せてください。……でも、もし割っちゃったら？」「処刑する」「えぇーっ！」……王さまは冗談っぽく言っていたけど、じっさいのところあの目は本気でしかなかった。もしもこの短剣を誰かが割ったら、確実にその人は処刑される……と、わたしは本当にそう思う。

ココシュカさんに「行ってきます」と挨拶をしてわたしたちはお城を出発。お城の裏側には二本の石造りの橋があって、それぞれ〈ウートア橋〉と〈ニーエック橋〉というのだけれど、どちらも老朽化していて危険なので今は封鎖されている。なのでわたしたちは一度街を西へ歩くかたちで迂（う）回（かい）して、南の〈キフェルト橋〉を目指すことにした。

「きょうもこの街は平和そうだな」

ちゃっつん、ちゃっつん、と独特な足音を響かせながら、ハカセはぽつりと呟いた。

「ハカセは平和なの、好きじゃないんですか？」

とわたしは社交辞令的に訊いてみる。

「平和なのも平和じゃないのも嫌いじゃないが、平和ボケは好きじゃないな」

とハカセは答えた。

「ふぅーむ」

……意味深だ。

「帝国が」

ハカセは独り言のように言う。「また、新たに旧文明時代兵器をよみがえらせたらしい」

帝国といえばたしか、旧文明時代の技術を再興することにやたらと熱心な国だ。いまこの世界でもっとも力を持っている国。そのくらいはわたしも知っている。

「それって危険なんですよね？」

「ああ危険だ」

「どこかに使う可能性ってあるんでしょうか？」

「さあな。わからん。戦略上使う必要なんてないはずだが、しかし使う理由をもっている奴はいくらでもいるだろう」

「…………」

わたしはちらりとハカセの横顔を確認する。いつも気難しい顔をしているけど、いまはいつも以上に難しい顔をしている気がする。

ハカセが意味深なことを言ってこういう顔をするときは、わたしはそのときの話題について真剣に考えたほうがいいときだ。わたしの考えが及ばないことをハカセはいまこの瞬間に考えている。そのくらいのことは経験的に知っている。わたしはわたしが無知であることを知っていて、ハカセはそのバロメーターなのだ。

わたしはちゃんと考えてみた。

この国が帝国と戦争をすることってあるのだろうか？　わからない。もしも戦争することになったらどうなるのだろうか？　……それはだいたい予想ができる。この国が帝国にかなうはずがないのだ。わたしの住むこの国はあまりに平和で、犯罪と言えば大きなものでも去年ニンジン泥棒が出たということくらいに平和で、でもこの平和が崩壊するとしたらそれはもう帝国との戦争以外の可能性がないといってもいい。帝国が他国を壊滅させたといううわさはときどき耳にする――相手国はただの更地(さらち)になったそうだ。おそろしい。たぶん、帝国と戦争になるということは、隕石が落ちるようなものなのだ。

……ん？

いま何かが引っかかった。

よくよく考えてみると、というかよくよく考えなくても、わたしたちはすでに具体的な危機に瀕(ひん)

している。そんなことはもうみんなとっくにわかっている。でも、じゃあなにかの対策をしているかというと、なにもやっていない。なにもできないような気になってしまっているのだ。わたしたちは事が起きるまで、何をしていいのかわからない。未来を想像する努力をせずに、ただただ日和見をしている。

あぁ。

これは。

そう。

——まるで待っているようじゃないか。その時がくるのを。

うん。はっきりした。

いまさっき「隕石が落ちるようなもの」ってわたしは考えたけれど、この比喩こそが平和ボケを表していると言ってもいい。

具体的な危機に瀕しているにもかかわらず、それが人工的なものであるにもかかわらず、相手が人であるなら必ず何らかの解決法があるにもかかわらず、きっと何か、わたしたち国民にもできることはあるはずなのにもかかわらず——。

まるでわたしは、それを自然災害のように捉えてしまっているんだ。

「……ふふふ」

「どうした？　しばらく唸っていたかと思うと今度は笑いだして」

「……」

見られていたのか。

「ハカセって背、低いですね」

「おまえもそう変わらんだろうが」

「いいえ、わたしは成長期なんですよ。……ぐんぐん伸びますよ？」

†

難しいことを考えているとと、あっという間にわたしたちは〈世界樹の苗木〉の麓に到着していた。

関所には石造りの塀（へい）が築（きず）かれていて、世界樹内部への入口を囲っている。塀に使われる石の色はチャコールグレーで、その色彩のもつ重量感からかお城の塀より頑丈そうに見える。真後ろにある大樹のせいでちょっと感覚が狂うけれど、お城のものよりこちらのほうが背も高いように思える。

「国王さまの許可なき者は、ここを通せぬ」

剣で武装した兵士さんが、わたしたちのまえに立ちはだかった。

ハカセが薄汚れて灰色になった白衣のポケットから書簡を取り出し、兵士さんに見せると、「失礼した」とだけ言って兵士さんは門を開けてくれた。
「ありがとうございます」
とわたしは兵士さんに言って、わたしたちは門をくぐる。入ってすぐのところに石造りの小さな建物があって――それは人間と古代人形の代表者たち――つまり交易屋たちが商談をするためのスペースだった。ちらっとなかを確認してみると、城の応接間を簡素化したようなひと部屋で、もちろん誰もいなかった。

建物の横を抜けてまっすぐ歩くと、〈世界樹の苗木〉の樹洞(じゅどう)が大口を開けてわたしたちを待っていた。

近くで見てみると何本もの大木が絡み合っているようにみえる――でも学者が調べたところによると、じつはこれら全部が根っ子で繋がっていて、一つに纏(まと)まっているらしい。何本もあるようにみえて、あくまで一本の巨大な樹なのだ。

この樹を最初に発見し、〈世界樹の苗木〉と名付けたのはいまを遡(さかのぼ)ること数百年まえの探検家たちで、それは二人組だったらしい。探検家のひとりが『これほど大きな樹なのだから、この樹は世界樹に違いない』と言うと、もうひとりの探検家が『いやいや。確かにこの樹はとても大きいが、しかし世界樹というのは世界を包括するような存在のことを言うのだから、そう考えるとまだまだこの程度では小さすぎるではないか。おそらく、本物の世界樹から離れた枝が大地に定着した新たな株、つまり〈苗木〉といったところだ』……この探検家の捻くれた発言で、いまの呼び名が決定したらしい。ほんとうかどうか、わからないけど。

樹洞をじっくり見ていると、なんだか意志をもって獲物を待ち受けるお化けのようにも思えてきて、子供のころに時々感じた未知への恐怖が、すこしだけ蘇る。

わたしたちは自らそれに飲み込まれてゆく。

闇のなかへ――。

わたしは思う。

樹洞といえばふつう、そのなかを虫なんかが住処としていたりするものだけど、まさかこの樹のサイズに合わせたでっかいやつがいたりなんてしないよね？

もしも人間サイズの大ムカデが壁を這いずり回ってたりなんかしたら、たとえ命を取られなかったとしても、一生もののトラウマになると思うのですが。

「ハカセ、ここからさきは暗くてよく見えなさそうです」

「ちょっと待ってろ」

ちかくでマッチを擦るシュッという音が聞こえて、ハカセが燭台に火を灯した。「……これで見える」

ぱっと見、大ムカデはいなかった。

入り口は大きな穴だったけれど、むこうへ行くほどだんだんと狭くなっている。

「ずっとこんなかんじなんですかね？」

とわたしは歩きながら、となりのハカセにむかって訊いた。

「すぐのはずだ」

とハカセは短く答える。

それは本当だった。

途中で二回曲がったあとしばらく直進していると、むこうから光がみえてきて、わたしたちはひらけた場所に出た。


〈世界樹の苗木〉の内部――。

そこはゴシック建築の教会のなかに近いような空間。でもこちらのほうが遥(はる)かに広い。天井が異様に高く、〈世界樹の苗木〉の枝(――というか、もはやここに居るあいだは、壁と言ったほうがいいかも?)の隙間からスケールの大きな木漏れ日が差している。なかにはちゃんと光が届いているのだ。

ここは植物のなかだというのにまたべつの植物が自生している。実をつけたふつうサイズの木も生えているし、草も生えているし、色とりどりの花も咲いていた。

正面のずっとむこうのほうには、この層の天井と思(おぼ)しき位置から、大きな滝がながれ落ちていた。

――ちょっと、信じられない光景だ。

「すごい。きれー」

家から歩いて来られるところに、こんな場所があっただなんて――。

わたしたちはしばらくその辺を歩き回ったけれど、植物と昆虫以外の生き物には出会わなかった。

「どうやら、誰もいないみたいですね」

「うむ。この下層には古代人形たちは居ないようだ。まあ事前に聞いていたから、ここまでは予想通りだが」

「上層も探索するんですか？」

「ああ。〈旧市街地〉とやらが、ここの最上階にはあるはずだからな」

「これを登っていくんですか？」

と言ってわたしは階段を見上げた。丸太を半分に割って断面を上に向けて並べた原始的なものが、〈世界樹の苗木〉の内壁をなぞるようにして、ぐるりと緩やかなカーブを描き、遠く高い場所まで果てしなく続いている。

「これしか上に行く方法が見つからんし、仕方あるまい」

と、一緒になってそれを見上げていたハカセが、こちらに視線を戻して言った。

「登山ですよ、これ。かなりハードな」

「上へ行ったら飯にしよう。つまりピクニックだ」

木製の階段を体力のない二人がぜーぜーはーはー言いながら登り、途中の開けた場所で滝を見ながら間食をとって、そしてまたわたしたちは階段を登る。

もうすこしで滝の頭の高さだ、と思えてきたとき、階段の端にたどり着いた。

「ここからさきは、これを通るらしいな」

ハカセは横穴をみて言った。入り口にあったのと同じようなうす暗い通路がむこうへと続いている。

シュッと、マッチを擦る音が鳴って、ハカセはふたたび燭台に火をつけた。

周囲を枝で囲まれてできたトンネルは、さっきよりも複雑だった。

うねうねと曲がりくねっているし、急な勾配もあるし、なにより困ったのは頻繁に現れる分かれ道だ。

「……どっちに行きます？」

「どっちでもかまわん」

「でも、戻れなくなるかもしれませんよ？」

「わしらはすでに迷子だ」

「ねえハカセ。……このままこの迷宮のなかで夜を迎えたらどうしましょ？」

「それは考えないほうがいいぞ、相棒」

方角がわからなくなったまま、進んでいるのか戻っているのかもわからないまま、わたしたちは迷路のなかをさまよい歩く。

もしも、もうしばらくの間ここから出られなかったら、この狭い通路で睡眠を取らないといけなくなるかもしれない。そうなってしまったら最悪だ。さっきから何度か足の多い虫とかおなかがぷくっと膨れたクモと出会っているのだ。ここで寝るなんて勘弁してほしい。……そういう焦りがわたしの足下から首元へとじりじり迫り上がってきてだんだんと息苦しくなってきたそのとき——ようやくわたしたちは迷路を抜けることに成功した。

「出ましたよ、外ですよ、外」

「ようやく抜けたな。まあまだ世界樹の内部であるには違いがないが」

下層ほど天井が高くはないけれど、広い空間だった。

「あれ見てください」

と言ってわたしはむこうに指をさす。

そこには木造の家があった。しかも、いくつも並んでいる。

「……ここが〈旧市街地〉なんですかね？」

とわたしは口に出してはみたものの、市街地というよりはなんだか、「村」ってかんじだ。寂れた村。

「そうかもしれんし、そうでないかもしれん。とりあえず探索しよう。古代人形がいるかもしれん」

ためしに家のドアを開けてみると鍵は掛かっていなくてすんなり開いた。なかを覗いてみるけど古代人形のようなものはいない。家のなかは生活感で溢れていて、キッチンの壁には底の一部が焦げて黒くなった料理鍋が掛けられている。

「やっぱり彼ら、わたしたちと同じようなご飯、食べてるんじゃないですか？」

「まさか。料理も研究対象なだけだろう」

ハカセは頑なに認めない。


家から出て庭にまわると、木造のちいさな小屋があった。どうみても人が入れるサイズではない。

「これって、犬小屋じゃないですか。古代人形ってペットとか飼うんですかね？」

「たしかにそれっぽいものを作ってあるが、しかし、肝心の犬がどこにもいないじゃないか」

家と家の間には花壇があって、可愛らしい花が咲いていた。

「古代人形って、花を愛でたりするんですかね？」

「あくまで興味から人のまねをしてるんだろう」

「でもこの花壇、けっこう手入れされているというか、花の配置も考えられているようで、すごくきれいですよ？　古代人形たちって、じつは美意識とかあったりとかして」

「そんなもの、あるわけないだろ」

とハカセはばっさり切り捨てる。

「詫び寂びの精神とか」

とわたしはダメ元で言ってみる。

「ないない。ありえない」

とハカセはやっぱり否定した。


わたしたちはしばらくその階層を探索したけれど、古代人形は一体も姿をみせない。

「誰とも出会わないですね」

「うん」

「あ、でもハカセ、これみてくださいよ」

と言ってわたしは、〈世界樹の苗木〉の枝でできた壁の隙間を指さした。「このむこう側にも探索してない空間がまだあるみたいです。なんか水の音がきこえます。でも、どうやってあそこに行くんでしょう？」

「うーん」

とハカセは一瞬唸ってから言った。「ここへ来るまでの通路が分かれ道だらけだっただろう？」

「あぁ、なるほど」

とわたしはハカセの言おうとしていることを理解する。「別のルートでこの階層に来ることもできるってことですか？　そうすると、同じ階層のべつの場所に出ると」

「たぶんな」

「一回戻ってみます？」

「いや、どうせここには何の気配もないし、あの階段を上がってみよう」

と言ってハカセはむこうを指さした。上へとむかうための階段がまだあったのだ。わたしはもう歩きすぎ、階段を上りすぎでふくらはぎがパンパンに張っていたけれど、となりにいるじいちゃんがまだいけると言うのならわたしもやっぱり行くしかない。年寄りに体力で負けてなんかいられないし。

……でも明日は、筋肉痛間違いなし。


その階段に一歩足を踏み入れた瞬間、風が強く吹き抜けた。

「すごい風が流れてますね」

「たぶん近くに、外に繋がる穴でもあるんじゃないか」

「なるほど。……ちょっとハカセ、まえ歩いてもらっていいですか？　わたしより先を歩いてください」

「なんで？」

「いいから」

「べつにかまわんが。……お、この階段は、石でできてあるな」

「え。……あ、ほんとだあ」

その階段はたしかに石でできていた。第一層にあった階段は木造だったたし、いま居た階層の建物も木造だったのに。うーん。なんだかちょっと、雰囲気が変わってきたぞ。

階段を上がり始めてまもなく、まえを行くハカセが声をあげた。

「おおっ。恋塚、これを見てみろ」

「何かあったんですか、ハカセ」

「さっさとここへ来い」

「ちょっと待ってください……はあ、はあ、わたし……足が板になっちゃって」

「棒になれよ。すべり落ちるぞ。つまらんツッコミさせるな。早く来い」

ハカセに急かされわたしはすこしだけペースを上げて階段を上って、ハカセのとなりに行く。

「おおっ」

と思わずハカセとおなじリアクションを取ってしまった。

いまいる場所はどうやら〈世界樹の苗木〉内部のいちばん外側に位置するらしい。外壁代わりのぶっとい幹と幹の間に馬車一台が通り抜けられるくらいの、外の世界と繋がる大穴が空いていた。

風はこの隙間を出入りして階段に沿ってひゅうひゅうと流れていたのだ。

わたしは壁に手を当てて、おそるおそるその大穴の傍に立った。

外はもう夜になっていた。

どうやらここは〈世界樹の苗木〉の西端みたいだ。

——この場所からはなにもかもが見えた。

星々のかがやきが透きとおる夜空も。

月の光に照らされて浮かび上がるマーレ川の輪郭も。

その緩やかな曲線を背にし、固い城壁で守られる街の東端の王の居城も。

途方もない数の石を精巧に積み上げてできた大聖堂の尖塔も。

住宅の窓から漏れるささやかなオレンジの灯りも。

ビアグラスをもった多くの人で賑わうベーリン広場のレストランも。

その楽しげで柔らかな喧噪さえも——遠く離れたこの場所まで届くように感じられた。

わたしのすべてだった。

わたしにとってのなにもかもが——この場所からは見渡せた。


「絶景ですね」

わたしはため息をつきながら言った。

「ああ」

とハカセもため息をついた。「当然だ」

「……ねえハカセ？」

「ん。なんだ」

「わたし、もうちょっとむこう……あの先まで行ってきます」

と言ってわたしは前方に指をさす。大穴からは、ほんのすこし突き出るようにして、外に足場があるのだ。

「危ないぞ」

「気をつければ大丈夫そうです。この樹、すごく頑丈だし」

「あんな所になんの用だ？」

　とハカセはわたしの顔をみて訊いた。

「……ちょっと、山へ芝刈りに」

　とわたしは答える。

「それを言うなら、お花を摘みに、だろ」

　ナイスツッコミ！

「わたし、行ってきます……！」

「だから危ないって」

「じつはさっきから、ずっと我慢してて……あぁっ、もう。限界なんです！」

　わたしは地団駄を踏んだ。「ハカセと二人で冒険してきて、そんなタイミングってなかったんですよ！」

「恋塚、まさか……おまえ、冗談だろ？」

　ハカセがぎょっとした目でわたしを見た。ようやくこちらの気持ちがちゃんと伝わったらしい。

「本気です」

　とわたしは誠実に答える。

「なんてことを考えやがる……！　だいいち、この下にはさっきの門番がいるんだぞ？　こんなに星々のかがやきが綺麗な晴れ渡った夜空から、いきなりそういう汚え雨が降ってきたら、驚くだろうが」

「この高さなら雲散霧消しますよ！」

「しねえよ！」

「しますよ！」

わたしはそう言って、大穴から飛び出した。「せいぜい靄！　せいぜい靄！」

「おい待て、バカ野郎！」

ハカセがわたしの背中に叫ぶ。

「……ハカセ、お願いだから後ろ向いててくださいっ！」

「おい！」

「ここからさきは――乙女の秘密です！」

わたしは絶叫するなり、ズボッと勢いよくパンツを下ろし、ガバッとスカートを捲り上げた。

（ひゅぅるりぃ～♪
　ひゅぅるりぃららぁ～♪）

「………………スッキリしたか？」

「いちいち訊かないでくださいよ、そういうの。……癖になりそうでした」

「なるな」

「我々の言語では到底語ることのできないような、凄まじい軌道を描いていました」

「気流が複雑なんじゃないか？」

「そうか、なるほど……」

わたしは〈愛理メモ〉に『世界樹の周りは、気流が複雑』と記しておいた。

「恋塚、何メモってんだ？」

「いやほら、重要な伏線はギャグのなかに隠せって言うし」

「意味わからん」

「直感ですよ、直感」

大穴からもうすこし階段を上がると、ついに突き当たりにたどり着いた。正面に小さな鉄扉（てっぴ）があって、その傍には木製の立札（たてふだ）が地面に突き立てられていた。

「なんか書いてあるな」

と言ってハカセは、その立札に燭台の明かりを近づける。


【これより先、旧市街地。心なき者進むべからず。】

わたしたちの読める文字でそう書かれてあった。

「「………」」

ちょっとの間、わたしたちは何かを考えるようにして黙ってしまう。

「ねぇハカセ」

沈黙を破ってわたしは言った。

「なんだ」

とハカセは応答する。

「心なき者ってなんなんでしょうか？　……心が無い者？　だとしたらそれは古代人形のことじゃないですか？　でもこの先の〈旧市街地〉って、古代人形たちの住む街なんですよね？　――ということは」

「うーん」

とすこし唸ってからハカセは言った。「つまり、出家して俗世間の感情を捨て切った、僧のことをさすんじゃないか？」

「なるほど。その発想は盲点でした！」

……ぜったいに間違ってると思うけど。「ところで〈旧市街地〉ってどんな街なんですかね？」

「自分の目で確認すればいいじゃないか」

と言ってハカセは、あっさりとその鉄扉を開けてしまった。――心の準備とか、まだできてなかったのに！

ガチャ。

グィィーン……。
――バンッ。

わたしがまったく予想していなかった光景が、目の前に広がっていた。
でも言われてみれば、たしかにこれは〈旧市街地〉だ。これが〈旧市街地〉だ。
その名の通りの光景だ。

正面奥に遠くの山のようにして並んだ、高層ビルディングがまず目についた。そこからまっすぐ手前に延びてくる、コンクリートで舗装された幅の広い車道。白い塗料でペイントされた横断歩道。道路の標識。両脇の信号機。自動車。歩道。四角く大きなダストボックス。金網のフェンス。バスケットボールコートなんかもある。スケートボードが転がっている。ショッピングモールもある。自販機、図書館、映画館……アパート、モーテル、カフェ、バー、銀行。駐車場。アイスクリームショップ……。

「ある程度予想はしていたが」
ハカセが呆然とした表情で周囲を見回しながら言った。「ここまで旧文明時代のものが残っているとは思わなかった」

わたしたちは本のなかでしか見たことがない光景のなかを歩く。

二人ともしばらく無言だった。

あっちの建物に入ってみたい、とか、こっちの路地も気になる、とかいろいろ思ったけれど、好奇心の向かう先があまりにも多すぎて、的を絞ることができずにけっきょく道路のうえをまっすぐに進む。

大きくて立派な街なのに、ぱっと見、肝心の古代人形らしきものは誰一人としていなかった。

「誰もいないんですかねー……？」

と、なんとなく隣のハカセにむかって言ったときだった。

道路のむこうに人の姿をした何かがいたのだ。しかも一人ではなく、複数人。

「ん？」

とハカセも気がついて、むこうに向かって目を凝らす。

近づくにつれて鮮明に見えてくる。

一人、二人、三人……とわたしは声に出さずに数えてみたところ……どうやら全部で六人もの人らしき何かがいるということがわかった。しかも見たかんじ、全員女の子のような外見をしている。

彼女らはなにか大きなものを運んでいるようだった。あれは黒色の……箱だろうか？

前後左右に一人ずつ、計四人で運んでいる。先頭を歩く人といちばん後ろを歩く人は手ぶらで、ただその光景を見守っている。

先頭の人がこちらに気がついた。「おっ」と言う声がこちらにまで聞こえて、その瞬間に他の五人もぴたりと足を止めて、こちらを振り返った。

「こーんにーちはーっ」

とそのうち一人がこちらに手を振った。人間のようにしかみえない彼女は、事前に聞いていたとおり人語(じんご)を話せるようだ。

「こんにちはー」

とわたしは返事をして、手を振り返す。

わたしとハカセはちょっと駆け足ぎみにそこへ向かった。

近くで見てみると、やっぱりその人のような何かたちは、女の子のような姿をしていた。わたしと同じくらいか、ちょっぴり下くらいの年齢の女の子が四人と、すこし年上っぽいお姉さんが一人。

いざ出会ってしまったところでわたしはすこし戸惑う。国王から受けた依頼でいちばん重要なのは、交易屋をさがすことだけど、『世界樹の苗木を調査し、』という文言のことも考えれば古代人形たちの社会になにかしらの問題が発生していないかを確認する、ということも含んでいると思うんだけど、目の前にいる女の子たちは想像以上に人間そっくりだし、いちおう彼女らがほんとうに古代人形なのかを確認すべきではあるけれど、「あなたは古代人形ですか？」といきなり訊くのもなんだか変な気がしてきたし、もしかしたらそれは失礼にあたるかもしれない。……なんてことをいろいろと考えて口をきけずにいると、むこうから話しかけてきた。

「あのーぅ」

黒髪の大人しそうなかんじの子が、わたしたちにむかって、あり得ない質問をした。

「ひょっとして、あなた方は、古代人形さんですか？」

†

第三章

姫とメイド

ベーリン王が近衛を引き連れ、ラインハルト代将と応接間を出て行く。

それをメイドの少女——恋塚愛理が見送った。

王らの姿が廊下の向こうへ消えたあとも、愛理は呆然とドアを見つめていた。ラインハルト代将に命じられたクリスタルの短剣の残骸拾いの手もいまは止まっている。脳裏にはさっきまでの光景が細切れにフラッシュバックして——まるで大きな災害を目撃したときのように思考に整理がついていなかった。

そのとき、見つめていたドアが急に向こうから勢いよく開いたので、愛理は身体をびくりとさせた。一瞬、ラインハルトがここへ引き返してきたのかと思ったのだ。でも応接間へ駆け込んできたのは——お姫さまのモコだった。

「愛理、大丈夫⁉」

お姫さまは愛理の傍に駆けよった。

「……え。あ、はい」

「怪我はしてない？」

お姫さまは愛理の手をとって、顔を近づけ、観察した。真剣な表情で、すこし焦っているようすだった。すこしして、「……よかった。大丈夫なようね」と言って、彼女はようやくいつもの笑顔に戻った。

「だ、大丈夫です」

と答えた瞬間、愛理の腰がすとんと、床に落ちた。「あっ」……どうやらお姫さまが来てくれたおかげでホッとしたらしい。ラインハルトが部屋へやってきてから去るまでの間、ずっと気が張り詰めていたのだ。お姫さまがその緊張の糸を切った。

「大丈夫？」

「だ、大丈夫です」

「こっちにきて」

と言ってお姫さまが、愛理を引っ張り起こす。

「……大丈夫？」と、もう一度訊く。

「大丈夫です」と愛理は答える。

「歩ける？」

「歩けます」

「じゃあ付いてきて」

「え」

「こっち」

いったいどこへ連れていかれるのかしら？　と思いつつ、愛理はなすがまま、手を引かれて部屋を出て、角を曲がって廊下を抜けて、正面のドアを開けてその向こうへ――たどり着いたのはお姫さまの寝室だった。愛理は掃除のときに、この部屋へは何度も入ったことがある。なのになぜか急にドキドキしてきたのは、部屋にお姫さまとふたりきりだったから。しかもお姫さまは今、自分の手首を摑んでいるのだ（！）……愛理はさっきまでの緊張など忘れて——かわりにべつの緊張が漲ってきた。

「こっちにおいで」

と言ってお姫さまは天蓋付きのベッドに上がり、手招きする。

「えっ」

と愛理は躊躇する。「でも」

「いいから早く。靴のままでもいいわ」

「……は、はい」

ドギマギしながら、ちゃんと靴を脱いで、ベッドにそぉっと上がりこむ。クッションが柔らかくて、体重をかけるとその部分が深く沈んだ。愛理は上半身をよろよろとさせて、お姫さまの元へ。お姫さまは枕元で待っていた。愛理が近づくと、彼女は愛理の腰に手を回して自分の元へと引き寄せた。一瞬ちらっと目があって、愛理は顔が熱くなる。けれどお姫さまはすぐにべつのほうを見たので、真っ赤な顔は見られずにすんだ。

「ほら、お父さまがみえる……」

お姫さまは枕元のちょうど真上にある窓から外を見て言った。

言われて愛理も窓の外を覗いてみると、なるほどたしかに、この位置の窓からだと、王さまたちが出発していく姿が見える。ラインハルトとベーリン王は、帝国の車両〈旧文明時代の設計を再現したもの〉に乗り込んでいる。ラインハルトがこの国に持ち込んだのだろう。馬は繋がれていない。最後の一人が乗り込みドアが閉じられた直後、その車両は〈世界樹の苗木〉を目指して動き始めた。馬は繋がれていないのに、馬の嘶(いなな)きに似た、ちょっと不気味な声をあげながら。

「……お父さまを助けないと」

誰に向けるわけでもなく、お姫さまは呟いた。

「ねえ愛理」

振り返って、お姫さまは愛理の手を握って、目をみて言った。「ラインハルトの後を追いましょう」

「えっ」

愛理は驚きで、すぐには言葉を返せなかった。――ラインハルト代将を、尾行？　わたしと姫さまのふたりで？

「どうして……ですか？」

「わたしね、ラインハルトがやって来たあの瞬間、胸騒ぎがして、応接間を出たあと外から部屋のようすをうかがっていたの。あんなに動揺しているお父さまは初めて見たわ。きっと、〈世界樹の苗木〉には何かがあるんだと思う……。たぶん、帝国の人には見つかってはいけない何かが。嫌な予感がするの。お父さまの身に何かが起こりそうな、不吉な予感……。だから愛理、わたしと一緒に来てくれる？」

まっすぐに愛理の目をみつめながら、お姫さまは言う。愛理はその瞳に吸い込まれそうになる……

というか、頭がぐるぐると混乱してくる。この状況はいったい何なのだろう？　手を両手でぎゅっと握られているし、顔がちかいし。偶然とはいえなぜかベッドの上にふたりだし、それに、なんかいい匂いもする……。

「……でも」

と愛理は呟き、目を伏せた。お姫さまの真っ白なふくらはぎがベッドの上に投げ出されているのが、目の端に映った。

「でも？」

とお姫さまは優しい口調で訊いてくる。

「でも姫さま。わたしなんかが付いて行ったって、何の役にも立ちませんよ？」

と素直なきもちで愛理は言う。いったい何が起こっているのかもわからないし、お姫さまが何をしたいのかもわからない。だいいちラインハルト代将やベーリン王を追いかけたって、自分に何かできる場面がくるとは思えない。

「そんなこと、ないわ」

「え」

「付いてきてくれるだけでいいの。それとも、あなたの代わりになる人なんているかしら？」

そんな人、いくらでもいるような気がする……、と愛理は思う。「えーっと、ハカセとか？」

と答えてみる。

ふふっ、とお姫さまに笑われる。

「いまから〈クリム通り〉まで、天王寺さんを呼びに行くの？　たしかにあの方は頼りになるけど、でもお年を召していらっしゃるし、目的地は〈世界樹の苗木〉なのよ？　ピクニックに行くのとは訳が違うわ」

……言われてみれば、たしかに選択肢には入らなさそうだ、と愛理は思う。

「愛理はほんと、天王寺さんのことを信頼しているのね」

お姫さまは微笑ましいものを見るような表情で言った。

「そんなこと、ないです……」

「そうかしら？　……とにかく、わたしは愛理に一緒に来てほしいの。……ダメ？」

お姫さまは小首をかしげて、愛理に訊いた。そのようすがあまりにも可愛らしくて、愛理は胸が苦しくなった。……こんなの、ズルいよ……と愛理は思う。断ることなんて、できっこない。

「……わかりました」

と愛理は答える。「でも姫さま、無茶はダメですよ？　危ないと思ったら、引き返しましょう？」

「ありがとう」

と言ってお姫さまは目を輝かせる。「わたしは無茶なんてしないわ。愛理のほうこそ、無茶しちゃダメだからね？」

「わたしは無茶なんてできませんよ」

「さて」

と言ってお姫さまは愛理の手を引きベッドから降りる。当然愛理もつられて一緒に降りる。

「急いで準備をしましょう。あなたは燭台をもってきてくれる？　わたしはお父さまの部屋に行ってくるわ……必要なものを取りに」

そう言うとお姫さまは愛理から手を離して、急ぎ足で部屋を出て行った。手の触れていた部分がスッと冷たくなる感覚がして──寂しさが込みあげてくる。けれど自分も、お姫さまの背中をぼーっと見送っている場合じゃない。愛理も急いで部屋を出て、倉庫へと向かった。燭台をみつけて、それを片手にお城の入り口に行くと、お姫さまはすでに愛理のことを待っていた。

「すいません、遅くなって」

「燭台を持ってきてくれたのね。ありがとう。さ、行きましょう」

と言ってお姫さまは城の裏側を目指して、歩き始める。さっきみたいに手を引いてくれるかも、と淡い期待を抱いていたので、愛理はちょっぴり残念に思う。

というか、どうしてこっちの方向に歩いているんだろう？　……〈世界樹の苗木〉を目指すのなら、逆なんだけど……。

「姫さま。ラインハルト代将や王さまたちは、大樹に向かったんですよね？」

「ええ。……あなたの言いたいことはわかるわ。つまり、どうして〈キフェルト橋〉に向かわないのか、ってことでしょう？」

「はい」

「たとえ馬車を使ったって、帝国のあの乗り物には追いつかない。だからね、近道」

「近道ですか？」

「〈ニーエック橋〉を使いましょう」

「えーっ」

と愛理は驚く。「姫さま。〈ニーエック橋〉って、封鎖中じゃないですか。使って大丈夫なんですか？」

「大勢の人が一度に使うには、危ないかもしれないね。でも、だから封鎖してるだけで、人がふたり通るくらいならぜんぜん問題ない……はずよ」

「はず、って！　ほんとうに大丈夫なんですか？」

「大丈夫よ、大丈夫」

　そうこう言っているうちに〈ニーエック橋〉に到着してしまった。


【危険。老朽化により封鎖中。】


と張り紙がされ、入り口の端から端に、一本の鎖が繫がれてある。鎖の向こうにあるのは、この街でいちばん古い橋だ。ほかのものと同じ石造り。でもその石と石の隙間がところどころ空いていて、いまにもガラガラと崩れそうだった。同じ石なのに、積もり積もった傷や埃のせいか——ほかの橋のものと比べて色も暗くなっている。……ほんとうに乗ってしまってもいいのだろうか？　と、思っているうちに、お姫さまはひょいとその鎖を飛び越えてしまった。

「姫さまっ」

「大丈夫」

「……ほんとうに？」

「ええ」

と言ってお姫さまはトントンとその場で足踏みする。――ひやひやするからやめて欲しい！

「さ、おいで」


と言ってお姫さまは、鎖の向こうからこちらへ手を差し伸べた。

愛理の手はその手に吸い寄せられる――ぎゅっと握って、鎖を飛び越えた。

「ようこそ〈ニーエック橋〉へ。……ほら、大丈夫でしょ？」

「いまにも崩れそうで、怖いです」

と愛理は答える。……けれど、どうしてだろう？　お姫さまのその笑顔を見ていると、大丈夫な気がしてくるというか、安心感？　……のようなものを覚える。

危ない橋をふたりで渡る。

手を繋いだままで。

足下の石のブロックがところどころガタガタとしていて歩き難かったけれど、でも無事渡り終えることができた。反対側の鎖をふたりで一緒に飛び越えて、〈マーレ川〉の対岸に到着。てっきりそのまま〈世界樹の苗木〉を目指すのかと思いきやそうではなく、お姫さまは愛理の手を引いたままま

――愛理はお姫さまに手を引かれたまま――欄干の角をぐるりと回って慎重に斜面を下って、ふたりは川のほとりに降りた。

「このまま川岸を進みましょう」

とお姫さまは言う。

「どうしてですか？」

と愛理は訊く。

「こうして土手の陰を歩いていけば、ラインハルトにも見つかりにくいと思うの。大樹の近くはなにも遮るものはないし、上の道を歩けば丸見えになっちゃうからね。それに、もうひとつの近道もこの川岸にあるのよ」

なるほど、と愛理は思う。もうひとつの近道とやらについてはよくわからないけれど、お姫さまがこう言うのだから愛理は付いていくだけだ。

足下は砂利で歩きづらい。でもどちらかが転びそうになっても――手を繋いでいるし、きっと大丈夫。

お姫さまとこうしてふたりで城の外を歩くのははじめてだ……と、愛理はようやく気がついた。はじめてのはずなのに、なんだか妙に、しっくりくるのだ。まるで昔からずっとこうしていたみたいに。

すぐ傍で〈マーレ川〉が音も立てずに流れている。夏になると水浴びをする人で溢れかえるけれど、この時期は誰もいない。さくさく、さくさく――という、ふたりの足音だけが辺りに響いた。

途中でひとつだけ、大きな音を立てるものがあった。それは〈マーレ川〉に流れ込む、べつの川のようなものだった。東側の土手の真ん中から大きな土管が突き出ていて、大量の水がざばざばと勢いよく吹き出している。生活排水かしら？　――と、愛埋は思ったけれど、でもよくよく考えてみれば、川のこちら側には民家がない。あるのは〈世界樹の苗木〉だけだ。もし民家があるとすれば、遠くのほうにみえる丘の、そのさらにむこう――愛埋にとっては一度も訪れたことがない――ここではないべつの国。そんな遠くからここまで地下を掘って水を引いてくるのだろうか？　……もしそうなら、大変な工事だったにちがいない。

「これは〈エルムト川〉の終着点なのかもしれないわ」

とお姫さまが言った。

「〈エルムト川〉……ですか？」

と愛埋は首をかしげる。はじめて聞く名前だった。

「お父さまに聞いたことがあるの。大樹のなかには幻の川が流れてるって。それどころか、滝すらもあるんだって。きっと、その水が地下を通ってここへ流れて来てるんだわ。だって、大樹の付近にそれらしいものって見当たらないもの。こいつを除けばね」

お姫さまは、くだけた口調になっていた。いつもは一国の王女らしく淑(しと)やかで、威厳すらも感じさせるのに、なぜかふたりでいるときだけは、すこし雰囲気が変わるのだ。わたし以外に、姫さまのこんな姿を知っている人って、いるのかな？　……なんて、愛埋はふとそんなことを考える。……王さまとふたりのときとかもこんな感じなのかな？　じゃあオノーレ王子とふたりのときは、どんな感じなんだろう?

迂回するために、ふたりは土手をすこし上がる。

と——そのとき、馬の嘶きに似た音がきこえた。

「ラインハルトだ」

とお姫さまが短く言った。

お姫さまの視線の先を追うと、たしかにあの乗り物が走っているのが見えた。ここから近くもないけれど、遠いというほどではない。こちら側から肉眼で確認できるのだから、むこうからでもそのはずだ。

「身をかがめて」

お姫さまに言われたとおり、愛理はすぐさま頭を引っ込める。——馬の嘶きに似た音がどんどん遠ざかっていく。

「……むこうは、もう到着してしまったようね。わたしたちも急ぎましょう。何かあってからでは遅いわ」

駆け足になってもう少し川岸を進むと、先のほうで、だんだんと〈マーレ川〉が右方向へカーブしているのが見えてくる。そのカーブの途中、愛理たちからみて正面の土手に、目的とするものはあった。

人がぎりぎり立ったまま通れそうな、ちいさなトンネルだ。

高さはないくせに、横にはすこし平べったい。

レンガで組んである。……ピザを焼くための石窯みたいかも、って愛理は思う。

入り口のところには鉄の柵のドアが付いてある。

そのドアには太い鎖が巻かれ、ちょっと変わった――まるでパン屋の表札みたいな形をした――大きな南京錠がぶら下がっていた。

この付近には何度か来たことがあるけれど、こんなトンネルがあるだなんて、愛理は気がつかなかった。……いや、気づいてはいたはずだけれど、一体どこに繋がっているかとか、考えたことがなかった。たぶん、自分以外の街の人たちも同じだと思う。ただなんとなくそこに在るだけで、意識には上らないのだ。このドアはあまりにも〈マーレ川〉のほとりに馴染んでいる。

「ここよ。ここが〈世界樹の苗木〉の、もうひとつの入り口」

「知りませんでした」

「お父さまの部屋から、鍵を持ってきたわ」

と言って、お姫さまはスカートのポケットから古びたちいさな鍵を取り出した。「子供のころに教えてもらったの。きっと、これで開けられるはず……」

お姫さまは南京錠に鍵をさしながら、「そういえば、愛理とはじめて会ったのは、この近くだったね」と言った。

愛理はそのときのことを覚えていない。

気を失っていたからだ。

ただ、気を失っていたときのことはお姫さまから聞いた。いや、お姫さま以外の者たちからも、何度も何度も問いただされた。その日は大嵐の日で、この〈マーレ川〉の水位はいつもより上がっていたそうだ。

愛埋は、お姫さまの妹のロコさまと一緒に倒れていたらしい。

発見されたときには、ロコさまはすでに帰らぬ人となっていた。なぜそうなったのかはわからない。目立った外傷もなかったらしい。唯一の重要参考人である愛埋が、自分の名前以外のすべての記憶をなくしていたし、未だにその記憶は甦らないので、真相は闇の中だ。ふたりは全身びしょ濡れで発見された。川で溺れたのだろう——との見解で決着がついた。ただし、一国の王女が死んだ事件なのだ。その結論に至るまでには当然いろいろとあったし、愛埋にとっては思い返したくもない過酷な時間だったが（なにしろしばらくの間、王女殺害の容疑者として扱われていたのだ）——でも、すべてはお姫さまが救ってくれた。彼女は自分の妹を亡くした直後だったにもかかわらず、その身を挺して、容疑者である愛埋のことを守ってくれたのだ。あのとき愛埋のことを信じてくれていたのはお姫さまただ一人だけだった。今では優しく接してくれるベーリン王までも、当時は愛埋のことを恨んでいるようすだった。もしもお姫さまが助けてくれていなければ、愛埋は首を刎ねられていたところだった。

愛埋がいま胸に秘めているお姫さまへのこのきもちは——たぶん、そのときに芽生えたのだろう。

カシャン、と音がして南京錠が外れた。

「開いたわ」

お姫さまが振り返って、愛埋に言った。

鉄柵のドアが開く。

トンネルの奥のほうには真っ暗闇が横たわっている。

愛埋はマッチを擦って、燭台に火を灯した。――眩い光を放ってはいるが、それでも切り取ることのできる暗黒はその全体のごく一部だけ。

ふたりは顔を見合わせて頷き、自然と手を繋いで、トンネルのなかへと潜り込んだ。

こーん、こーん、と街のほうから大聖堂の鐘の音がきこえて、すぐに消えた。

第四章

左手の小指

「ひょっとして、あなた方は、古代人形さんですか？」

「いや、違う」

と一瞬の間があってからハカセが否定した。「わしらはふたりとも人間だ」

「なんだあ。こんな場所で出会ったから、てっきりからくりさんかと思いました」

と言って黒髪の少女はちょっと恥ずかしそうに頭をかいた。

いやいやいやいやいや——それはこっちの台詞（せりふ）だよ！……とわたしは言いたくなったけれど、いったんその言葉を飲み込むことにする。

「このなかに古代人形はいるか？」

とハカセはストレートにわたしの訊きたいことを訊いてくれる。

「たぶん、いないと思います」

と目の前の少女は答えて、彼女はほかの五人のほうを向いた。「いないよね？」

私、人間です。

あたしも人間。

ボクも人間。

と女の子たちは口々に返す。

「ここで何してるんだ？」

とハカセは女の子たちに訊く。

「これを運んでるんだ」

銀髪の女の子がボーイッシュな風情（ふぜい）で言って、自分が手にもつ黒い箱のほうに視線をやった。

「これは……棺桶（かんおけ）か？」

「わたしがみつけたんだぜー」

と金髪の女の子が、挙手して誇らしげに言った。――こっちの子は外見以上に子供っぽいかんじがする。

「なかには何か入ってあるのか？」

「空だよー」

と言って蓋（ふた）をすこし、ずらして開けてくれた。……たしかに空っぽだ。

「わたしたちは古代人形をさがしてるんですけど、どこにいるか知りませんか？」

とわたしが訊いてみる。

「……たぶん、いないと思う、よ？」

と最初に話しかけてきた黒髪の女の子が答えた。「ホノカたちも、見たことがないから」

ね？

とまたも他の五人に確認するように振り向いた。女の子たちは各々（おのおの）うんうんと頷きを返す。

「交易屋を知りませんか？　石造りの街との交易を担当してる人です」

「知らなーい」

と金髪の女の子。

「おそらく、私たち以外は誰もここにいないんじゃないかなあ」

と茶髪のお姉さんが言った。「私たちでさえ、他の人に一度も出会ったことがないんだよ。きみたちふたりを除けばね」

……ここにはこの六人しかいないのか。

「どうしましょう？」

とわたしはハカセのほうを見て言った。これは予想外の事態だ。

「…………」

ハカセは難しい顔をして黙り込んでいる。

この街の隅々までを探索したい気もするけど、でもここにいる六人が言うには他に誰もいないようだし、じっさい、街の雰囲気はゴーストタウンそのものなのだ。人の気配がまったくない。

「まあまあ。立ち話もなんだし、一緒においでよ」

と茶髪のお姉さんが言った。「私たちはこの先の館に住んでるんだ」

わたしとハカセは列に加わって歩く。しばらくすると前を歩く一同が足を止めた。

街のいちばん端の――世界樹の外壁？　……までやってきたように見えるけど、そこには扉がついてあった。

重厚な石扉(せきひ)だった。

先頭を歩く水色の髪の（ゆるくウェーブがかかったショートヘアーの）女の子が、自分の全体重を預けるようにしてその扉を開けた。

「さ。みなさ……ん、入ってください……」

開いた扉を維持するのが大変そうなので一同は慌(あわ)ててそこを通る。途中で銀髪の子が「無理すんな」と言って扉をささえるのを手伝っていた。

さいごの一人が内へ入ると、

――ドンッ。

と後ろで扉の閉まる重い音がした。

薄暗い通路をまっすぐに抜けるとそこは玄関ホールのようだった。すでに建物の中なのだ。

床には絨毯(じゅうたん)が敷かれてあって高い天井には燭台のようなものが吊(つ)されてある。太陽の光も月の光も差し込んではいないけれど室内は明るい。

ホールからは左右に廊下が延びていて、わたしたちは左へ進む。

廊下に出てすぐに右折してすこし歩くと右側に玄関よりもちいさなドアがあって、一同はそこを抜けていく。

どうやら中庭のようだ。……と、肌で感じる外気のゆるやかな風の温度でそれがわかった。

顔を上げてみると天井がない。大樹の枝がずっと上の方まで伸びていて深い緑の葉を茂らせている――ように見える。暗くてちゃんとは見えないけれど。でもその隙間には確かに真っ暗な夜空があって、きらきらと星が浮かんでいた。やっぱり外が見える。

「あともうちょっとだ」

と誰かが言った。

中庭の真ん中には小さな建物がぽつりと立っていた。丸い外壁と丸い屋根のついた灰色の建物。両開きの扉を開けて、一同はそこへ入る。

中は薄暗かった。

「ちょっと待って」

と言って誰かが燭台に火を灯した。

真ん中に石で出来た台があるだけの静かな部屋だった。ちょっと不思議な空間だ。

「せーのっ」

と言ってみんなが棺をその台に載せた。……なんとなくだけど、収まるところに収まったような感じがする。

「さ。これで満足した?」

と茶髪のお姉さん。

「うん」

と銀髪の女の子が頷く。

「いやあ、空の棺を拾ったんだけどさあ」

と茶髪のお姉さんがこっちを向いて説明してくれる。「この子がね、ぜったいにここの物だから、戻してあげよう、って言い出したの。で、暇だったからみんなで手伝ってたってわけ」

「ここってもしかして霊廟ですか？」

とわたしは訊いた。

「そうそう。よくわかったね。たぶん霊廟なんだよ。なぜか中庭にあるし、棺の中身は空なんだけどさ。……とりあえずみんな、座れるところにいこうか？」

と茶髪のお姉さんが促して、一同は廊下にまた戻り、すこし進んでダイニングに入った。この階層は旧文明時代のものだらけだったけれど、ダイニングの風景はわたしの知っているものとあまり変わりなかった。

大きな木製のテーブルがひとつ。それを囲うように椅子が六脚。ホノカと名乗った女の子が他の部屋からわたしとハカセの分を運んできてくれて計八脚。座るよう勧められてわたしは一度そこに座る。でも部屋の端にはカウンター越しにキッチンがあるようで、それが気になりわたしはけっきょくすぐに立ち上がった。……食料とかってどうなってるんだろう？　と思って貯蔵庫をみせてもらうと——小麦やらパスタやらチーズやら調味料なんかが大量にストックされてある。「交易品だ」とハカセがぼそりと呟いてわたしは納得する。二ヶ月前まで大量にやり取りしていたもののうち、保存の利くものばかりがここにあった。……あれ？　でも野菜もあるぞ。野菜は日持ちしないはずなのに。

なんとなく接しやすいホノカちゃんに訊いてみると、彼女はすぐに答えてくれた。

「野菜はね、街の外れの畑で取れるの。いつもホノカと、フメイちゃんとで取りに行くんだよ」

なるほどねー。とまたわたしは納得。ホノカちゃんは常に目が輝いていて、なんだかまぶしい。すごく「良い子」ってかんじがするけど、でもそう思ってしまうわたしはなんだか「悪い子」な気がしてきたぞ。日頃ハカセと冗談で毒の吐き合いをしているけれど、彼女のまえでそれをやると真に受けられて傷つけてしまいそうだ。この子はそのくらい純粋なかんじがする。そこのところ、気をつけたほうがいいかもしれない。

「ご飯作るからみんな待っていて」

と茶髪のお姉さんが一同に言って、こちらを向いて、「……きみたちも食べるでしょ?」と訊いてきた。

わたしとハカセはお言葉に甘えることにした。

キッチンにはすでにホノカちゃんも立っている。どうやらこの二人が料理をするのはいつものことらしい。

「わたしも手伝うー!」

と金髪の女の子が挙手して言った。

「ありがと。……でも、ちょっと、アンリ」

「ん、なに?」

とボーイッシュな女の子が振り向く。

「フメイが変ないたずらしないように見張っといて」

「えーっ。わたしって、信用されてないー!?」

と金髪の女の子。……どうやらこの子がフメイちゃんで、ボーイッシュな子がアンリというらしい。フメイちゃんはたしかに、火や包丁を扱うには危なっかしいかんじがする。そして茶髪のお姉さんは、みんなをリードするような存在らしい。テーブルには二人が座っていて、水色の髪の女の子と、赤いロングヘアーのお姉さん。水色の髪の女の子はなんだか大人しいというか存在感がないかんじで椅子にちょこんと座っていて、赤いロングヘアーのお姉さんはクールなオーラを出しているというか、雰囲気が、なんか格好いい。でもさっきから鋭い視線をこちらに向けてきていてちょっぴり怖いかんじもする。

食事ができて一同が席につく。

「……恋塚、人間が食えるものとはかぎらないぞ」と、ハカセがわたしの耳元でちいさく言った。

たしかにこの六人の女の子は人間を自称しているものの、この〈世界樹の苗木〉に住んでいるのは古代人形であるはずなのだ。そして古代人形は人間と区別がつかないような見た目をしているらしいし、そんなことは常識だ。じゃあこの子たちはみんなそろって嘘をついているのだろうか？　――あり得なくもない。でも、どうして？　なぜ人間を騙る必要があるのだろう？　……目の前にある料理はどうみても人間が食べられるもののようにみえるし、じっさいに食べてみるとそれはわたしたち人間が食べる料理と何ら変わりはなかった。ハカセも最初は様子をうかがっているようなかんじだったけれど、けっきょく彼も残さず食べた。

食事が終わってから一同は順番にお風呂に入った。ダイニングのとなりに浴室があるのだ。諦めていたことだったのでわたしは歓喜した。ハカセはわりとどうでもよさそうだったけれど……でももちろん彼も入った。それから一同はなんとなく娯楽室へと移動し、ホノカちゃんが「そういえば、自己紹介がまだだったね」と言い始めて自己紹介をすることになった。


「わたしは恋塚愛理です。そしてこちらがハカセ」とわたし。

「ハカセというのはこいつが勝手に付けたあだ名で、本名は天王寺だ」とハカセ。

「ホノカはね、ホノカっていうの」とホノカちゃん。一人称がホノカなので覚えやすい。

「はいはーい。わたしはフメイって言うんだー」と挙手をしてフメイちゃん。

「ボクはアンリ。来古アンリ」とシンプルにアンリちゃん。

「インビです」とインビちゃん。ここでやっと彼女の名前が出た。インビちゃんはなんだかお人形さんみたいだ。肌は透きとおるように真っ白で、唇には真っ赤な口紅が塗られていて、そしてなんといってもウェーブが掛かった水色のショートヘアー。部屋に飾ってしまいたくなるくらい可愛い。

「あたしはウロン」とクールに言ったのは、赤髪のウロンちゃ——ウロンさん。彼女の名前もここではじめて出た。

最後に残った茶髪のお姉さんはしばらく黙ったままだった。

「あれれー？　自己紹介しないのー？」

とフメイちゃんが言ってにやにやと笑う。

「私の名前はね、秘密」

と茶髪のお姉さんがニコッと笑って言った。——何でなんだろう？

「え、なんでですか？　教えてくださいよ」

とわたしは彼女に言ってみる。

「教えませーん」

と彼女はバッサリ。

「この人は、ボクらにも名前を教えてくれないんだよ」

と衝撃の発言をしたのはアンリちゃん。

「え、誰も知らないんですか？」

とわたし。

「知らなーい」

とフメイちゃんが言って、一同が首を横に振る。……ほんとうに誰もこの人の名前を知らないのか。

「どこ出身なのかとか、なんの仕事をしてたのとかも、ホノカたちに教えてくれないんだー」とホノカちゃん。

どうやら徹底した秘密主義者らしかった。わたしは茶髪のお姉さんの顔をみる。出会ったときからずっとにこやかな顔をしているけれど、なんだか急に怪(あや)しく思えてきた。

……ちょうど話の方向的に良さそうだったので、わたしは機転を利かせて訊いてみる。

「みなさんはどこ出身なんですか？」

これで〈世界樹の苗木〉と言われれば、やっぱり目の前にいる人たちは古代人形で決まり。核心を突く質問だと思う。

「わたしはこの下の村に住んでたよ」

とフメイちゃんが言う。

ほらきた、やっぱりだ、と思ったけれど……そこからさきが予想外だった。

「ホノカの実家はねー。〈ルクト通り〉にあるよ」

と、ホノカちゃんは話す。

〈ルクト通り〉は大樹の外にある通りだ。というか今朝（けさ）わたしが通った場所だった。信じられない。

「〈ルクト通り〉のどこですか？」

とわたしはやんわりと追及。

「えーっとね。鎧猫（よろいねこ）の泉ってわかるかな？」

「時計塔のちかくの？」

「そうそう！　そこから一本裏に入ったところに住んでたんだー」

とホノカちゃんは言った。彼女の言っていることは辻褄（つじつま）が合っている。何もおかしいところがない。

他の人にも訊いてみたところ同じような回答ばかりだった。といっても、茶髪のお姉さんは答えてくれなかったけど。

「ずっと住んでるの？」

「うーん……。ここしばらくはずっと」

「ご両親とか心配してるんじゃない？」

とわたしは至極当然のことを訊いてみる。

「ホノカはねー、パパとママとは、ちょっと、仲悪いんだー」

とホノカちゃんは苦笑いをしながらそう言って、べ、と舌を出した。

「………」

そういう設定なんだろうか？

でももしかしたらほんとうに、あまり触れてほしくないことに触れちゃったのかもしれない、ってわたしは思う。これ以上の追及はやめとこう。というか、ここにいる女の子たちって全員、家出少女なんだろうか。そういう設定なんだろうか。

「みんなここが気に入ってるんだよ」

とお姉さんがホノカちゃんをフォローするように言った。「それに、こうしてみんなと一緒に過ごすのが楽しいしね」

「ここの麓のところには関所があったはずだが」

とハカセが言った。

「関所？」

と首をかしげるホノカちゃん。「ああ、あれのことか。うん、あったね」

「国の許可がないと通行できないはずだが、どうやって通ったんだ？　守衛（しゅえい）がいただろ」

「守衛さん？　いたっけ？」

ホノカちゃんはうーんと唸って考えて、「ホノカが通ったときは、そういうかんじの人はいなかったと思う、よ？」と言いきった。

「そんなアホな」とハカセ。

「私も、守衛に止められたというような記憶はないなあ」とお姉さん。

「サボってたんじゃないの？」とフメイちゃん。

「きみたちが見たのは、幽霊だったのかもしれないね」とウロンさん。「守衛なんてのはほんとうは居ないのかもしれない。この世に存在しない類（たぐ）いのものを見てしまったのかもしれない」

「そんな、怖いこと言わないでくださいよ」とわたし。

急にホラーっぽい話になって本当に怖くなってきた。それに……頭がどんどん混乱してくる。何が真実なのか、何が現実なのかが——急速にぼやけていくかんじだ。

「ところで今夜、泊まる場所は決めてるの？」

とお姉さん。

「いえ、まだです」

とわたしは素直に言う。

「だったら泊まっていきなよ。街には宿泊できそうな場所もいくつかあるけど、でもこれから探すのは大変でしょ？　もういい時間だし」

　と言われてわたしとハカセは目を合わせる。……ふたりとも今日はくたくたなので、ありがたい話だった。

　館の入口から右側の廊下には寝室が三つ並んでいて、そのうちのひとつ——茶髪のお姉さんとインビちゃんの部屋——には余ったベッドがあるというので、わたしはそこで寝ることになった。

「わしはあのソファで寝る」とハカセが娯楽室のソファを指さして言った。

「ハカセが気を遣って（つか）てる！」とわたしは大げさに驚く。

「うるせえ」

　と言ってハカセはそのままソファに寝転び目を閉じたので、心優しいわたしはその後、余った毛布を借りてきた。娯楽室に戻ってきたときにはすでにハカセは大きなイビキをかいていた。さすがに今日は疲れたらしい。毛布をそっとハカセに掛けてあげる。

「おやすみなさい」


　目が覚めた瞬間全身を拘束（こうそく）されるような感覚に気がついた。身体に絡みつくものをぱっと振りほどいて毛布から抜け出し振り返ると、なぜかわたしのベッドで茶髪のお姉さんが眠っていた。

「えっ、なんですかこの状況！」

　とわたしは叫ぶ。寝起きで声ががらがらだった。

「お姉さまは、ときどき夜中にわたしのベッドに入ってきて、わたしを抱き枕にするんです」

と、困惑するわたしに向かって、インビちゃんが言った。彼女はすこし先に起きていたらしい。薄手のキャミソール一枚の格好だった。「わたしはもう慣れましたが、今日は愛理さんのところへ行ったみたいです」

「なるほど……ぉ？」

なんかよく覚えていないけど悪夢を見ていた気がする。このお姉さんに後ろから抱きしめられていたせいじゃないか。というか、インビちゃんってやっぱりお人形さんみたいだなあ。身体めちゃくちゃ細い。触ったらどこかが折れそうで、なんかあやうい。でも抱きしめたくなる気持ちはわかる。

「たぶんお姉さまは寂しいんだと思います。たまに寝ながら泣いてるし。だから愛理さん、許してあげてください」

「気にしてないよ」

とわたしは微笑み、優しく言った。がらがらの声で。

借りていたパジャマを脱いで着替えを済ませて寝室を出て、ダイニングへ向かうとお姉さん以外の全員がそろっていた。

「あの人はいつも昼に起きるから気にしなくていいよ」

とアンリちゃん。

わたしとハカセを含む七人で朝食をいただく。やはり人間が食べるものとの違いはない。

食事を終えて、わたしとハカセは街を探索。でもやっぱり六人の女の子たちが言っていたように誰とも出会うことができなかった。目的の交易屋は依然として消息不明。収穫なし。

けっきょく昼過ぎになってわたしたちはまた館に戻ってきた。

「あら、おかえりなさい」

と茶髪のお姉さん。

「おかえり」

とクールにアンリちゃん。

「「ただいま」」

とわたしとハカセが応える。

なんかすでにここの住人になりつつあるな、とわたしは思う。でも明日もう一度探索して収穫がなければ、大樹を下りよう、ということでわたしとハカセの意見は一致している。もう一泊だけここに泊まらせてもらって、それでおしまい。人の姿をした六人の女の子たちがちょっと不思議な生活をしているという情報はいちおう王さまに報告するけど、それをどう考えてどう対応するかは王さま次第。

「そうだ、ホノカが館の案内をしてあげる」

とホノカちゃんが言ってくれて、わたしとハカセは館を見て回ることになった。そういえば昨日は限られた場所にしか踏み込んでいないし、他がどうなっているのかはたしかに気になる。

「まず、ここが図書室だよ」

入口のホールを右に出て、寝室へ行くまでのところにそれはあった。ダイニングと同じくらいのけっこう大きな部屋で、壁一面に本棚が並んでいる。中にはぎっしりと本が詰められていた。どれもかなりの年代物のようで元の色が抜け落ち、部屋全体がセピア色に染まっていた。

「これは……！」

ハカセが目を輝かせた。「すごいな。旧文明時代のものがそのまま残っているじゃないか。歴史的な価値のあるものばかりだ」

「インビちゃんはね、よくここで読書してるんだー」

とホノカちゃんは嬉しそうに言う。「ホノカもね、たまに挑戦してみるんだけど、でも最後まで読んだことがないの。ホノカにはちょっと難しくて」

愛理ちゃんやハカセさんは本読むの？　と訊かれて、わたしもハカセも図書館の常連だと答えたら、すごーい、と言って、読書が苦手なホノカちゃんは羨望のまなざしをこちらに向けるのだった。

「あ、ここは昨日の夜に来たんだっけ？」

と次にホノカちゃんが案内してくれたのが娯楽室。ホールから右に抜けた廊下の突き当たりに位置している。部屋の真ん中にビリヤード台があって、部屋の隅には昨日ハカセがベッド代わりにしたソファが置かれている。

入口と反対側のほうにドアがあって、わたしはそれが気になった。

「奥にも部屋があるの？」とホノカちゃんに訊いてみる。

「あの奥の部屋はね、ちいさな倉庫だよ。埃だらけだけど、見てみる？」

一応見せてもらうことにすると、確かにあまり綺麗な部屋とはいえなかった。寝室の半分くらいの広さの部屋で、使ってない鍋やらケトルやら、ドライバーなどの工具が詰まった木箱が山積みになってある。

左手の壁の天井近くのところには部屋のサイズにしては大きな通気口が備えてあった。頑張れば身体ごと入っていけそうだ。頑張る意味はないけれど。特にこれといってめぼしいものはない。


「この先は、ちょっぴり怖いところなの」

と言ってホノカちゃんが次に案内してくれたのが、ダイニングの先。トイレの隣のところにもう一枚のドアがあって、彼女はノブに手をかけて念を押すように言った。「最初はドキッとするかもしれないけど、愛理ちゃんは怖いの大丈夫？」

「わたしは怖いの苦手だけど、でもたぶん大丈夫」

とわたしは答える。ここまで言われるとむしろ興味のほうが大きくなってくるし。

「じゃあ開けるね。――ここが仮面の間(ま)」

と言ってホノカちゃんはドアを引いた――。

思っていた以上に異様な空間だった。

真っ白な仮面が二つ——反対側のドアの両脇に並んでいる。それぞれの仮面の下にはそれと一体化するように漆黒のマントが吊されていて、まるで二体の怪人たちがこのさきの部屋に立ち入る者を待ち構えているようだった。二つの仮面は同じ形をしていて、目と口の部分に穴が空いているけれど、口の部分はなぜか口角がつり上がっていて、こちらを嘲笑（ちょうしょう）しているみたいな印象を受ける。

「……どう？」

とホノカちゃんはわたしの反応をうかがってくるけれど、

「…………」

はっきり言って、趣味がわるい。

「思ってたよりも怖くて、びっくりした」

とわたしは当たり障（さわ）りのないかんじで答える。さすがにここに住んでいる人に向かって趣味がわるいとは言いづらい。

……べつに、ホノカちゃんがこれをセットしたわけじゃないとは思うけれど。

「仮面の間のドアはね、トイレのドアと並んでるでしょ？　……夜中に間違えて開けちゃったらびっくりするから、気を付けてね」

「そんなの、間違えるかな？」

「フメイちゃんはしょっちゅう、間違えてるよ」

「そうなんだ。うん、気を付けるね」


「……それで、こっちが植物庭園だよ」

薄気味わるい仮面の間を抜けてホノカちゃんが次に案内してくれたのが、さっきとは真反対の印象を受ける明るい部屋だった。正面の壁が全面ガラス張りになっていて、外から光が差し込んでいる。部屋には花壇やプランターが所狭しと並んでいて、〈シーサイドプランツ〉、〈マイクロセコイア〉、〈イエローミント〉、〈ユメブクロ〉、〈リトル・リトルベイビー〉、〈トール・リトルベイビー〉、〈ウツムキヒマワリ〉、〈トーチフラワー〉、〈イトキキョウ〉……等々、多種多様な植物が育てられていた。

「これってホノカちゃんたちが育ててるの?」

とわたしはホノカちゃんに質問。

「……ううん違うよ。元からあったの」

とホノカちゃん。

「育ててないの?」

「勝手に育つの」

「勝手に?」

「うん、勝手に」

「…………」

どういうことだろう？

「あ、そうそう」

とホノカちゃん。「この部屋はね、朝の『8：20』から十分間と、夜の『20：20』から十分間は入れないから、注意してね」

「入れないんだ？」

「うん、入れないの。気を付けて」

「…………」

よくわからないけど、特定の時間には入れないらしいので気を付けよう。

「そしてここが、テラスだよ」

最後に案内してくれた場所が、この洋館の最奥に位置するテラスだった。左側の壁がさっきの部屋と同じく全面ガラス張りになっていて、大樹の外がみえた。ガラス一枚を隔てた向こう側の数メートル先は崖で、そこに至るまでのわずかなスペースには草が生えていたり花が咲いていたりする。崖の向こうには遠くの山と青い空が見える。

部屋の外のその景色にも感動したけれど、部屋のなかにも面白いものがあった。

ガラス張りの中央――青い空と白い雲をバックに、まるでそこに浮かんでいるかのようなレンガ壁泉だ。

の壁があって、横に細長く空いた口から壁を伝うように、手前に向かって静かに水が流れている。水のゆくさきは同じくレンガ造りのプールになっていて、わたしの膝ぐらいの深さなのでざばんざばんと本格的な水泳はできないまでも——幅はけっこう広いというか、昨日の夜借りたお風呂の浴槽よりも広いから——みんなで水遊びができそう。

テラスの床は薄いクリーム色で、メイドのわたしでも感心するほど手入れが行き届いていて、つるつるぴかぴか、外から差し込んだ光を反射させてかがやいている。

部屋の入口から右側の壁には大きな姿見がかかっていた。縁の部分に金色の装飾が施されてあって、白くてシンプルなこの空間に似合っている。

その反対側の部屋の隅のほうには中にまだ何も入っていない大きな花瓶がいくつか積まれていた。

「こんど街の外れから花を摘んできて、ここに入れて飾ろうって、フメイちゃんと計画してるの」

とホノカちゃんが言った。

わたしは赤や黄色の花が飾られた後のこの部屋を想像する。……となりの植物庭園ともまたすこし違った、すごく素敵な空間になりそうだ。ちょっと見てみたい。

ホノカちゃんによる洋館見学ツアーが終わって数時間後、わたしは図書室に籠もり始めたハカセに会いにいって、愛用の手帳をみせた。

「ほらほらハカセ、これみてくださいよ」

愛埋メモ、その283。

〈洋館見取り図〉

「これは……この洋館の見取り図か？」

それまで読んでいた本を閉じて、ハカセは手帳を手に取った。

「そうです。歩幅で距離を測ったりしたんですよ。自信作です」

とわたしは胸を張る。自信作というか、自分ではなかなかの傑作だと思っている。

「よくできているが、おまえ、暇なのか？」

とハカセは一言。

……いらっ。

「図書室に籠もるのと同じくらいには暇ですね」

とわたしは半分キレながら返す。

「こう見えてもわしはけっこう忙しいぞ」

「どこがですか。どうみても趣味でしょ。……というか、『よくできてるな、えらいえらい』っ

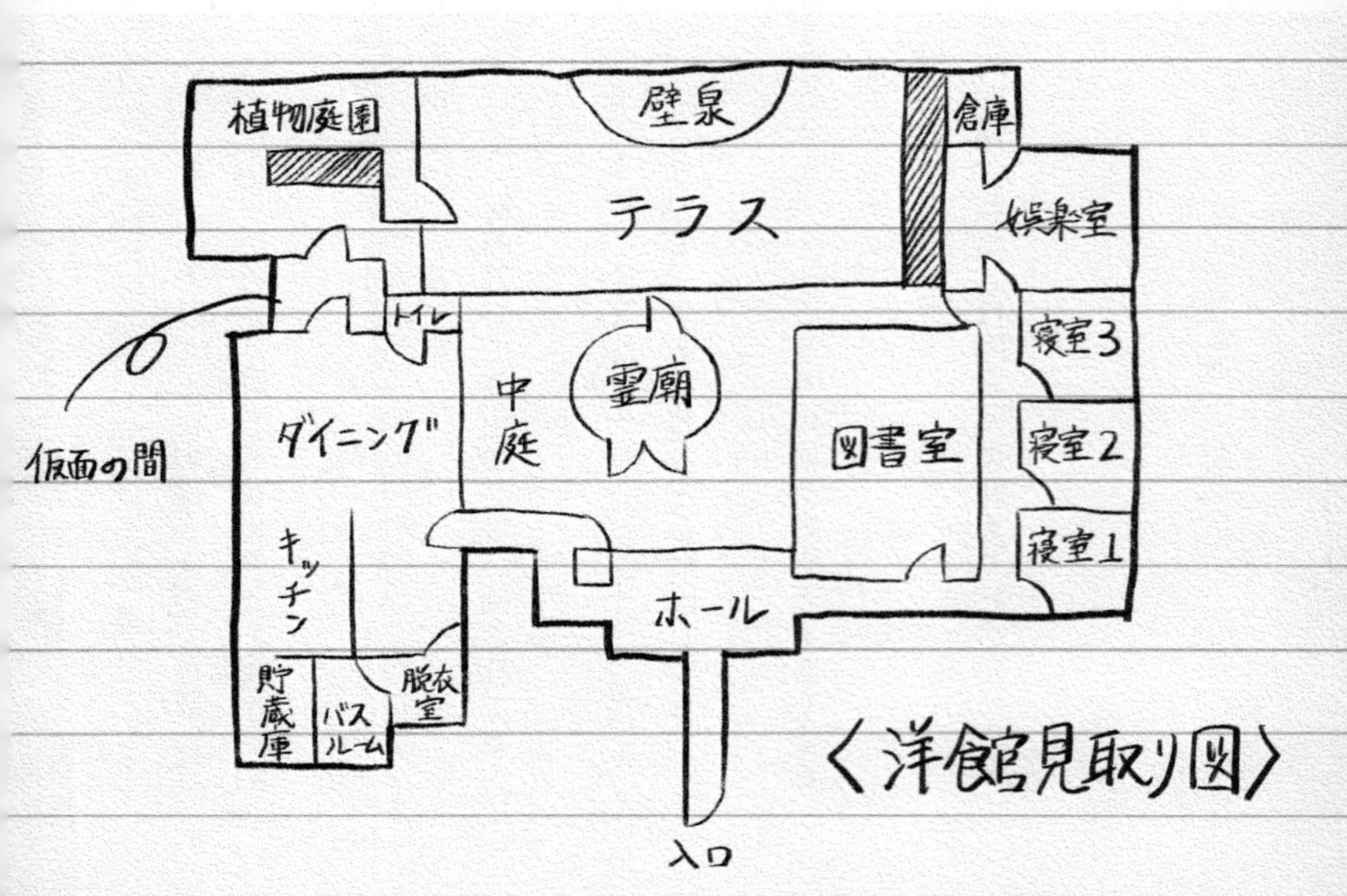

て言っとけばいいんですよ、こういうときは。ハカセはいつも一言が余計なんですよ。このポンコツじいさん！」

とわたしは一気にまくし立てた。

「ほめられたいなら素直に『ほめてほめてー』って言えばいいだろうが。そしたらいくらでも『よくできたな、お前はいつでも建築士になれるぞ』って言って頭を撫で回してやるものを。無い胸を張って自慢げになってんじゃねえよ、このちんちくりん！」

とハカセも一気にまくし立てた。

「……む、む、胸のことは言うなー！　ばかー！」

「うるせー！　このアホー！」

……ふふふっ。

と、いきなり笑い声が聞こえてきて、そのときやっと気がついた。部屋の隅でウロンさんがこちらを見ていたのだ。いつもクールな彼女がいまは顔を真っ赤にして、目尻には涙まで浮かべていた。手で口元を押さえている。笑うのを我慢しようとしていたけれどそれができなくなって、ついに吹き出してしまったという様子だった。

ぎゃあ。

……恥ずかしいっ。

しかも、そのとなりにはインビちゃんも居て、本で顔を隠しながら、笑いに耐えられずに、全身をカタカタと震わせている。

恥ずかしいっ。

かぁああっと——耳が熱くなる。

「ハカセなんて、知ーらない」

と言い捨ててわたしはすぐに部屋を飛び出して、メイドにあるまじき速度で廊下を疾走した。


夕食を終えたあと、一同は順番にお風呂に入った。

「私はもうすこし後でいいわー」とお姉さん。わたしは今日はインビちゃんと一緒に入った。インビちゃんは服を脱いで素っ裸になって、真っ赤な口紅を落とし、髪を濡らしてぺたんこにすると、さすがにお人形さんみたいな雰囲気はなくなって、いっきに人間味が増した。なんだかこれまでべつの世界の住人みたいだったから、親近感がわいてくる。

とはいえ。

彼女が頭に泡をのせてがしがしとやっている間に、わたしはその身体をまじまじとみつめる。

……いったい何を食べたら、こんなに細くなるのだろうか？

お姉さん以外の全員がお風呂を出たところで、お姉さんが一同に言った。

「愛埋ちゃんとハカセは明日帰るんでしょう？　だったらさ、今夜はみんなで呑もうよ」

一同が賛成し、ホノカちゃんがキッチンの奥から赤ワインをもってきてコルクを抜き、人数分のグラスに注いだ。

ふと、

『人間が食えるものとはかぎらないぞ』

という昨日のハカセの言葉を思い出したけれど、そのワインは確実に人間であるわたしやハカセでも問題なく呑むことができた。スパイシーでおいしい。

インビちゃんとホノカちゃんとフメイちゃんはスローペースでちびちびと呑んでいたけれど、ホノカちゃんはすぐに顔が真っ赤になった。さっきから「ホノカはね、××だと思うの！　ぜったいそうなの！」と、この世の真理に気がついたと主張する内容を連発していて可愛い。フメイちゃんはどんどんとテンションが高くなってきている。インビちゃんは頬を朱に染めてなぜかずっと首を傾げたままの状態で、みんなの話を時々うんうんとちいさく頷きながら聞いている。大人しい。

ウロンさんは次々とグラスを空にするけれど、ぜんぜん酔っている風にはみえない。

お姉さんとアンリちゃんもがぶがぶと呑んでいたけれど、こっちの二人はそれなりに酔っ払っている風だった。「ボクはそうは考えないね」と、アンリちゃんは向かいの席にいるホノカちゃんに反論し続けている。でもいまのホノカちゃんは無敵状態で、自説はいっさい曲がらない。

わたしは二杯目を呑んでいるあたりから顔がぽかぽかしてきた。

ハカセは最初はよく喋っていたけどいつの間にか口数が激減して、くちを半開きにして、目はふらふらと宙をさまよっている。……こっちはほんとうに宇宙の秘密にでも遭遇していそうな顔だ。

ワインのコルクが抜かれてから数時間後、ホノカちゃんが席を立った。

「ホノカはね、もう眠いや……。おやすみなさい」

と言って、雲のうえを歩くようなふわふわとした足取りで部屋を出て行く。まぶたが重そうで、ほとんど目が開いていない。

肴(さかな)にしていたチーズがお皿のうえからなくなって、「ホノカぁー、つまみー」とお姉さんがまわらなくなってきたろれつで言った。

「ホノカはもう寝たよ」

とアンリちゃんがツッコミを入れる。

「あ、そうだ」

とわたしは立ち上がった。「ちょっと待っててくださいね。おつまみ、もってきます」わたしは寝室に行って自分のリュックを取って、すぐに戻ってくる。もらってばっかじゃ悪いな、と今さらになって思い立ったのだ。リュックから缶詰と折り畳(たた)みのナイフを取り出し、ナイフで缶の蓋を開けた。

「器用だな」

とウロンさんが感心したように言う。

「このぐらい、メイドの嗜(たしな)みです」

とわたしは調子に乗ってへんなことを口走る。……酔ってるなあ、これは。と自覚する。

「そうなのか？」

と、無口だったハカセが急に割り込んで訊いてきたけど――面倒なのでわたしはこれを無視する。

缶詰の中身はイッカクマスのオイル漬けだったけれど、好評であっという間に持ち合わせの二缶が空になった。明日ここを下りるわけで食料はもう必要ないし、リュックも軽くなるので一石二鳥だ。わたし、えらい。

それからしばらくしてみんなが次々と席を立った。

「わしはもう寝る」

と言ってハカセが娯楽室へと向かう。

「ボクも今日はこれぐらいにしとくよ」

と言ってアンリちゃんもそれに続く。

いつの間にかテーブルに突っ伏して眠っていたフメイちゃんをおんぶして、ウロンさんも部屋を出て行った。

最後まで残っていたのはわたしとインビちゃんと……謎の茶髪の酔っ払いお姉さん。

お姉さんもフメイちゃんと同じようにテーブルに突っ伏しているけれど、こちらの方は誰も心配していなかった。おぶっていく人もいない。

インビちゃんが空いたわたしの隣の席に移動してきて、耳元でささやいた。

「酔い潰れたお姉さまは、はじめて見ました」

「……そうなの？」

と小声で返す。

「お姉さまとはこうしてしばらく一緒に過ごしていますが、なんというか……なかなか心を開いてくれないのです。表面上はみなさんと打ち解けているふうですが、わたしには、みえない壁が張られているように感じていました。警戒されているというか、隙（すき）を見せてくれないというか……でもいまは、なにかが吹っ切れたような印象です。きっと、愛埋さんたちのおかげです」

「…………」

こんなことを耳元で言われると、すごく照れる。

「よかったね」

とわたしがインビちゃんの顔をみて言うと、インビちゃんはにっこりと微笑みを返して、「それではわたしも、そろそろ寝ます」と言って部屋を出て行った。

あっという間にダイニングにふたりきりになってしまった。茶髪の謎のお姉さんを残してわたしも寝室へ向かおうかしら、それとも毛布くらいはもってきてかけてあげた方がいいかもしれない……なんてことをいつもよりもふわっとした頭で考えながらぼーっとしていると、当の本人が急にがばっと顔をあげた。

「大丈夫ですか？」

とわたしは訊いた。

「んー。だーいじょーうぶぅ」

とお姉さん。

愛埋ちゃんのグラスが空だぁー、と言ってお姉さんはわたしのグラスにワインをなみなみと注ぐ。

自分のグラスにも注いで、それをぐいっと飲み干して、また注ぐ。

　ここでわたしはあることをひらめいた。

　お姉さんの隣の席に移動して、

「ワインおいしいですか？」と訊く。

「おいしーよ」とお姉さんは上機嫌で答える。

「インビちゃんって可愛いですよね？」とわたしは続けて訊く。

「かわいーねえ。みんな、かわいー」とお姉さんは答える。

「お姉さんの名前って、何でしたっけ？」とわたしはまたも訊く。

　……これが本命の質問だ。

　いまならうっかり答えてくれるんじゃないだろうか、って思ったのだ。

「んー。私の名前はねー」

　とお姉さんはすこし間を開けて、「お姉さま」と答えた。

「お姉さま？」

　とわたしは聞き返す。

「そそ！　お姉さまあ！」

　と言って、お姉さまはとびきりの笑顔になって、わたしの頭をなでなでする。「よしよしぃー」

「…………」

　完全に、子供扱いされている！

「……わかりました。もうお姉さまはお姉さまでいいです」

「そそ！　お姉さまあ！」

「それいま聞きました」

「よしよしぃー」

と言ってふたたび頭をなでまわされる。……このやり取り、へたをすれば永遠に続きそうな気がしてきたぞ。

話を変えたほうがよさそうだ。何かべつの話題はないだろうか、と思って探し始めたとき、はじめてそれに気がついた。

「お姉さま、それ」

と言ってわたしは目の前に指をさす。お姉さまの首には銀色のチェーンが掛かってあった。「ペンダントですか？」

「うーん。これはねー、大事なペンダントなのです」

とお姉さまは答える。

「見せてもらっていいですか？」

とわたしは訊いた。

トップの部分が服に隠れてみえないのだ。というか、チェーンも、髪の毛とシャツでほとんどが隠れているけれど……よく気がついたな、わたし。

いったいどういう装飾が施されているのだろう？　……気になる。

しかし。

とお姉さまは答える。

「だめ」

「なんでですかー」

「これはー、大事なものだからー」

「お姉さまのけち」

とわたしはちょっと拗ねたふうに言ってみた。……これが思いのほか効果てきめんだったらしい。

「ん？　愛理ちゃん、怒った……？」

とお姉さまは心配したような声で訊いて、こちらの顔をみつめてきた。

「…………」

わたしはムスッとした顔を作って、沈黙を貫く。これは心理戦なのだ。

すると。

「仕方ないなあ。じゃあ愛理ちゃんにだけみせてあげよっかなー」

とお姉さまは言ってきた。

「ほんとですか？」

と言ってわたしはぱっと顔を明るくする、という演技をする。

でもお姉さまはここで予想外の手を打ってきた。

「……じゃあ、どうぞ」

と言って、シャツのボタンをうえから二つ外して、前をひらいたのだ。

「え」

とわたしは硬直する。

ペンダントトップは胸の谷間に挟まれている。深い深い谷間の底に。

……ここに手を入れろと？

「どうぞどうぞーご自由にー」

と言ってお姉さまはその胸をこちらに突きつけてくる。……おうっ。圧迫感が、すごい。

「……やっぱ、遠慮しときます」

と言ってわたしはけっきょく諦めた。

やっぱり子供扱いされているような気もするけれど……いろんな意味で完敗だった。

「愛理ちゃんってさ、甘いもの好きー？」

とお姉さまは唐突な質問をぶつけてくる。

「え、好きですけど」

と質問の意味がわからないままわたしは答える。

「私の秘密を教えてしんぜよー」

とお姉さまは服の前を閉じないまま言う。

「秘密ですか」

とわたしは聞き返す。

「私の左手の小指はね、なぜかチョコレートの味がするの」と、お姉さまは言った。

「え、ほんとですか」と、わたしはまた聞き返した。

「ほんとよほんと。嘘だと思ったら、ほらどうぞ」と言ってお姉さまはわたしの顔のまえに左手を差し出した。小指だけをぴん、と伸ばしてこちらにむけている。

「…………」

わたしはそこでようやく気がついた。

――この人、わたしより何枚もうわてだぞ。

小指がチョコレートの味がするなんてのは、ぜったいに嘘だ。そんなことはわかりきっている。でもわたしがそれをわかっていることすらも、お姉さまはわかっているのだ。つまりわたしがこの小指を舐めたりしないと踏んだうえで、お姉さまはこの小指を突き出しているということだ。むむむ。こうなったらいっそのこと、本当にこの小指を舐めてやったほうが――それどころか向こうが引くくらいに、ちゅぱちゅぱと音を立ててしゃぶりついてやるくらいのことをしたほうがいいのではないだろうか？　それが唯一にして起死回生の反撃の一手というものではないだろうか？

「…………」

わたしはお姉さまの目をみつめながら小指にくちを近づける……。

ってお。

よくよく考えてみれば、これをやったとたんにわたしは大事ななにかを失うような気がしてきたぞ。なんか、犬みたいだし。

……あれれ？

どっちにしろ負けじゃないか、わたし。

「……やっぱ遠慮しときます」

と言ってわたしは顔を引いた。

渡る必要のないルビコン川とたびたび対峙するのが人生だ。　恋塚愛埋
「みんなももう寝たし、わたしもそろそろ寝ます」

と言ってわたしは席を立つ。「お姉さまはまだ寝ないんですか？」

「私ももう寝るよー」

とお姉さま。「でもそのまえにシャワー浴びるー」……そういえばお姉さまはまだお風呂に入ってなかったのだ。

「そうですか、それじゃあおやすみなさい」

とわたしは言った。

「うん。おやすみー」

とお姉さまは返した。

これがわたしとお姉さまの最後の会話だった。

†

深夜に目が覚めた。

アルコールをたくさん摂りすぎたせいで深く眠ることができなかったのだ。思考の火花があっちこっちではじけて頭のなかがやかましい――まるで花火大会だ。こんなんじゃ眠り続けることはできない、っていうかとりあえずおしっこにいきたい。ほんとにワインを飲み過ぎた。

わたしは部屋を出て廊下を歩く。

薄暗い。

角を曲がってホールを抜けて、ドアを開けてダイニングへ。

ダイニングの右側の壁にはドアがふたつ並んでいるけれど、間違えたほうを開ければ例の〈仮面の間〉に出てしまうので、この時間は気をつける必要がある。こんな真夜中に――しかも心の準備をせずにふいにあの薄気味悪い場所に立ってしまえば、かなり心臓にわるいと思う。

わたしは間違えずにトイレのドアを開けて用を足す。

「…………」

後頭部のほうにじんわりと痛みがあるけれど、明日大丈夫だろうか……二日酔いになるかどうかが微妙なラインだ。

トイレを出てダイニングに戻ったときに気がついた。

浴室のほうからシャワーの音が聞こえてくるのだ。浴室はダイニングの、トイレとは反対側のドアのむこう。……いまもまだお姉さまが使っているのだろうか？

でも、それにしてはちょっと長くないだろうか。

わたしはダイニングの時計を確認する——二時四十二分。確かわたしがここを出て寝室へ向かったのが一時手前だったはずだから、かれこれ二時間……。

やっぱり、おかしい。

あれだけ呑んだあとだと疲れているし、シャワーも簡単に済ませてさっさと寝たいと考えるのがふつうだと思う。いくらお姉さまの生活リズムが人よりすこし後ろにズレているからといって、あの状態で長風呂するのはしんどいはずだ。

もし浴槽で眠っていたりしたら大変だ。溺れる危険がある。……でも、考えれば考えるほどその可能性しかないような気がしてきたぞ。

とにかく大丈夫かどうかだけでも確認しとこう。

わたしはダイニングのドアを開けてちいさなスペースに出た。そこはみんなが脱衣室として使っている場所で、木で編まれた籠（かご）があり、そのなかにはお姉さまの服が乱雑に放り込まれていた。やっぱりまだ浴室にいるのだ。入ってきたドアから数歩進んだところにもう一枚のドアがあって、そのむこうが浴室だった。

「お姉さま」

とドア越しに声をかけてみる。

……返事はない。

「お姉さまっ。お姉さまっ」

と今度はさっきよりも大きな声で繰り返し呼んでみた。

……それでもやっぱり返事はない。

ざあざあというシャワーのすこしくぐもったような音だけがドア一枚隔てたむこう側で鳴り続けている。

「お姉さま。入りますよ?」

と断ってわたしはドアを開けた――――。

……悲鳴はあげなかっただろうか?　あげなかったと思う。目の前の光景があまりにも凄惨で、思わず呼吸を止めてしまったから。

浴室は真っ赤に染まっていた。

大量の血が天井にまで飛び散っていた。

刃物か何かで執拗に切り裂かれたお姉さまが、浴槽の内からこちら側にむかってズタボロの上半身を投げ出していた。
脈を取るまでもない。
あきらかに死んでいる。
死体だ刺殺だ他殺だ人殺しだ殺人事件だ。
いや、
　でも、
これは、
　ほんとにそうなのか……？

——そのとき。

アルコールによって今もなお打ち上げられ続けるわたしの思考の花火のそのうちひとつが、自分でも信じられないような発想に至っていることに気がついて——わたしは背筋が凍(こお)りついた。

シャワーの音が鳴り続ける。ざあざあという、くぐもった音が。

わたしはそこで思考を続ける。——目の前にあるのは間違いなく、お姉さまの死体だ。でも、ほんとうにこれは死体なのか？

もし違っていたとしたら……。

——彼女は自称人間で、それがほんとうならばこれは殺人事件ということになる。

でも、もしもそれが間違っているのなら――これはたんなる、器物破損だ。

『古代人形は人間とそっくりな外見をしている』

わたしはシャワーを止めて、その〈死体のような何か〉のそばにかがみこんだ。


これは死体か？

それともスクラップか？


彼女の身体に触れてみると、まだ温かかった。

でもこの温度はシャワーのお湯によるものかもしれないし、そうでないのかもしれない。元の体温はもう抜けきっているのかもしれないし……あるいは体温なんてものは元から存在しなかったのかもしれない。

傷の深い部分からは、本来〈皮膚のような何か〉の内側にあるはずの、〈肉のようにしかみえない何か〉が露出していて、そこからは〈人の血としか思えない赤色の液体〉が流れ出していた。

彼女の目はがっと見開いたままで、驚愕の色を浮かべていた。……この目で、最期に何を見たのだろう？

『──私の左手の小指はね、なぜかチョコレートの味がするの』

「…………」


わたしは彼女の左の手首を摑んで、ほんのすこし持ち上げた。

人肌の生々しい感触がした。

まだ固くはなっていない。


『──ほんとよほんと。嘘だと思ったら、ほらどうぞ』


ふと、後ろを振り返って耳を澄ませる。

人の気配がないことを確認する。

この瞬間──シャワーの音が意識から離れていって、わたしの世界は無音になった。

ただ自分の心臓の音だけがドクンドクンと耳のそばで聞こえた。

手が震える。

緊張している。

でも大丈夫だ。誰も来ていない。……いまはこの空間に、わたしとお姉さまのふたりきり。

わたしはお姉さまの手にくちを近づける。

〈血みたいな液体〉がぽたぽたと滴るその小指を……わたしは、そぅっと、舐めてみた。

鉄の味がした。

わたしは浴室を出てお姉さまの服が放り込まれた籠のなかをあさる。

目的のものはすぐにみつかった。――それを確認したわたしは、意識が一瞬遠のきかけて、壁に手をついてうなだれた。

そこにあったのは、〈死体のような何か〉を発見したとき以上の、戦慄だった。

眠っていた一同を起こしてまわる。娯楽室のソファで眠るハカセ以外は全員がちゃんと寝室のベッドのなかにいた。ズタボロになったお姉さまを確認してホノカちゃんとフメイちゃんがわんわん泣いた。インビちゃんは顔面を蒼白にして床にへたり込んだ。ハカセとアンリちゃんとウロンさんの三人は、ただただ状況をつかめないといったふうに呆然としていた。

「とにかく警察を呼ばないと」

わたしはハカセに言った。「いますぐ街へ下りましょう。急げば昼までに戻ってこれます」

「ああ」

とハカセが返事をして、わたしとハカセは館を出ていこうとしたけれど——それはかなわなかった。

「石扉が……っ」

ハカセがノブを強く引く。——しかし館の入口の石扉はびくともしない。「鍵が掛かっているのか」

すぐさまみんなの居るダイニングにもどって、鍵の場所を訊いた。

「鍵は……」

インビちゃんが、床にへたり込んだまま弱々しい声で言った。「入口のところに、フックがあって……そこに掛けてあったはずなんですけど。……まさか」

「たしかにフックはあったが」

とハカセが言った。「そこにはなにも掛かっていなかったぞ」

わたしたちは館に閉じ込められたのだ。

「さいごに鍵をさわった者は?」

とハカセが一同に訊く。

「わたしです」

とインビちゃんが答える。「お風呂を出たあと……飲み会がはじまる直前に、戸締まりを確認しましたので」

「そのときに内側から鍵を掛けたということだな？」

「ええ……そうです」

「あの石扉は、内側から施錠するときにも鍵を使うんだな？」

「そのとおりです」

「飲み会がはじまって以降に、その鍵にふれた者はいるか？」

と言ってハカセは一同を見まわした。……名乗りをあげる者はいない。

「そうか。なるほど。わかった。じつにシンプルだ」

とハカセは複雑な表情をして、納得したように言った。「外部から第三者が侵入できない状況だったということだ」


それは、犯人が、このなかに、いる、という事実に他ならない。

†

ダイニングには重い沈黙が横たわっている。ホノカちゃんやフメイちゃんは依然として泣き続けているし、インビちゃんはいまにも倒れそうなようすだった。

アンリちゃんとウロンさんとハカセはずっと黙り込んだままだった。

わたしはそんな一同をみて思う……お姉さまが死んだ、これはたしかに大変なことだ。わたしたちは館に閉じ込められ、しかも犯人はこのなかにいる——どうしようもないくらいに絶望的な状況だ。

でもまだ誰も。それでも。この事件のほんとうの重大さに気がついていない。


「……みなさん、聞いてください」

とわたしは意を決して言った。

一同がわたしに注目する。

「なんだ、恋塚」

とハカセが訊いてくる。

わたしは自分のポケットから銀色のチェーンを取り出して、みんなに見えるようにかざした。

「それは、お姉さまの……？」

とインビちゃんが言った。

その通りだ。

これはお姉さまが首に巻いていたものだ。わたしが「ペンダントですか？」とお姉さまに訊いたとき、お姉さまはそれを否定はしなかった。たしかにこれはペンダントといえばペンダントだ。でもファッションのためのものじゃない。このペンダントに求められているのは「機能」だ。

チェーンのさきには、チェーンとおなじ色をした金属製の二枚の板がぶら下がっている。

わたしの小指くらいの長さのもので、上下の幅は指二本くらいの、楕円(だえん)形。

その二枚の板には、おなじ内容の文字が刻印されている。

名前と、わたしたちには関係がない十二桁の番号と、血液型と、宗教。

「彼女のなまえは、グレイ・エヴァーハルトでした」

とわたしは一同に言った。これは死者のなまえぐらい知っておこうということであって、特に重要な意味はない。それよりも重要なのは、このペンダントを持っているということ自体で……。

「それは」

とウロンさんが最初に気がついて叫んだ。「ドッグタグじゃないか！」

「そんな！」

とハカセが目を見開いて叫んだ。

フメイちゃん以外のみんなの顔色がいっきに変わる。フメイちゃんだけは、単に知らなかったようだ。

「そういうことです」

とわたしは、フメイちゃんにもわかるようにその事実をくちにした。

「お姉さまは、帝国の軍人です」

「恋塚、ちょっと来い」

とハカセが言って、わたしは廊下に連れ出される。

ふたりになって、向かい合った。

「なにがなんだかわかりません」

とわたしはハカセに言った。「殺されたグレイさんはほんとうに帝国の軍人なのか。もしそうだとしたら彼女は人間だったということでいいのか。この館のほかの人たちもみんな人間なのか。犯人は人間なのか、まさかからくりが人を殺したのか……これは重要ですね。それに、なぜ彼女を殺す必要があったのか」

「なんにせよ」

とハカセがいつになく真剣な顔をして言った。「われわれは交易屋をさがしていたわけだが、それはいったん中止だ」

「そうですね」

「本当に帝国の軍人が、この場所で殺されたとなると——これは国の存亡にかかわる事件だ。この洋館からの脱出については、もしもこのまま館の外に助けを呼びに行けない場合……さいあく一週間もお前が城へ帰らなければ、ココシュカあたりが変に思って、いずれなんとかなるだろうが……

それまでの間、われわれはできるかぎりこの事件を調査する必要がある」

「ええ。わたしもそう思います。――ところで犯人の動機ですけど」

とわたしはずっと考えていたことを言った。「もしもお姉さ――グレイさん個人に対しての恨みでないとしたら、彼女が帝国の人間であるということが理由になるのかもしれませんね」

「たしかにその可能性は考えられる。たとえば生まれ故郷が帝国によって地図から消されたとか、そんな場合だな。奴らを憎むものなど、世界中にいる。しかし、帝国の人間を狙いつつも、そういう理由じゃない場合は――」

「そんなことってありますか？」

と言ってわたしは首をかしげた。

「例えばだが、帝国の人間をこの場所で殺すことによって、帝国と石国とを戦争させたがっている者がいる場合。……というか、石国を消滅させたがっている者がいる場合」

「……それはちょっと、ぞっとする話ですね」とわたしは言った。

「ああ」

とハカセは同意して言った。

「そんなおそろしい発想の持ち主が、この世に存在しているだなんて考えたくもないが」

第五章 逃避行

「この国は美しいな」

とラインハルトは車内から窓の外を眺めて言った。

女神の泉、大聖堂、街の人々——次々と過ぎ去っていく風景をラインハルトはまるでオモチャを与えられた子供のような目でみつめている。

軍の車両は道の真ん中を強引に走り抜ける。街の人々がときどき不思議そうに、あるいは迷惑そうにこちらを見る。〈キフェルト橋〉を越えて車両はさらに速度をあげ——信じられないような早さで〈世界樹の苗木〉に到着した。

関所の兵士は見慣れない車両とそこから降りてくる帝国の軍人たちを前にすこし狼狽えたようすだったが、ベーリン王の姿を見るなりいつものように気を引き締めた表情になって、敬礼をして道をあけた。

ラインハルトは〈世界樹の苗木〉を仰ぎ見て、「これは……。空から見ても巨大だったが、下から見ると圧巻だな」と言った。まるで観光に来たような調子だった。——彼が何を考えているのか、傍から見ていると判断がつかない。それを悟らせないような態度を取っているようにしか思えないし、じっさいにその通りだった。ラインハルトは帝国の将軍のなかでもひときわ狡猾で、しかも、本性をみせない役者なのだ。

ラインハルトとその部下の兵士が十数名、そこに加え、ベーリン王と近衛の騎士……合わせて二十名ほどで、その巨大な樹洞に潜(もぐ)ることになった。

旧文明時代の技術を使った燭台で闇を照らし、一同はトンネルを難なく突き進む。

トンネルを抜けてひらけた場所に出ると、樹洞内とは思えないほど草花が生い茂り……真正面の遠くのほうには、第二階層の高さから滝が流れ落ちている。


すぐ目の前には老人がいた。

彼は裾(すそ)を短く切り落としたような黒のコートを羽織り、ベーリン王たちがやって来るのを待ち構えるようにこちらを向いて立っていた。

「族長よ。お久しぶりですね」

とベーリン王はその老人に言った。

族長と呼ばれた老人は、うむ、と頷きを返してから、「我らの王よ。他国の軍が見えたので、念のため衆には避難を命じました。この土地に用があるのでしたら、まずは儂(わし)がこの場でそれを聴きましょう」と言った。

「訳あって、この〈苗木〉を調査せねばならないのです」

ベーリン王はそれだけ言った。

「期間は？」

と族長が訊いた。

「二日もあれば十分だ」

とラインハルトが答えた。

……いったい何が、十分というのか？


ベーリン王は思考を巡らせる――。

ラインハルトが何らかの調査を目的としているのは、本当のところだろう。

だが〈世界樹の苗木〉の内部は広大で、たったの二日でこの空間を調べ尽くすのは到底不可能だ。

……なのに、『二日もあれば十分』だと彼は言った。

なぜだ？


――と、そのとき。

「いま『お久しぶりですね』……と、言ったな？」

とラインハルトが急にベーリン王のほうを振り返って言った。「ベーリン王よ、こ、の、者、と、会、っ、た、こ、と、が、過、去、に、あ、る、の、か？」と、ラインハルトはベーリン王に訊いた。

「ええ」

と返すしかない。

「ベーリン王とはどのような話を？」

とラインハルトはベーリン王ではなく、族長にむかって、訊いた。

――しまった！

とベーリン王は内心で叫ぶ。族長は事態をまだ把握していない。必要な嘘を吐くのは、きわめて困難だ。

ベーリン王はすぐさま、族長の代わりに答えようとした。

「族長とは、これまで二度しか――」

「ベーリン王！」

ラインハルトがそれを威圧的に制止した。「私は彼に訊いているのだ」

こうなってしまってはベーリン王は沈黙するしかない。祈るようなきもちで族長の言葉を待った。

族長は丁寧な言葉でゆっくりと話しはじめた。

「……我が王とはこれまで二度ほど歓談させていただきましたが、その内容と云えば、主にこの〈苗木〉の外の話です。興味があったので、儂が一方的に王に訊いていたのです」

「〈苗木〉の中の話はしないのか？」

「少しばかりはしました。今でも明瞭に覚えておりますが、この土地特有の植物や小動物についての話です。それ以外は特に……ああ、そういえばそこに見える滝や、その向こうにある川の名前なんかもお話しさせていただきました」

その返答を訊いて、ラインハルトは意外とあっさり質問をやめた。ベーリン王は内心ホッと胸をなで下ろす。

「……ところで、あなたさまは」

「ラインハルトだ」

「ラインハルトさまは、どちらへ向かわれますか?」

「そうだな……」

と、ラインハルトはすこし考えたふうで、「この上に行くことはできるのか?」と、視線を滝の源流のほうへ向けて答えた。

「可能でございます。上の階層には、儂らが住む〈旧市街地〉が在ります」

「ほう。ではその〈旧市街地〉とやらを見たい」

と、ラインハルトは言った。言葉を表面的にとらえれば、やっぱり観光を目的としたかのようにも思えるが、どうにもわざとらしい言い方だった。

……まるで、上に街があることを事前に知っていたかのような。

「ではご案内します」

と族長は言った。

「ところで、お前の名はなんという?」

とラインハルトは族長に訊いた。

「これは失礼、申し遅れました――」

と言って、族長は名乗った。「儂の名は、コイヅカといいます。長らくの間、この大樹の長(おさ)をやっております」


彼が先頭になって一同は大樹の深部へと向かった。

巨大な螺旋(らせん)状の階段を上がって、滝のとなりのトンネルに入る。

入り組んで迷路のようになったその空間を一同は進む。先頭をゆくのは族長で、彼の後ろにはベーリン王と近衛の騎士が続いた。ラインハルトはそのさらに後ろを歩いている。

分かれ道が次々と目の前に現れるが、族長は迷いなくそのうちのひとつを選択していく。

ベーリン王は彼の後ろに続きながらも、なんとなく、選ばなかった道のほうに目を向けた。

そのとき――。

ふと、通路の奥に、光がみえた気がした。その光はすこし黄色みがかった燭台のものだったが、ベーリン王が気付いた瞬間、すっ、と消えた。

……そんなまさか！

ベーリン王は思った。

この大樹のなかには古代人形たちが数多くいるから、そのうちの誰かと出会っただけにすぎないはずだ。

一瞬しか見えなかったので、きっと気のせいだ。

だが、しかし。

――その光に照らされていた人物が、自分の娘のように思えたのだ。

†

「あぶなかった……」

お姫さまは暗闇のなかで胸をなで下ろした。

通路のさきでベーリン王たちの姿がみえた瞬間、燭台の火をとっさに吹き消したのだ。「気づかれちゃったかな……？」

と愛理は呟く。

「大丈夫だと思う」

とお姫さまが答える。「この場ですこし待ってから、行動しましょうか」

「はい」

と愛理は応じる。

暗闇のなかで――お姫さまが、愛理の腕にぎゅっとしがみついた。

……しばらくして、「ところで姫さま」と愛理は言った。

「なに？」

とお姫さまが返す。

「暗いところ、苦手なんですか？」

と愛理は訊いた。

「………………」

お姫さまは答えない。

――苦手なんですね！　と愛理は納得した。さっきからずっと、腕にしがみつかれたままだ。

「そろそろ火を灯しましょうか？」

「ええ」

「姫さま、火をつけてもよろしいですか？」

「いいわよ」

とお姫さまは答える。でも愛理はいま、右腕に燭台を持ち、左手をお姫さまに封印されているので、マッチを擦ることができない。

「あの……姫さま」

「なに？」

「わたし、こっちのほうの手で」と言って、愛理は腕をぐいっと動かす――お姫さまも一緒に動く――しがみついたままだった。「マッチを取りたいんですけど」

「マッチって、スカートのポケットにあるんだっけ？」

「はい」

「わたしが取ってあげる」

「え」「えーっと………ポケット、ポケットー」「ちょっと！　姫さま、……そこ、くすぐったいですっ」「え？」「くすぐったい……です……！」「ごめん……えっと、こっちかな？」「そっちは、ちがぁ……っ！」「じゃあこっち？」「もっと、違いますっ！」「えっと、……うえ？」「うえです」「ここ？」「ここくちでふ」「じゃあ下？」「ふい」「ここらへん？」「下すぎますっ！」「……あ、あった」

お姫さまは、弾んだ声で言った。「見つかったよ。ちょっと手間取っちゃった。ごめんね？」

――ぜったい、わざとだ！

と愛理は思った。

お姫さまがマッチを擦って、愛理のもつ燭台に火を灯した。ようやく周囲が見えるようになる。お姫さまはにこにこと意地悪そうな笑顔で、愛理の目をみつめていた。――この顔は、やっぱりわざとだ！

「先を急ぎましょうか」

「はい」

ふたりはふたたび迷路のなかを歩く。道がわからないので、なんとなく上へと向かっていそうな道をがむしゃらに進む。

……ようやく第二階層に到着したときには、すでに夕暮れ時になっていた。

風が吹き抜けている。

辺りは静かで、人の気配はない。

大樹の枝の隙間から橙色の空が見えた。

「そうだ、〈夕のお祈り〉をしなきゃ」

とお姫さまは言った。「ちょっと、待っててね」

「はい」


彼女は両手を組んで、瞼を閉じる——そのままゆっくりと顔を上げて——まっすぐ空を見て——瞼をぱっと開けた。

〈仰傘教〉の簡略化したお祈りの所作だった。愛理は〈仰傘教〉の信徒ではないので、そのようすを黙って見守っていた。ただでさえ美しいお姫さまが、大樹の自然に囲まれながら黄昏時に一人祈る姿はどこか神秘的で、それをいま見ているのが自分だけなんだな——ということをふと意識して——うまく言葉にできないいきもちになってくる。

——できることならこの姿をずっとずっと見ていたい、と愛理は思った。——姫さまは、自分のことをどう思っているのだろう？　愛理は考えた。——好意を持ってくれているということだけは確かだ。でも、ひとくちに好意と言っても、幅がありすぎる。ずっと城で育ったせいで、姫さまには歳の近い友人がいないから、友情としてのものなのかもしれないし、あるいは女王としての博愛で自分に接してくれているのかもしれない。けれど、自分が密かに望んでいるのはもっともっと上のことだ。もしもこのさき離ればなれになってしまえば——そのことを考えただけで——胸が苦しくなってくる。死ぬまで一緒にいれないだろうか？　姫さまもそれを望んでくれていないだろうか？——あんな身体の触り方、視線の合わせ方、好きでもない人にするだろうか？　……わからない。同性であるがゆえに境界が余計に曖昧(あいまい)になっている。異性の友人にならばできないことでも、同性の友人にならばできてしまうだろうし。一度、夜に同じベッドで寝ないかと誘われたことがあった。「一緒に寝る？」と軽い感じで姫さまは言っていたけれど、冗談で言っているのか本気で訊いているのかがわからなくて、すこしのあいだ硬直したあと、思わず拒否してしまったけれど、もしもあのとき「いいんですか？」とか言って、ほんとうに一緒に寝ていたら今頃どうなっていたのだろう？　……いくら同性だからって、そういう関係になってもいい、と思えない相手に、そんな提案するだろうか？　……わからない。ほんとうにわからない。だって、これほど自分は姫さまのことが好きなのだから、多少なりとも自意識過剰になっているはずだし、ふたりの関係について、状況について、客観的に状況を捉えることなんて、そもそも不可能なのだ。

……それに、問題は客観性とか、性別だけじゃない。

身分だってそうだ。

自分には何もない。

最大の問題点は――オノーレ王子の存在だ。

姫さまが王子のことをどう思っているのかが本当にわからないけれど、すくなくとも王子は姫さまに好意を寄せている。なぜだかそれははっきりと伝わってくる。姫さまの心のなかは霧のむこうにあるのに、王子の心のなかは虫眼鏡を通したときのようにくっきりと見える。

姫さまだって、王子と一緒にいるときはいつも楽しそうで、少なくとも嫌ってはいないと思う。誰がどう見たって、たとえ今の身分がなくたって、オノーレ王子は魅力的な人だと思うし、二人の両親は盟友で、互いに互いの子供のことを、自分の子供が結ばれるに相応しい相手だと考えているし……やっぱりこのきもちは、自分一人が勝手に暴走しているだけなのかもしれないな……と、愛理はいつも通りの結論に至った。


「おまたせ。……さあ、先に進みましょうか」

とお祈りを済ませたお姫さまが言った。

「はい」

と愛理は答えた。

ふたりは第二階層のなかを、ラインハルトたちがいないかどうか――まわりを警戒しつつ慎重に歩いて、また新たなトンネルをみつけた。

「こっちですかね？」

「たぶんね」

「あの、姫さま」

「なに？」

「……怖くないんですか？」

と愛埋は訊いた。

怖いというのは、もちろんラインハルト代将のことだ。

「たしかにラインハルトはおっかないけど、でも大丈夫よ。……愛埋が一緒にいてくれてるし……それに、これもあるしね」

と言って、お姫さまは愛埋に左の手首を見せた。そこにはブレスレットが巻かれてある。ブレスレットといってもがっちりしたものではなく、糸のように細いビフレストシルバーのチェーンで、稀少なミーミルライトが一顆あしらわれていた。――お姫さまの白くて細い腕によく似合っている。

「お守りですか？」

「そう。お守り。お父さまからいただいたの」

「綺麗ですね」

「でしょう？」

と言って、お姫さまはにこりと笑顔になる。どうやら相当気に入っているらしい。

「ところで姫さま」

愛埋は真っ暗なトンネルを目前にして、左腕をぐいっとしながら言った。

「なに？」

とお姫さまは身体を揺らした。

「マッチを出したいんですけど、いいですか?」「いいわよ。えっと……ここだっけ?」

†

愛理メモ、その62。

〈仰傘教〉……世界最大の宗教。聖地は帝国の首都にある。

†

「死体を発見したときの状況を教えてくれるかな」

わたしとハカセがダイニングに戻ると、ウロンさんがわたしにそう言ってきたので、わたしはみんなにそのときの状況を話す。

深夜に目が覚めて、ひとりでトイレに行ったこと。

そこでシャワーの音に気がついて、脱衣室へ行くとグレイさんの服があったこと。

ドア越しにグレイさんに声をかけたこと。

返事がないので浴室に入ったら、そこでグレイさんが死んでいたこと。

……グレイさんの死体に触れたことは話さなかった。

浴室を出てペンダントを確認したことについては話した。

「そんなにペンダントが気になったのか？」

とウロンさん。

「ええ。さいごにグレイさんと話したときの話題が、それでしたから……」

とわたしは答える。

よくよく考えてみればそんなことをしている場合ではないのだけれど、でもわたしにとってはみんなを呼びに行くことよりも、その好奇心が勝(まさ)ったのだ。わたしはそういう人間だから。「……それで、みなさんを起こしにまわりました」

「なるほど。第一発見者も愛埋ちゃんだけど、さいごに彼女をみたのも愛埋ちゃんだよね？」

とウロンさん。

「そうですね」

とわたし。自分のことながらすごくあやしい。ウロンさんはわたしのことを疑っているのかもしれない。でもここは冷静に対応すべきだ。過剰に反応しないことが大事。自分がやっていないことは自分がよくわかっている。とにかく話をまえに進めていこう。「わたしがグレイさんと別れてダイニングを出たのが、零時五十分前後だったと思います」

「うん。よくわかったよ」

とウロンさん。「つまり愛埋ちゃんの話によると、零時五十分あたりから二時四十二分までの間にグレイは殺されたということになる。この間に寝室を出たものはいないか？」

と言って、ウロンさんは一同を見まわした。

「わたしも、一回トイレに行ったよ」

とフメイちゃんが言う。

「それは何時ごろだった？」

とわたしが訊く。

「うーん……覚えてない」

とフメイちゃん。「寝ぼけてたから、シャワーの音も気づかなかった。あ、でも廊下で誰かとすれ違った気がするー」

「それはボクだよ」

とアンリちゃんが言う。「ボクも一度トイレに行ったけど、そのときフメイとすれ違った。あのときのフメイはほとんど目を開けずにふらふらと歩いてた」

「それは何時か覚えてる？」

とウロンさんが訊く。

「ボクも時計はみてないな」

とアンリちゃんはちょっと悔しそうに言う。「でも、愛埋ちゃんと会わなかったから零時五十分をすぎていたんだろうね。あと、ボクがダイニングに入ったときにはもうグレイさんはいなかった。そのとき、たしかにシャワーの音もきこえた」

「あの……」

と言って、ホノカちゃんが話す。「ホノカもトイレに行ったんだけどね、そのとき、グレイさんに声かけたの」

「ほんとに？」

とウロンさんは驚いて言った。「それは何時だったかわかるか？」

「わかるよ。一時十八分だった。こんな時間に誰がお風呂入ってるんだろ、って思って、ホノカ、ドアごしに声をかけたの。そしたらグレイさんが返してくれたの。ずいぶん酔っ払っている声だったから『大丈夫ー？』ってホノカ訊いたら、『大丈夫ー』って答えてくれたの」

「その時間までグレイは生きていたんだな」

とウロンさん。「一時十八分から二時四十二分。……ホノカちゃんがその会話を終えてダイニングを出ていくまでの時間を考慮すると、犯行可能時間はだいたい一時間二十分間か」

「わたし気になるんですけど」

とインビちゃん。「お姉さまは、いったい何で殺されたんでしょうか？」

「凶器の話だね」

とウロンさん。

「刃物での刺し傷のようだったな。包丁じゃないか？」

とハカセ。

「包丁は……あり得ないと思います」

とインビちゃん。

「どうしてですか？」

とわたし。

「ホノカちゃんが、鍵を持ってるから」

「鍵？」

「うん。ホノカ持ってるよ。ちょっと待ってて。取ってくるから」

と言ってホノカちゃんは一度ダイニングを出て、すこししてから戻ってきた。そしてちいさな鍵をわたしたちに見せた。「これです。これが包丁の鍵」

「包丁の鍵……？」

とハカセは不思議そうな顔をして訊く。

「まえにフメイちゃんがいたずらして、そのときにフメイちゃんは、誤って手を切ったんです」

とインビちゃんが説明してくれる。「かすり傷程度だったんですけど、でもそれ以降はちゃんと管理しようってことになって、刃物はすべてキッチンの鍵のかかる棚にしまい、その鍵はホノカちゃんが持つことになりました」

「『なるほど』」

とわたしとハカセ。

「ホノカは寝るときは、いつもこれを枕の下に入れてるから、誰かが取ったらさすがに気がつくと思うよ」

とホノカちゃん。

「となると、包丁が凶器ではないんですかね?」

とわたし。

「いやまて。ホノカは一度トイレに行ったんだろ? そのときに鍵は持って行ったのか?」

とアンリちゃんが追及する。

「あ」

と固まるホノカちゃん。「そのときは……枕の下に置きっぱだった」

「そうなってくると、そのときに鍵を盗んで包丁を手に入れ、事件発覚後のごたごたの間にまた戻すことは可能なんじゃないか?」

「どちらにせよ、その鍵を使って棚のなかを確認してみよう。凶器は現場に残されていなかったからな」

とハカセが言って、わたしたちはキッチンへと移動し、ホノカちゃんが鍵を使ってその棚を開けた。

「包丁は……全部揃ってるね」

とホノカちゃんが言った。

「血が付着している様子もないな」

とウロンさんが言った。「犯行後に洗って戻した可能性もあるが」

「このほかに凶器となりそうなものはないか?」

とハカセが一同に訊いた。「もしあれば、すべてこの棚のなかにしまっておこう」

「どうしてー?」

とフメイちゃんが首をかしげた。

彼女はみんなの思考についていけていないようだ。

「犯人はこのなかにいるんだ。武器になるようなものを、そいつに渡したくないだろ?」

とアンリちゃんがストレートに説明した。

「そっかぁ」

と言ってフメイちゃんはうつむいた。

「あ!」

とわたしは思い出す。「そういえばわたし、ナイフ持ってきてるんでした。ちょっと待っててくださいね」と言ってわたしはキッチンを出て、一度、寝室へ向かった。でも寝室にはわたしのリュックはなかった。

「あ、そうか」とわたしは気がつく。昨晩ダイニングに持っていったのだ。その後寝室に戻すことを忘れている。

わたしはダイニングに戻る。やっぱりそこにリュックはあった。ここへ持ってきたのはホノカちゃんが退室したあとだったから、ホノカちゃんがそれまで座っていた席になんとなく置いていたのだ。さっそく開けてなかを確認してみると――。

「……あれ？」

持参した折りたたみナイフがない。きのう、缶詰を開けるのに使ったやつが。

リュックのなかみを全部ひっくり返して確認する。……非常用の食料やソーイングセットががらがらとテーブルのうえに転がり落ちる。……でもやっぱりナイフがない。

「ナイフが、なくなってます」

とわたしはキッチンにいるみんなに言った。

「そうなってくると……おそらくそれが凶器に使われたんだろうな」

とハカセが言った。「ホノカから包丁を盗むのはじつはそれなりに困難だ。彼女が起きるまでの間、彼女のことを監視している必要があるし、その間自分のベッドを空にせねばならない。それをやれば同室の者に怪しまれる可能性が出てくる。といっても、アンリならば自分のベッドを空にしなくともそれができたが。……アンリはホノカと同室だからな」

「まさかボクを疑ってたの？」

とアンリちゃんは驚いた様子で言う。

「そんなことはない」

とハカセは言った。「わしが一番に考えていたのは、ホノカが管理していない刃物だ。館から出て街でさがせばそういうものは手に入るだろう。それを事前に隠し持っていたかもしれなかった。……しかし、恋塚のナイフが消えているとなれば、そいつが凶器として使われた可能性が高い。置いてあったのは現場のすぐとなりの部屋だしな」

「だけどそのナイフはどこへいったんだろう？」

とアンリちゃん。

「まだ館のなかにあるんじゃない？　みんなでさがそうよー」

とフメイちゃんが言った。さっきからずっと沈んだ顔をしていたけど、自分にやれることが見つかって元気が出てきたようだ。

わたしたちはフメイちゃんの提案に賛成して館中をさがしまわった――。


――けれど発見することはできなかった。

「どこかに巧妙に隠されているみたいだな」

とウロンさんが言った。

「愛埋さんのナイフもですが、館の鍵も見つかりませんでしたね」

とインビちゃんが言った。

「……身体検査、したほうがいいかな？」

とアンリちゃんがみんなの顔を見て、控えめな調子で訊いた。

「いちおう、やっておきましょうか」

とわたしが言って一同が賛成し、互いの身体を入念にチェックしたものの、予想していたとおりというか、重要な物は――当然、なにも出てこなかった。

朝になって、みんなで軽い食事をとって、それからすこしするとわたしは強烈な眠気に襲われた——深夜に目が覚めてからずっと起きっぱなしだったから。フメイちゃんが最初に寝室にもどって仮眠をとって、次にインビちゃんがおなじようにして仮眠をとって……というかんじでわたしたちはべつに示し合わせたわけじゃないけれど、順番に仮眠をとっていった。わたしはなんとなくホノカちゃんが起きてくるまで待っていようと思って、ダイニングの椅子に座ってうとうとしながらしばらくのあいだ耐えていたけれど、いつの間にかテーブルに突っ伏して眠っていた。


目が覚めたときには夕方だった。

なにやらまわりが騒がしい。

キッチンのほうでホノカちゃんとウロンさんが話している。ホノカちゃんが珍しく興奮したようすだった。

「どうしたんですか?」

とわたしはカウンターのむこうへ声をかけてみる。

「……あ、起こしちゃった?　ごめんね」

とホノカちゃんが謝った。

「そっちで何かあったんですか?」

「うん。これが……」

と言ってホノカちゃんが手招きするので、わたしは席を立ってキッチンのほうへまわりこむ。

わたしが到着すると、ホノカちゃんは足下を指さした。

見てみると……シンクの下の棚が開いていて、そのなかから〈人間の腕のようなもの〉がだらんと飛び出していた。

「まさか……」

とわたしはぎょっとして訊いた。「なかにグレイさんが？」

「うん」

とホノカちゃん。

「なんでこんなところに？」とわたし。

「ホノカもおなじこと思ったの！」とホノカちゃん。

「まさか犯人が!?」とわたし。

「すまん」

とウロンさんが言った。「あたしが運んだんだ。犯人じゃないけど」

「どうしてですか？」

「いや、だってほら……浴槽に死体があったままだと、みんな風呂に入れないじゃないか？　ちなみに壁とか天井も洗っといたぞ」

「だからってふつう、こんな場所に移動させる？」

とホノカちゃん。やっぱりちょっと怒っているようすだった。

「いや、あの」

とウロンさんはすこしうろたえながら言う。「とりあえずダイニングにまで運んできたときにさ、どこに置こうかって考えたんだあたしは。で、ダイニングの隅に置こうかとも思ったけれど、そうすると嫌でも食事のときに目に入るだろ？　それはちょっと、良くないかなって……」

「ホノカはね、夕飯の準備をしようと思って、鍋を取ろうとして棚を開けたの。そしたらいきなりグレイさんの腕が飛び出してきて……ホノカはほんと、びっくりしたんだからね」

とホノカちゃん。

「きみには言っておくべきだったな。すまない」

とウロンさんは謝った。「……許してくれるか？」

「謝ったからには、許します」

とホノカちゃんが言って、どうやら一件落着したみたいだった。

わたしはほっとして、シンクの下の棚のなかをそっと覗いてみる――。

ホノカちゃんの目的とする鍋は、バスタオルにくるまれたグレイさんの下敷きになっていた。

ラインハルトとその部下の帝国兵たち、ベーリン王と近衛騎士らは、族長のあとに続いてひたすら大樹を登り進めていた。

〈第一階層〉の螺旋状の階段をあがって滝の横のトンネルに入ったあと、そのトンネルを抜けて村のような場所に出たが――ラインハルトはそこにはまったく興味を示さなかった。

「〈旧市街地〉とやらはこの上にあるのか？　……そうか、ならばそちらへ向かおう」

彼はひと目見てこの場所が〈旧市街地〉ではないと判断したのだろうか？　そうかもしれないし、そうでないのかもしれない。

そうでないとはどういうことか？　……ベーリン王はラインハルトの行動のひとつひとつに違和を感じてはいたが、どうにもその正体を摑めずにいた。

一同は軽く休憩を取ったあと、上を目指して再出発した。

村を抜けて、石造りの階段をあがる――周囲の雰囲気がだんだんと変わってきた。

風が強く吹き抜けている。

大樹の壁に空いた穴から、外の世界がみえた。

いつの間にか日は沈んだようだ。

まだ〈夕のお祈り〉を済ませていないな――とベーリン王は日課を思い出したが、自らの宗教のために一同の足を止めてしまうことは控えた。あとですればいいだろう。

階段の終わりに鉄扉があった。

鉄扉のまえには木製の立札が地面に突き立てられている。

【これより先、旧市街地。心なき者進むべからず。】


「本来は、大樹の外の者をここに入れるわけにはいきません」

族長が振り返って一同に言った。「我が王の用とあれば、仕方ありませんが」

それだけを言って彼は鉄扉を開けて、一同を招き入れた。

「ここが〈旧市街地〉です」

いまの技術では再現不可能な高層建築物や、コンクリートで舗装された道があった。

「素晴らしいな。ここと似たような場所は世界各地にあるが、ここまで綺麗に残っているのは初めて見た」

とラインハルトはやはり観光者のように言って、周囲を見回したが、その目つきは急に鋭くなったようにも思える。

彼はここへきて一同の先頭を歩き始めた。建築物や路地の一本一本を確認しながら道の真ん中を行く。

彼以外の者は彼についていくことしかできない。彼の目的がなんなのかを知る者はいないからだ。

族長もベーリン王も彼のうしろを歩いた。

時々、建築物の窓のむこうから視線を感じた。古代人形たちだ。族長の命令に従って、室内で息を潜めているらしい。たくさんいる。

やがて道の突き当たり――大樹の壁に嵌められた重厚な石扉のまえで、ラインハルトは足をとめた。

「この石扉のむこうへ行きたい」

とラインハルトは言った。

――どうしてここなのだろう？　とベーリン王は思う。ラインハルトはここへ来るまでの途中にあった建造物にも興味を示していたが、けっきょくこの場所へは一直線に来てしまった。

「特に変わったものはありませんよ」

と族長が言う。

「それは私が決めることだ」

とラインハルトは族長に人差し指をむけて、釘を刺すように言った。

「じつはこの先の洋館は……儂の家なんです」

と族長が言う。

「ほう。それは興味深い」

とラインハルトは答える。

「…………」

族長はすこしの間沈黙して、困ったようにベーリン王の顔を見た。

ベーリン王はゆるりと首を振ることしかできなかった。

帝国と石国との間で結ばれる条約には、帝国の強力な〈調査権〉があるので、拒否することはできなかった。

物事がどんどんと最悪の方向へと進んでいる――とベーリン王は感じたが、なぜこうもラインハルトの行動は的確なのか。――その理由がわからない。

やはり事前に情報を得ていたのだろうか？

しかし、どうやって？

その方法がまったくわからない。

たしかに、帝国の者が身分を隠し、こっそりと石造りの街に侵入することくらいは簡単にできるだろう。しかし、この場所へは来られない。〈世界樹の苗木〉の出入りは厳重にチェックされている。この数十年の間に出入りした者といえば――直近の話だが――ベーリン王の勅令により〈世界樹の苗木〉の調査に乗り出した、本当に信頼できる者だけだ。彼らが帝国のスパイだったとも思えない。

族長が石扉を開けて、一同はなかに入った。

外からではわからなかったが、なかは洋館の造りをしていた。ホールから右と左にそれぞれ廊下が延びていて、ラインハルトはまず右へ向かった。

すこし進んだところにある両開きのドアを開けると、そこは図書室だった。本棚には旧文明時代の貴重な本が納められていたが、ラインハルトは興味を示さなかった。

図書室を出てまたすこし進むと寝室が三つ並んでいたが、ラインハルトはドアを開けて外から部屋のなかをちらりと確認しただけだった。部屋には一歩も踏み込んでいない。

そこからさらに進んだところには娯楽室があった。ラインハルトは正面奥のちいさなドアを開けて、そこが何でもないただの倉庫であることを確認したのち、すぐに身体を反転させた。

「こっちじゃないな」

あきらかに何かを捜している。

ベーリン王がちらりと族長のようすを窺うと——彼の顔面はすでに不安で蒼白になっていた。手を固く握りしめて、肩が震えはじめている。日も落ちたというのにびっしょりと汗をかいている。

「反対側だ」

ラインハルトは来た道を引き返してホールの左側へと進んだ。

廊下を抜けてドアを開けるとそこはダイニングだった。

「やはりこっちだ」

ラインハルトはそう呟いて、右に二つ並んだドアも、左のドアも、椅子もテーブルも無視してまっすぐに奥のキッチンへと向かう。

食器棚のまえで、なにかを確認するように周囲を見回したあと、彼の視線は上から下へとすぅぅぅっと下りて——

――シンクの下の棚のところでピタリと止まった。

「ここだ」

ラインハルトは確信したように言った。

彼が棚の取っ手に指を掛けた、そのとき――

「提督」

ベーリン王がそれを制止するつもりで――けれどあくまで平常的な態度で言った。「こんな場所を調べたところで、フライパンしか出てきませんよ」

ラインハルトは取っ手を握ったままベーリン王を振り返り、「それは開けてみないとわからない」と言った。

そして彼は棚を開いた。


カラン、と音を立てて料理鍋が転がり出てきた。特別なものは何もなかった。

†

「足下にグレイさんがいたんじゃね、ホノカは落ち着いてみんなのご飯作れないよ」

とホノカちゃんが主張して、グレイさんの死体はべつの場所に移動させることになった。

「つってもさ、どこに持っていく？」

とウロンさんがわたしたちに訊いた。

「んー」

とわたしはすこし考えてから、ひらめいた。「……そういえば、ちょうど良い場所があるじゃないですか」

「え」

とウロンさん。

「それってどこ？」

と首をかしげてホノカちゃん。

「霊廟ですよ。あの棺のなかに入れちゃいましょう」

とわたしが言う。

「いやーあそこは……」

とウロンさんがなぜか渋る。

「だって、棺ですよ？　それ以上に適した場所ってあります？」

とわたしがウロンさんに訊いて、

「仕方がないな。わかったよ、あの棺まで持っていこう」

とウロンさんが了承した。

あたし一人でも運べるけど？　とウロンさんは言ったけど、わたしとホノカちゃんも手伝って三人で運ぶことにする。

ダイニングを出て廊下を抜けて、中庭のなかの霊廟に入る。

部屋のまんなかの台のうえに真っ黒の棺が置かれてあって、わたしたちは蓋を外して、そのなかにそっとグレイさんを寝かせた。ポケットからグレイさんのドッグタグを取り出して、わたしはそれも棺のなかに入れた。

「おやすみ、グレイ」

とウロンさんが言って——棺はしずかに閉じられた。

わたしはふと、自分たちがこの館から脱出できたときのことを考えた。それっていつになるのだろうか？　そのときにはこの死体はどうなっているのだろうか？

未来なんて、わかりっこない。

†

「これはどういうことだ……」

ラインハルトはシンクの下の棚のなかをみつめて呟いた。「たしかにこの場所のはずなのに」

「いったい何をお捜しで？」

とベーリン王はラインハルトに訊いた。ラインハルトは一瞬、ベーリン王と目を合わせたものの、その視線はすぐに意味のない場所へと移った。考えごとをしているようすで、ベーリン王の質問には答えなかった。――もちろん、答えていたところでベーリン王はその言葉とは裏腹にラインハルトを手伝う気などさらさらなかったし、そのことをラインハルトは理解していたわけだが。――とは言っても、少なくともこのとき、ここまでずっと積み上げてきていた表面的な会話の応酬を、お喋り好きのラインハルトが放棄したのである――彼と、彼の影響を受けるすべての者にとって、なにかしら重大な局面にさしかかっていることは間違いなかった。

「今は違うのか……」

とラインハルトはまた呟いて、行方の定まりきらないふらっとした足取りでキッチンを出た。彼は姿をみせない飼い猫でも捜すかのように、ダイニングのテーブルの下をのぞき込んだり、テラスに続く廊下に顔を出したり、浴室を調べたりもしたが、やがて諦めたのか元来た廊下を引き返した。すると、廊下の曲がり角の構造上、来るさいには目立たなかったドアが目の前にはあった。中庭へと続くドアだ。ラインハルトはもちろんそこも開けてみた。中庭の中央には奇妙な形の建物がある。

「まさか」

ラインハルトの目の色が変わった。「私は間違っていたんだ！　とんだ勘違いをしていた！」

彼はその建物に駆けより、鉄扉を開いた――その瞬間、族長がラインハルトと鉄扉の間に身体をすべりこませた――彼はすぐさま後ろ手で扉を閉めた――建物のなかが見えたのはほんの一瞬だけだったが――ラインハルトの目はたしかにこのとき部屋の中央にある台座と、その上に置かれた〈棺〉を捉えた。彼のすぐ後ろにいたベーリン王も、おなじようにして〈棺〉を目撃した。

「どういうつもりだ、族長よ！」

ラインハルトは怒りを露わにして言った。「なぜ邪魔をする！」

「ここに入ってはなりません！」

族長は叫んだ。

「なぜだ！」

「ここは霊廟なのです！　荒らすことは許されない！」

「あの〈棺〉には何が入ってある」

「死者です！　眠りを妨げてはいけません！」

「その死者とやらの顔を拝みたい――そこをどきたまえ！」

「駄目です！」

「ベーリン王！」

ラインハルトは振り返って言った。「彼に、ここをどくように命令したまえ」

「………」

ベーリン王はあの〈棺〉の中身を知っている――帝国の者に、決して見られてはならないものが入ってある。

「……王よ、なりません」

族長が必死に訴えかける目をして言った。

「私が排除いたしましょうか？」と帝国の――黒い鎧を纏った騎士が――腰の剣に手を伸ばして静かに言った。

ベーリン王はその者をみて思う。――ラインハルトの右腕か。帝国のなかでも図抜けた、熟達の騎士に違いあるまい。

「不用だ。――まだお前がその剣を抜くような状況ではない」

とラインハルトが黒鎧の騎士に言った。

「はっ」

と黒鎧の騎士は剣から手を離し、一歩うしろへと下がる。

「石国の王よ、私はこの霊廟のなかを『調査』すると言っているのだ」

ラインハルトがベーリン王に宣言した。「もしもそれを拒否するようであれば、いますぐこの国を――敵国と見做す」

「…………」

ベーリン王はすこしの間答えることができなかったが、やがて観念したように、「わかりました」

とちいさく呟いた。「……族長、すまないがそこをあけてくれ」

「さあ、そこをどけ！」

ラインハルトが叫んだ。

「どきません！」

族長はそれでも抵抗した。「我が王はそれを望んでいない！」

その瞬間、
ラインハルトは腰にぶら下げた剣を抜いた——いっさいの躊躇がなかった——キェェェェッ！　と叫んで族長を斬りつける。肩から横腹にむかって斜めに切り裂いた。

血飛沫（ちしぶき）があがる。

「提督！」

ベーリン王は叫んだが、ラインハルトの耳には聞こえていないようすだった。族長が地面に崩れ落ちると、ラインハルトはその身体を何度も何度も力強く踏みつけた。その間、「提督！　提督！」とベーリン王は呼びかけ続けたがやはりラインハルトにその声は届かない。無我夢中で族長の身体に足を振り下ろす。彼の靴の裏からボキボキボキボキと骨の折れる音が鳴り響く。それでも彼は足を止めない。その鬼気（きき）迫る光景に、誰も彼を止めることができなかった。しばらく経って——ようやく彼がその足を止めたときには——〈族長だったはずのもの〉はまったく原形をとどめていなかった。全身の骨がばらばらに砕かれ、顔も四肢（しし）も内臓も潰され、そこらじゅうから体液が流れ出ていた。皿ごと床にひっくり返したトマトリゾットのようにぐちゃぐちゃだった。

〈条約〉によって、石国市民の安全は保障されている。たとえラインハルト代将といえど石国の民を殺すことは重大な犯罪行為だ——ただし、被害者が人間であればの話である。

「ベーリン王よ。大樹に住む者はすべてからくりだと言ったな？」

ラインハルトはベーリン王を睨みつけた。凄まじい迫力だった。その手に握りしめたままの剣からは、どこからどうみても〈血にしかみえない真っ赤な液体〉が滴り落ちている。

それがぽたりぽたりと地に落ちるようすをみて、ベーリン王はただ呆然としていた。

「ベーリン王！」

ラインハルトがもう一度呼んだ。

「はい」

とベーリン王は我に返ってようやく答えた。

「質問に答えろ」

「ええ」

「私はこう訊いているのだ」

ラインハルトは無残に転がる〈死体のようなもの〉を剣の先でさし示して言った。「これは、死体か？　それとも、スクラップか？」

ベーリン王の鼻先に――咽せるような匂いが突き刺さった。

……この匂いの正体は何だ!?

判らない。

だが間違いなく、鉄の匂いだ！

「……からくりです。人間ではありません」

と、ベーリン王は力なく答えた。

その言葉を聞いて、ラインハルトはようやくベーリン王から視線を外した。呼吸を整えるようにふぅーっと長く息を吐く。彼は剣をすばやく振って刃についた〈血のような液体〉を飛ばし、それを鞘(さや)に収めようとしたが――しかし、なぜか途中で引っ掛かった。

剣が収まらない。

刃をよく見てみると、〈血のような赤い液体〉がついた部分が、急速に錆びついていた。

「なんだこれは……」

ラインハルトは怪訝(けげん)そうにそれを見て、やがて剣を諦めた。彼は部下のひとりにその剣を渡して、かわりにその部下の剣を自らの腰に備えた。

「さて」

仕切り直すようにラインハルトは言った。「死者とやらの顔を拝もうか」

足下に転がる族長のことはもう忘れてしまったらしい。

彼は鼻歌でも歌い出しそうなほど上機嫌になって、霊廟の鉄扉に手をかけ勢いよく開いた――。

そして自分の目を疑った。

「……どういうことだ？」

ラインハルトは呟く。

ベーリン王にもいったい何が起こったのかがわからなかった。……ついさっき見たはずのものは幻だったのだろうか？　そんな、まさか。

そこに在ったはずの〈棺〉が、台座のうえから消失していた。

✝

お姫さまと愛理のふたりは木製の台車を全力で押して、コンクリートの道のうえを疾走していた。

ガラララララッ！　……と、台車は大きな音を鳴らしている。できれば静かにしていたかったが、いまはこの足を止めるわけにはいかない。

ラインハルトとその部下の兵たちは、すぐに追ってくるはずだ。もうこのうしろ姿を見られているのかもしれない。振り返ればすぐ後ろに彼らが迫っていて、こちらにその手を伸ばしているのかもしれない。——そんなことを想像していると、足がもつれそうになってくる。

「次、左に曲がりましょう！」

とお姫さまがすぐ隣で言った。左手には大きなビルが見える。

とにかく距離を取りたくて――ここまで大通りのど真ん中をまっすぐに走ってきたが、ここでふたりはようやく曲がった。勢いを殺さないように、息を合わせてバランスを取って、急カーブする。

ふわっと一瞬――外側を回った愛理の両足は宙に浮かんで、身体が投げ出されそうになったが――必死に台車にしがみついて、身体を引き寄せ――なんとか転ぶことなく着地することができた。曲がる瞬間ちらりと来た道に目をむけたが、追っ手はまだ洋館を出ていないようすだった。

「いったん……止まりましょう！」

「えっ、あ、はい！」

ふたりは徐々にスピードを落とす。しばらく長い距離を徐行して……ようやく足と台車が止まる。

……次の瞬間、愛理は膝に手をついた。

どっ、と汗が噴(ふ)き出す。

身体が熱い。

頭に酸素が足りなくなって……目の前が暗くなる。呼吸はしばらく落ち着きそうにない。

「……わたし、たち」

はあ、はあ、と息をしながら、愛理は言った。「……たいへんな、こと、しちゃったんじゃ……ないですか？」

「……かもね」

とお姫さまは短く応えた。彼女も膝に手をついて、肩で息をしていた。しばらくのあいだ地面をみつめていたが、やがて顔をあげて、ここまで押してきた台車を見た。

そこには〈棺〉が積み込まれている。

数分前のことだった。

ラインハルトたちとは別のルートでこの最上階層にたどり着いたふたりの目の前には、コンクリートで舗装された道が左右に延びていた。見慣れないデザインのゴミ箱の陰からこっそりと周囲を見回す。と、そのとき、愛理はゴミ箱のなかに紙の束が捨てられていることに気が付いた。紙の束にはびっしりと文字が敷き詰められてあり、どうやら原稿用紙のようだった。『〈Z〉9万字の燃えないゴミ』と題名が付されてある。その隣には『〈E〉10万字の燃えないゴミ』もある。奇妙なことにそれらは『燃えるゴミ』と書かれたゴミ箱のなかに捨てられてあった。――これって何なんだろう？　と愛理は小首を傾げた。ふと、「愛理っ」とお姫さまが愛理のことを呼んだ。愛理は原稿から目を離してお姫さまの指さす方向を見る。

ラインハルトとベーリン王たちが左のほうからやってきて、右へむかって進行していた。

ふたりもその後をつけることにした。

ラインハルトたちは道の終点にある石扉のなかに入っていく。すこし躊躇(ためら)ったものの、お姫さまが愛理の手を引いた。ふたりも洋館に侵入した。

ホールに誰もいないことを確認する。耳を澄ませると、物音が聞こえる——ラインハルトたちはどうやら右側の廊下へ進んでいったらしい。ふたりもついていこうと、図書室のまえまで行ったところで——ラインハルトたちはこちらへむかって折り返してきた。

ふたりは慌てて反対側に逃げたが、そのとき、ダイニングには向かわずに中庭に出た。

中庭には霊廟がある。

ふたりはその霊廟の裏にまわる。そこにドアがあった。霊廟には前と後ろ、ふたつの出入り口があるのだ。そのドアのとなりに木製の台車は置かれていた。お姫さまは愛埋の手を引いて霊廟のなかに入った。

すでに愛埋もかなり緊張していたけれど、どうやらお姫さまも緊張しているようすだった——手のひらに汗をかいているのが——握った感触で伝わってくる。

……このあとどうするんだろう？　と思って、愛埋はお姫さまの顔を見てみたものの——部屋が暗いのでその表情は読み取れない。

「これ、何なのかしら……」

と、お姫さまの呟く声がきこえた。目の前には〈棺〉がある。

しばらくすると、部屋の外から足音が聞こえてきた。

——誰かが一直線に、こちらに向かって走って来ている！

ふたりが台座のうしろに身を隠すのと、鉄扉が開かれるのは同時だった。愛埋ははっと息を呑んだ——。外から光が差して室内が明るく照らされたが、それはほんの一瞬で、なぜだか開いた鉄扉はすぐにまた閉じられた。

次の瞬間、ラインハルトの恐ろしい怒声が聞こえた。声をあげているのは彼だけではない。部屋のすぐ外で揉めているようすだった。

このとき、その会話の内容から——ラインハルトの目的が、いま自分たちの目の前にある〈棺〉であることを——ふたりは知った。

そうと知ってからのお姫さまの行動はすばやく、迷いがなかった。すぐさま裏のドアを開けて台車を引いてきた。

「(手伝って!)」

と小声で愛理に言う。

愛理は頷きを返す。

しばらくその場にいたから、もう目は慣れてきていた。

ふたりで力を合わせて〈棺〉を横へスライドさせる。——ぱちんっ、という何かがはじけるような音がなったが——〈棺〉はうまく台車に載った。

中庭の出入り口は二つあって、そのうちひとつはダイニングの前だが、いまはラインハルトたちがいるから当然使うことはできない。

もうひとつの出入り口は図書室の裏にあった。——こっちの出入り口を使うしかない。でもそこへ向かうのには勇気が必要だ。

ふたりは極力音を出さないようにゆっくりと台車を押す。十秒ほどのあいだ、帝国の者たちの位置からふたりの姿は丸見えだった——が、しかし見つかることはなかった。ラインハルトが族長を潰す光景に、誰もが釘付けとなっていたからだ。

廊下の足下には絨毯が敷かれているから、台車の音はほとんど出なかった。そのことに気付いた瞬間、ふたりは館の外へと向かって走ったのだった。

……洋館からすこし離れた建造物の陰で、ふたりは息をととのえた。

「さて、そろそろ移動しましょうか。愛理、大丈夫？」

お姫さまが愛理に訊いた。

「大丈夫です」

と愛理は答える。ほんとうはもうすこし休んでいたかったけれど……ラインハルトに対する恐怖心から、もっと離れたいというきもちのほうが強くなっている。

「下の階層に降りちゃいましょう」

お姫さまは右手を台車にかけて、反対のほうの手でむこうを指して言った。

「はい」

と答えたとき、愛理はお姫さまの左手を見ながら、なぜだか違和感を覚えた。

……あれれ？

何かが足りないような気がする。

ラインハルトは〈棺〉の消失に衝撃を受けて霊廟のまえで立ち尽くしていたが――それはほんの一瞬だけだった。彼はすぐさま気を取り直して室内を調べ始めた。

「なるほど、誰かがこっちから運び出したんだな」

そう呟いて、彼は入ったほうとは反対側の鉄扉を開ける。「……台車に載せて運んだようだ。図書室の裏の廊下へ向かったらしい」……中庭の砂利に刻まれた轍を見て、彼はすぐに結論づけた。

「……なにかわかりましたか？」

と、ベーリン王がラインハルトに話しかけた。いったい何が起こっているのか、ベーリン王にもわかっていない。直感的には――理解不能の幸運が突如降りかかって、すこし気味がわるかった。

……でも、おそらく、冷静にこの状況を考えてみれば――族長の意思をくみ取った古代人形たちが、〈棺〉をどこかへ隠したのだろう――と、彼はそう推測した。

だとするならやはりラッキーだ。うまくいけば、このまま〈棺〉は大樹の複雑な闇のなかに消え――永久に人の目に触れることがないかもしれない。ほんとうにツイている。

「ん？」

とそのとき、ラインハルトが〈棺〉の置かれてあった台座の足下にかがみ込んで、何かを拾いあげた。「これは……」と、彼はそれを興味深そうに観察した。

「何かありましたか？」

とベーリン王が訊く。

「犯人の証拠だ」

「証拠？」

「ああ。いま落としていったようだ。埃を被っていないし、間違いない。ところでベーリン王よ」

とラインハルトはベーリン王に訊いた。「いま我々の目の前から〈棺〉を盗みだしたのは、人か？

それともからくりか？」

「…………」

帝国の調査を、この国の民が妨害しただなんて認めるわけにはいかない――つまりベーリン王は
ここで「人だ」と答えるわけにはいかない。「提督……それは当然、古代人形でしょう。ここは〈世
界樹の苗木〉なのです。人間はいません」

「そうか。人間ではないのか。ならばいまやったのと同じように、そいつを処分してもいいな？」

「…………」

――どうしていまさら、そんなことを訊くのだろう？

と、ベーリン王は疑問に思った。

もはや取り立てて確認するようなことではないような気がするのだ。この男にとって古代人形は
ただの喋るガラクタなのだろう――と、あの光景を見てしまったからにはそう感じる。

——いったい何を確認しているというのだ？
〈棺〉を盗み出した者を——この男は、そこまで破壊したいのだろうか？

「えぇ、まあ……仕方ありません」

消え入るような声でベーリン王はそれを認めた。

「ではその者を必ずとっ捕まえて、処分しよう！」

ラインハルトは嬉々として宣言した。「ところで古代人形というのは、なかなか高価なアクセサリーを身につけているようだな」

「はぁ」

「こいつが、いま拾ったものだ。犯人が落としていったもの——」

と言って、ラインハルトは手のひらの上に載せたそれを、ベーリン王に見せた。


ちぎれたブレスレットだった。

ビフレストシルバーのチェーンに、稀少なミーミルライトが一顆あしらわれている。


ベーリン王は戦慄した。

――これは、自分が娘にあげたものだ！

なぜ、こんな場所に！

……ベーリン王はふと、目の前の人物に視線を戻した……。

ラインハルトがベーリン王の反応をじぃぃぃぃぃぃぃぃぃっと静かに観察していた。

「……っ！」

身の毛もよだつ思いのさなか――ベーリン王は思考をめぐらせた。……あの子がここへやってきたというのか？　どうして。……あの子が〈棺〉を盗んだというのか？　まさかそんなことが。

……そもそもどうやってここへ来たんだ？　さっきまで城に居たはずじゃないか。……あ、そうか――あの通路を使ったのか！　なんてことを！　あの子はここへ来てはいけなかった！

……いやでも仮に、真実がそうであったとして、ラインハルトがその事実に気づくだろうか？

……大丈夫だ。気づくはずがない。い、いい！　……このブレスレットはたしかに高価な物ではあるが、だからといってすぐにこれが王女の私物であるという発想には至らないはずだ。ラインハルトは、さっきまでここに居たのがモコであるとは推測できない。

彼はモコが普段身につけているブレスレットのことなど、知らないのだ！

でもまさか、

ひょっとしたら……

ベーリン王は――その可能性に気づいてしまった。

頭のなかに強烈な疑問がひとつ浮かんだ。

――今朝、ラインハルトは娘の手の甲にキスをしたが、それはブレスレットが巻かれた方の手だっただろうか？

第六章

仮面とナイフ

洋館の食事はいつもホノカちゃんが担当していて、「手伝おうか？」とわたしは彼女に訊いてみたけど、「いらないです」ときっぱり断られてしまった。……うむ。わたしはメイドだからこういう仕事は適任だと思ったんだけど。でも、料理中のホノカちゃんは鼻歌なんかも歌っていたりして、とても楽しそうだった。

わたしにとっては料理はたいへんな仕事というイメージだけど、ホノカちゃんにとっては趣味なんだな——ということに気付かされた。

食事を終えたあとお風呂に入りたい人だけが入り、夜が更けて一同は就寝する。いまも犯人がこの館にいるはずなのに寝ても大丈夫なのか？　当然そういう意見は出たけれど、三つある寝室にはそれぞれふたりずつが入るし、鍵を掛けて寝れば、犯人も他の部屋へは手を出せない。娯楽室で眠るハカセ以外はみんな安全なはずだ。もし犯人が同室の者を傷つければその時点で「自分が犯人です」と主張するようなものなのだ。……とりあえず夜トイレに行きたくなったり水が飲みたくなったりして寝室を出るときだけは同室の人を起こして二人一緒に行動するように、とハカセがみんなに言って、わたしたちは三日目の夜を終えた。

そして四日目の朝になった。

グレイさんを除く七人がそろって朝食を取った。その後わたしはホノカちゃんと一緒に食器を洗った（これは手伝わせてくれた）。

「今日の献立はもう考えてるの？」

とわたし。

「考えてるよ。昼はパスタで、夜はシチューにします。どんなパスタなのかとか、どんなシチューなのかとかは、できてからのお楽しみです」

とホノカちゃん。


洗い物を終えたわたしは、図書室へと足を運ぶ。図書室ではやっぱりハカセが本を読んでいた。

「ハカセ、犯人わかりました？」

とわたしはハカセに訊いてみる。

「わかるわけないだろ」

とハカセが読んでいた本を閉じて答える。「グレイ殺害時、アリバイのある者はいないんだ。しかもお前の持ち込んだナイフ——おそらく凶器に使われたと思われるアレは、一晩ダイニングに置きっぱなしだったんだぞ」

「リュックに戻すことも簡単だったはずなのに、どうして戻されなかったんでしょうね？」

「さあな。犯人に気に入られたんじゃないか？　これならあと二、三人はやれそうだ、と思ったのかもしれない。缶詰を楽々開けられるほど切れ味がよくて、しかも折りたためるからコンパクト。

「暗殺にはうってつけじゃないか」

「あれ、けっこう高価だったんですよ」

「いくらしたんだ？」

「わたしの月給の……三分の一くらい」

「金の使い方どうなってるんだよ、お前。……というか、そんなことはどうでもいい。とにかく、いまのままでは情報が足りない」

とハカセは、逸れそうになった話題を戻すように言う。

「たしかに」

とわたしは同意して、すこし考えながら言う。「うーん……。誰にでも犯行可能なわけですから、物理的なことを考えていても仕方がないような気がするので……動機から考えたほうが、じつはスマートなのかもしれないですね」

「動機もそうだが、なんというか……わしらはまだ彼女らのことを知らなさすぎる」

「たしかに」

「恋塚、あらためてここに住んでいる者たちのことを調べてくれないか？」

「わたしが尋問するんですか？」

とわたしは大げさに聞き返してみる。

「尋問でも詰問でも拷問でもなんでもいい」

とハカセは答える。

「そんなバイオレンスな」

とわたしはまた大げさに言う。

「彼女らが人間なのかそうでないのかも重要だ。人間ならば石国の市民という扱いになるが、人形ならば市民ではないからな」

「なるほど。じゃあ、やってみます」

「頼んだぞ、相棒」

と言って、ハカセは手もとの本に視線を戻し、「……世間話程度でいい」とこちらを見ずに付け加えて言った。


そういうわけで、わたしはグレイさんを除く五人の女の子たちのことを、それとなく調査することにした。


アンリちゃんはキッチンにいた。

「訊きたいことがあるんだけど」

とわたしは彼女に言う。

「ん。ボクに？　……尋問かなにか？」

といきなり警戒されてしまう。

「いや、べつに、そういうわけでは……」

とわたしはぎこちなく言い訳じみたことを言う。

「べつになんでもいいけどさ、ちょっとだけ待ってくれるかな？　すぐ終わるから」

とアンリちゃん。

もちろん待ちます、とわたしが答えると、アンリちゃんはその場で服を脱ぎはじめた。シャツを脱いで、ブラジャーまで外して、半裸になり、ズボンのホックを外して、それも脱ぎ捨て……って
おいおいおい。

「なんで脱ぐの⁉」

とわたしは叫んだ。

「こいつを塗るから」

とアンリちゃんは平然と言って、テーブルのうえに用意されたボトルを指さす。

ボトルのなかには褐色(かっしょく)の液体が詰まっている。

「これってなに？」

とわたしは訊いた。

「オイル」

とアンリちゃんは答えた。

「身体に、オイルを塗るの？」

「うん。スキンケアだよ」

「………」

「これを塗ったほうが、身体の調子が悪くならないんだよ」

「なるほど。……でもアンリちゃん、ちょっと待った。ハカセがここへ来るかもしれないのに、すっぽんぽんはマズいよ」

「あ」

とくちを開けて固まるアンリちゃん。どうやら頭になかったらしい。「そうか。忘れてた。しばらく女だけで暮らしてたから。……ということは、早く済まさないとね」

と言ってアンリちゃんは行為を継続しようとしたので、わたしはまたもおいおいおい、となった。

「ここじゃ駄目だって」

と言ってわたしは無理やりアンリちゃんを押してとなりの部屋へと連れて行く。よりによってダイニングはまずいと思う。トイレがあるし、いちばん人通りが多いし。

脱衣室に入って、

「こっちなら大丈夫でしょ?」

とわたしが言うと、

「たしかに、そうだな」

とアンリちゃんは感心したふうに答えた。……この子意外と、天然さんなのかもしれない。

「それじゃあ始めるとしよう」

と言ってアンリちゃんはボトルの蓋を開けて、中身をぼとぼとと手のうえに出した。えぇっ、そんなに使うの!?　とわたしは内心びっくりする。アンリちゃんはたっぷり手に取ったオイルを豪快に顔に塗りたくる。一瞬にして顔面がテカテカになった。顔が終わると耳に塗って、首に塗って、両方の腕に塗って、胸に塗って、お腹に塗って、

「………」

用事を待つにしても、こんな密閉された空間で裸の女の子をずっと眺めているのもなんだか気まずい気がしてきたので、「じゃ、わたしは外で待ってるからね」とわたしはアンリちゃんに言って、脱衣室を出ようとした。

すると、

「ちょっと、待って」

と言ってアンリちゃんに手首を摑まれた。……ヌルッ。

「どうしたの?」

と言ってわたしは振り返る。クルッ。

「……えっと、あのさ」

とアンリちゃんはちょっと照れたようなかんじで言った。「背中塗ってくんない? ボク身体が固くってさ、自分じゃ手が届かないんだ」

けっきょくふたり一緒に脱衣室を出ることになった。

「ありがとう。助かったよ」

と言って、アンリちゃんはダイニングの椅子に座る。わたしはその向かいに座る。

「で、訊きたいことっていうのはなに？」

とアンリちゃんは切り出した。

「グレイさんを殺すことに、動機をもっていそうな人っている？」

とわたしは尋ねた。

「それは絶対、犯人以外には解らないことだよ」

とアンリちゃんは断言する。

「そうなの？」

「そうだよ。人が人を殺す理由なんてのは、ごくごく個人的なものであるはずだ。『愛のため』だとしてもそうだし、『社会のため』だとしても、やはりそうだ。どれだけ大きな概念が殺人の目的として設定されていたとしても、個人のフィルターを通したきわめて個人的なものであるはずだ。他人には理解できないね。他人には見えない。絶対に。動機から犯人を特定するなんて、不可能なんだよ」

とアンリちゃんは言う。

彼女の言うとおりかもしれない。

でも、もしもその通りだとしても、犯人が見つかったときにわたしは犯人の語る理由を聞いて、できることなら納得したい……と思う。だからやっぱりいまは何もせずに諦めるんじゃなくて、すこしでも情報を集めよう。

「えーっとね……」

とわたしはすこし考えて言う。「さっき『しばらく女だけで暮らしていた』ってアンリちゃん言ってたよね？　それっていつからなの？」

「わからない」

とアンリちゃんは即答する。

「わからないってどういうこと？」

とわたしは首を傾げる。

「ボクらはずっと同じような生活を続けているからね。変化のない日常というのは印象に残らないものだよ」

「大雑把(おおざっぱ)でいいんだけど」

とわたしは食い下がる。

「十年かもしれないし、二週間かもしれない」

とアンリちゃん。

「ほんとうに大雑把だ」

とわたし。

「でも、そうだなぁ……。最初から六人で住んでいたわけじゃないよ。そのことくらいはボクでもちゃんと覚えている」

「そうなの？　詳しく教えて」

「最初はボクとインビのふたりだけだった。それからフメイとホノカのふたりが、なんか呆然とした表情でやって来て、危うい（あや）かんじがしたから迎え入れた。……といっても、インビがそれを主張したんだけど。その次がグレイだ。彼女はやって来るなりすぐに馴染んで当然のように寝泊まりするようになったけど、すこし警戒しているふうでもあった。名前を訊いても教えてくれないし、どこ出身なのかも教えてくれないし……いまとなってはその理由も判明したけどね。ボクはずっと、怪しい人だな、くらいには考えていたけど……まさか帝国の軍人だなんて思いもよらなかった。そして、さいごにやってきたのがウロンだ。彼女は何かを捜している様子だったけれど、それがなにかはボクにはわからない」

「へー」

「こんな話でいいのか？」

「うん、参考になったよ。ありがとう」

とわたしは言った。新情報がたくさん出てきたので満足だ。

「じゃあ、ボクからもひとつ、訊いていい？」

とアンリちゃん。

「いいよ」

とわたしは軽い気持ちで答えた。

「もしも……」

アンリちゃんはいつもの冷たい瞳でわたしを貫いて、言った。

「もしも、世界に自分ひとりだけになってしまったら――きみならどうする？」

アンリちゃんからの質問にわたしは答えることができなかった。……なぜって？

『もしも、世界に自分ひとりだけになってしまったら――きみならどうする？』

その質問を受けたときに瞬時にひらめいたのは「自殺」というワードだったからだ。じっさいにそうするのかどうかは、じっさいにそうなってみないとわからない。でも最初にひらめいた発想というのは――哲学的な難問に直面したときの――自分にとっての正解である確率は高い。「一目惚れ」とかがまさにそうだ。どれだけ立派なロジックを組み立てたとしても、けっきょくはそれが答えだったりする。とはいえそれをくちに出すことは、あの瞬間、なんとなく憚(はばか)られた。――自殺をしようと思う者にとって、この世界は自殺をしたことがない怪物だけで溢れかえった地獄なのだ。

もしも世界に自分ひとりだけになってしまったら――わたしなら絶望する。でも、そんな話をアンリちゃんとするのは――なんか重いかんじがしたのだ。

そういうわけで、いったん返事のタイミングを逃してしまうと、いったんいつもの声のトーンを忘れてしまうと、言いづらいことはさらに言いづらくなってしまうわけで……うまいはぐらかし方を思いつかなかったわたしは「そんなの想像もできないよ」と、あきらかに及第点以下の……というかちゃんと回答したとすら言えないような対応をして、逃げてきたのだった。

寝室に戻るとインビちゃんが自分のベッドに腰掛けていた。

「インビちゃん、大丈夫？」

とわたしは訊いてみる。

事件発生時に彼女は膝から崩れ、それ以降は食事のときを除いてずっと自室にこもりっきりになっているから、ちょっと心配。

「ええ、もう大丈夫です」

とインビちゃんは答える。たしかに顔色もすこし良くなっている気がする。ちょっとだけ質問してみよう。

「グレイさんの殺害に、動機をもっていそうな人っている？」

「わかりません」

とインビちゃんは答える。

「さっきアンリちゃんに聞いたんだけどね、この館って、最初から六人で住んでいたわけじゃないんだよね？」

とわたしは引き続き質問。

「ええ。いちばん最初にわたしとアンリちゃんが住んでいて、そこにフメイちゃんとホノカちゃんがやってきて、その次がグレイさんで、最後がウロンさんでした」

とインビちゃんは答える。

「じゃあアンリちゃんのことは、インビちゃんがいちばん詳しいのか」

「そうだと思います」

「アンリちゃんって、どういう子なの？」

「んー」

　とインビちゃんは考え込む。

「なんでもいいんだけど、何か特徴とかない？」

「そうですね……アンリちゃんは、優しいです。身体が強くないわたしのことを、いつも気にかけてくれるんですけど……でもアンリちゃんだって、本当はそんなに強くないんですよ？　肌も弱いですし、目も悪いですし」

　とインビちゃんは答える。

「へーそうなんだ。……インビちゃんとアンリちゃんのふたりは、いつからここに住み始めたの？」

　とわたしは続けて訊いた。

「それはちょっと、難しい質問ですね」

　とインビちゃんは言うので、

「大雑把でいいの」

　とわたしは食い下がる。

　すると。

「そうですね……」

とインビちゃんは、人差し指を自分のくちもとにあてて、少し考える素振りをみせてから答えた。

「……わたしからすれば、世界のはじまりから、ですかね」

†

廊下に出たところで、うっかり、フメイちゃんと激突した。

ガツン、とした衝撃がわたしを襲う。わたしより身長がいくらか低いフメイちゃんの頭がわたしの顎にクリーンヒットして、頭が一瞬くらくらする。

「いってーぇ」

と言ってフメイちゃんは自分の頭を押さえる。そして彼女は頭突きした相手を確認することもなく、「あっ」と言って廊下に視線を落とす。ぶつかった衝撃で何かを落としたらしい。わたしの小指くらいの大きさの、〈スティック状の何か〉だった。彼女は「さんびょうるーる」とどこかに宣言しながらそれをすぐさま拾い上げて……ようやく顔を上げてわたしに気がついた。

「あ。愛理ちゃんだったかー。ぶつかってごめんなさい」

「わたしこそごめんね、フメイちゃん。……ところで、それってなに？」

とわたしは〈謎のスティック〉を指さしてフメイちゃんに訊いた。

「これはね、おやつ」

と言って、フメイちゃんはそれをくちに咥えた。

どうやら食べ物らしいけど……わたしはそれを初めて見た。棒状の、キャンディーか何かなんだろうか？

「……食べてみる？」

とフメイちゃんが訊いてきた。

「え、いいの？」

「いいよ。いいの。はい」

と言ってフメイちゃんはそれをこちらに差し出した。

わたしはそれを受け取った。やはりわたしの小指とおなじくらいの大きさで、つるつるとした手触りの円柱だった。

「……これって、どうやって食べるの？」

「舐める」

「舐めるの？」

「そして吸う」

「吸うの⁉」

……説明されたところでいまいちイメージが摑めないけれど、とにかく言われたとおりにやってみよう。よく見てみると、円柱の頭の部分が突起している。ここから味が出るのかもしれない。……ぱくりっ。……くちに咥えて……舐めて……吸う……？

「おいしー？」

とフメイちゃんが訊いてくる。

「………………」

ぜんぜん味がしない。

金属っぽい匂いがするだけで、まったくの無味。とうてい食べ物だとは思えない。てっきり液状の何かが出てくるか、あるいは少しずつ溶けるものだと思ったけれど、そういう気配がない。食べ方が間違っているのだろうか？　でも、たしかに言われたとおりにしたんだけど。ダメ元で突起している部分を齧ってみるけど、それでもやっぱり何の味もしなかった。

「うーん」

と言ってわたしは首を傾げる。

「愛理ちゃんはダメだったかー」

とフメイちゃんが理解したふうに言った。「これはね、味がわかる人とわからない人がいるんだー」

「あぁ、なるほど」

とわたしは納得。フメイちゃんはこのスティックのことを「おやつ」と言ったわけで、いわばこれは嗜好品なのだ。嗜好品といえば、ワインにしても煙草にしても、慣れるまではその良さがわからなかったりする。もしかすると、わたしにとってはただ金属っぽいなとしか思えないこの味にも、人によってはコクとか香りとか……複雑で奥深いものを感じるのかもしれない。

「フメイちゃんは、これ美味しいの？」

とわたしは質問する。

「うん。おいしーよ」

とフメイちゃんは答える。

「ちなみにこれって、なんていう食べ物なの？」

とわたしは訊いてみる。

「かんでんちー」

とフメイちゃんは答えた。


テラスへ行くと、ホノカちゃんが壁泉のまえで奇妙な動きをしていた。全身の関節をやけに強く意識しているというか——全体的にカクカクとしていて、とにかく不自然な挙動だった。

「何してるの？」

とわたしは訊いてみる。

「ダンスしてるの」

とホノカちゃんは答える。「……なんかね、事件があってからホノカ、暗い気分になってたから……だからこういうときは踊って、気分転換でもしようって思って……それでさっきからこうして踊ってるの。ちなみにこのダンスは大昔に一大ムーブメントを築いた〈ロボットダンス〉っていう由緒（ゆいしょ）ある踊りなんだよ」

「へぇー」

……そんな踊りがあるなんて知らなかった。てっきりハカセのものまねかと思った。

「ほんとうは館の外をお散歩したりしたいんだけどね……でもいまは出れないからしょうがないよね」

とホノカちゃんはロボットダンスとやらを継続したまま言う。

「犯人がどこかに隠した鍵を、見つけないといけないね」

とわたしは言う。

「もしかしたら、鍵がなくても館から出られるかも」

とホノカちゃんはぴたりと動きを止めて言った。

「え？　それってどういうこと？」

とわたしは訊く。

「壊せばいいんだよ。あの石扉を」

とホノカちゃんは簡単に言ってのける。「そうすれば出られるでしょ？」

「でもあの扉はすごく頑丈にできてるし、壊すのはちょっと難しいんじゃない？」

とわたしは軽く反論してみる。

「そうでもないんじゃないかなあ」

とホノカちゃん。「だって、腕に〈ブラスター〉が付いてる人なら、あれくらいの扉なら破れるんじゃない？　ドッピューンッ！　ってかんじで」

「ブラスター……？」

とわたしは首を傾げる。

「ブラスター」

とホノカちゃんはもう一度言う。

「持ってる人、見たことあるの？」

とわたし。

「あるよ」

とホノカちゃん。

「この館にもいる？」

とわたしはいちおう訊いてみる。

「うーん。……この館では見たことないなあ」

とホノカちゃんは当然の返事をする。「あ、でも、ウロンさんあたりなら隠し持っててもおかしくないかも。なんかそんな気がしない？」


「ウロンさん、ウロンさん。腕にブラスター持っていませんか？　べつに膝でも指でもかまわないんですけれど」

とわたしは、娯楽室にいたウロンさんに尋ねてみる。

「そんなもんねえよ」

とウロンさんに一蹴(いっしゅう)される。

「ウロンさんなら持ってるかもって思ったんですけどねー」

とわたし。

「……って、誰かがそう言ったのか？」

とウロンさんは訊いてきた。鋭い。

「ホノカちゃんが言ってたんですけど」

とわたしは素直に答える。たぶんだけど、『ブラスターが付いていそうな人』というのは、べつに悪口ではないと思うし、問題ないはずだ。

「ホノカか……」

とウロンさんはほんの一瞬、真剣な表情をして呟いて——それからすぐにいつもの調子に切り替えて言った。「あいつ、適当なこと言いやがって」

「わたしはそれを半分信じちゃいました」

「ありえねえだろ、ブラスターなんて」

「でもウロンさんって、けっこうパワーありそうな雰囲気ありますよ。一〇万馬力(ばりき)くらいありそうです」

とわたしは適当なことを言ってみる。

「……え、なんで分かったんだ？」

とウロンさんは驚いた顔でこちらを見る。……偶然にも、当たってしまったようだ。

「ウロンさんって身長高いし、スレンダーだし、出るとこ出てて……しかもパワフルで、なにもかも完璧じゃないですか。ちょっと憧れます」

とわたしは思っていたことを言う。

「わたしはべつに完璧じゃないさ」

とウロンさんは照れたように言う。「体重とか、めちゃくちゃ重いし……」

「え、そうなんですか？」

とわたし。

ぜんぜんそういうふうには見えない。そりゃあさすがにわたしよりは重いだろうけど、でもそれは身長差があまりにもあるからだ。

「何キロあるんですか？」

とわたしは失礼を承知で訊いてみた。

「一二九・三キロだ」

とウロンさんはわたしの耳元でささやくように答えた。「——けっこう、着痩せするタイプなんだよ」


愛理メモ、その284。

〈アンリちゃん〉……意外と身体が弱いらしい。スキンケアに気を遣っている。
〈インビちゃん〉……可愛い。真っ赤な口紅を塗った唇とか、特に。
〈フメイちゃん〉……かんでんちーが好物。
〈ホノカちゃん〉……ロボットダンスが得意。
〈ウロンさん〉……けっこう着痩せするタイプ。

「どうだ？　犯人の目星はついたか？　べつにそこまではいかなくたっていい。動機になり得そうなものを抱えている者はいたか？」

図書室に戻るとハカセが訊いてきた。

「うーん」

と、わたしは手帳を睨(にら)んで、唸りながら答える。「真実に近づいたような気がしないでもないですけど、でもやっぱぜんぜん近づいていないような……むしろ、余計に混乱したような？」

むむむむむ、とそのまま唸り続けていると、「おい恋塚、考え込みすぎだ。……頭から煙が出てるぞ」とハカセに注意されてしまった。「ちょっと落ち着け」

「……わたしって、いったい何者なんでしょうか？」とわたしはハカセに真顔で訊いた。

「おまえ、だいぶ重症だな」とハカセは答えた。

「ハカセって、わたしのことを、どうして『恋塚愛埋』だと認識しているんですか？　もしかしたら、そうじゃないかもしれないじゃないですか」

「おまえは恋塚愛埋で間違いない」

「どうしてですか？　なんの根拠で？」

「根拠はいたってシンプルだ」

とハカセは自信満々に言う。「この国で常時メイド服を着ている者は、ふたりしかいない。恋塚愛埋と、ココシュカのふたりだ。そしてココシュカは、グラマラスだ。はい、証明終了」

「……ハカセのわたしに対する認識が、ここまでザルだっただなんて！」

わたしは嘆いた。

「じゃあおまえは、わしのことをなんで『天王寺朧』だと思うんだ？　そうじゃないかもしれないじゃないか」

とハカセは逆に訊いてきた。

「えーっと……、汚い服を着てるから？」

「おまえのほうが酷(ひど)いじゃないか！」

と今度はハカセが嘆いた。

「……さて、くだらん話はここらへんにして、恋塚よ、ちょっと手伝ってくれないか？」

　とハカセは話を切り替える。

「なにをですか？」

　とわたしは素直に訊いてみる。

「本探しだ」

「本探し？　……そういえばハカセ、ここにやってきてからずっと本探してますよね。目的のその本って、旧文明時代の希少本か何かですか？」

「希少本であることは間違いないが、わしが探しているのは希少本のなかでも極めて特殊なものだ」

「特殊な本？」

「〈薪書（しんしょ）〉と呼ばれている」

「…………」

　薪書。

　薪（まき）の書。

　聞いたことのない単語だ。

「それってどういうものなんですか？」

　とわたしは訊いた。

「世界から抹消された本だ」

　とハカセは答える。

「抹消された？」

「ああ。旧文明時代の末期に、世界的な規模で焚書(ふんしょ)が行われた」

「焚書ってつまり、燃やされたってことですよね？」

「そうだ。〈特定の三冊の本〉がその標的にされたのだが、まるでキャンプの薪のように——それぞれがとんでもない数燃やされたらしい。あまりも火に焼(く)べられすぎたため、その三冊の本はいつしか薪の書……〈薪書〉と呼ばれるようになったそうだ。〈三大禁書〉、〈三大壁中書(へきちゅうしょ)〉などとも呼ばれたりするが」

「世界的な弾圧にあった本って……そもそも現存してるんですか？」

「数多く出回っていた分、隠そうとした者も多かったようだ——命がけだったらしいが」ハカセは部屋をぐるりと見回して言った。「……何故かは知らんがこの図書室は禁書扱いされた書物ばかりが並んでいる。元の持ち主はいったい何者だったのか……。とにかく、この部屋になら禁書中の禁書である〈薪書〉も残っているかもしれない」

「なるほど。……ハカセはその〈薪書〉を三冊とも探してるんですか？」

「三冊とも読んでみたいが、今この図書室で探しているのはそのうちの一冊だ」

「どういう内容の本ですか？」

「古代人形の〈隠された機能〉について書かれたものだ」

「へえ」

……それはちょっと、気になる。

「隠された機能……ですか」

「ああ」

「じつは自由に壁をすり抜けることができる、とか？」

「具体的にどういうものかはわからんが、一説によれば『世界がひっくり返るようなもの』とも言われている」

……まあさすがに大げさすぎるとは思うが、とハカセは付け加えて言う。

「ちょっと興味出てきました」

とわたし。「探すの手伝います。装丁(そうてい)とかってわかります？」

「わしの知っている情報が間違いなければ、その本は単行本サイズで、上部が天アンカットになっていて、青いスピンが付いているはずだ。タイトルは『ふたつの魔法』という」

『『ふたつの魔法』……ですか」

なぜだか強烈な既視感を覚える。どこかで聞いたことあったっけ？　う〜ん……どうにも思い出すことができない。

「ええっと、単行本サイズで、上部が天アンカット……つまりガタガタになっていて、あと、青いしおりが付いてあるんですよね？　……ちなみになんてレーベルですか？」

「星壊社(せいかいしゃ)NONFICTIONSってレーベルだ」

「聞いたことないなあ」

「そりゃそうだろう」

とハカセは言う。「当時でさえそのレーベルの本を求めて本屋へ行っても、どのコーナーに置かれてあるのかがわからず、コーナーがわかったところで棚面積が小さすぎて気付かずに二、三度前を通り過ぎてしまい、ようやく見つけたところで欲しい本がけっきょく取り扱われておらず、取り寄せをしてもらおうと思っても店員がレーベルの名を知らず『……せいかいしゃ？　ですか？』『ええそうです』『正解社？』『いえ、ほしにこわす、です』……みたいな会話をするハメになるくらい『ふたつの魔法』以外は売れなかったらしいからな」

「そんなんでやっていけたんですか？」

とわたしは訊いた。

「すぐに潰れた」

とハカセは答えた。「昨日と今日で、こちら側」とハカセは本棚に指をさして言う。「つまり西側の本棚は、わしがひとりでぜんぶ調べたのだが……なにしろこれだけの蔵書量だ。北側と東側の壁一面に広がる本棚にはまだ手をつけていない」

「わかりました。じゃあわたし、北側へ行ってきますね。……ちなみに、そんな変なレーベルから本を出した作者の名前は？」

とわたしは訊いた。

「筒城穣史郎だ」

とハカセは答えた。

……聞いたことがないはずの筆名だけれど、やっぱりなぜか既視感を覚える。

†

いったい何が起こったのだろう。

どうして××ちゃんがわたしの目の前で死んでいるのだろう。

……まさかわたしが？

そんな。

頭が……どうにもはっきりとしない。

……なんだか、身体も変なかんじだ。

うまく歩けない。

だけど、なんとかここまで来れた。

……あれ。

これは何だろう？

こんなもの、いつ付いたのだろう？

……あ。そうか。

そういうことだったのか。

わたしはわたしを助けようとして、そして——。

……ところで。

いくら探しても目的の本が見つからない。

並んである書物のほとんどはわたしが読めない言語で書かれてあるから『ふたつの魔法』というタイトルではなく装丁だけを頼りに探しているけれど、それにしても見つからない。ハカセの話によれば所持しているだけで厳罰を科せられたらしいし、やっぱりふつうに置かれてあるなんてことはないんじゃないだろうか……とだんだん思えてきた。もしもこの図書室にそういう隠さなければならない本があるとしたら、わたしなら何処に隠すだろう？　……机のなか？　ガラガラっと引き出しを開けてみるけど——本は入っていない。……椅子の裏？　屈んで覗き込んでみるけど——やっぱり本は見つからない。そもそもそんな大事な本を椅子の裏側に貼り付けるなんてありえない。〈三大壁中書〉と呼ばれているくらいだからそれこそ壁の中に埋まっていたりして……と思ってわたしは壁をとんとんと叩いてみる。とんとんとんとん、とんとんとん。図書室の壁は全面にわたって本棚が並んでいるけれど、本を棚から取り出せなければ意味がないという理由上——つまりは本棚のまえには本棚を置けないという理由上、部屋の角にはわずかな隙間がある。わたしは部屋の入口からむかって右手前の壁をとんとんとんとん……次に左手前の壁をとんとんとんとん……特に変わったところはなさそうなので、今度は左奥の壁をとんとんとん……最後に右奥の壁を――

「おい恋塚、さっきから何をやってるんだ？」

……と、ここでハカセに注意された。

「壁中書って呼ばれていたくらいだから、ひょっとしたら壁のなかにあるのかなって」

「馬鹿言え、そんなことが――」

とハカセが言った瞬間だった。

「……あっ」

とわたしの指先がそれを引き当てた。

なんでもなさそうな壁の一面――ちょうど街の石畳（いしだたみ）一枚分くらいの長方形の面積が、カタッとちいさな音を立てて――それこそ老朽化したときの石畳のように、傾き、浮き上がったのだ。

「あったのか――ほんとうに？」

ハカセが傍まで駆けよってきた。

「これ蓋です。ど、ど、どうしましょう……⁉」

まさか本当に見つかるなんて。

「開けてみろ」

とハカセが言う。

「……じゃあいきますよ？」

「おう」

「……ほんとうにこれ、開けていいんですね？」

「いいから早くせい」

「…………」

心臓がどくどく鳴っているのが自分でわかる。まさかこんなわくわくするような展開がいきなり来るなんて――。

ごくり、と唾液を呑み込む音がきこえたけれど、ハカセのものなのか自分のものなのかがもはや判らない。……たぶんわたしではないはずだ。そういうベタなことってハカセの担当だし。

「ではいきますよ………ごくり」

わたしは浮いた壁と浮いてない壁の隙間に指を入れて、ハードカバーの表紙を捲るみたいに、パカり、とそれを開いた。

壁の一部の隠された空間に――ちいさな金庫がぴったりと収められていた。

「……明らかにこの中に入ってますよね？　その本」とわたし。

「あぁ、間違いない」とハカセ。

わたしは金庫の取っ手を引いてみる――当たり前だけれど、鍵がかけられていた。金庫にはパネルが付いてあって、そのパネルには旧文明時代の文字が刻まれている。何かしらのパスワードを入力する必要があるらしい。

「これじゃあ開けませんね」

「諦めるのはまだ早いぞ。これを見ろ」

ハカセが指をさした。

「あっ」

とわたしはようやく気が付く。わたしが捲った壁の一部——その裏側に言葉が書き残されていた。


『古代人形↓』


と刻まれている。

矢印の先はパネルに向かっている。

「〈古代人形の別名〉が、答えだ」

「別名、ですか」

「ああ。……別名というより、本来の呼び名、と言ったほうがいいかもしれんな。当たり前のことだが、古代人形の『古代』というのは、今この時代に生きる我々からみて古代に発明された代物(しろもの)だから、我々が勝手にそう呼んでいるのであって、発明された当時はそんなふうに呼ばれていないはずだからな」

「なるほどー」

「つまり旧文明時代の言語に翻訳してやれば、ロックは解除できる」

奇しくも、わたしとハカセのふたりは旧文明時代の言語を読むことができる、この街ではかなり珍しい人間だ。——といっても、わたしはなんとなくでしか読めなくて、古代人形のことを何て言うかなんて、わからないけれど。

ここはハカセの出番だ。

……そもそも考古学にやたらと詳しくて本業そっちのけで研究していることを揶揄して、わたしはハカセのことをハカセと呼んでいるのだから——

ハカセは間違いなく、この金庫を開けるのにうってつけな人間だ。

「……で、ハカセ、古代人形の旧文明時代での呼び名って、何なんですか？」

「いや判らん」

「おいっ」

——この爺さん、どこで活躍するんですか⁉

「知らないんですかハカセ」

「知らないんじゃない、忘れたんだ」

「おいっ」

「なんだったかなぁ……」

ハカセは頭をがしがしとやりながら部屋をうろうろとし始めた。「昔、何かの書物で目にしたことがあったはずなんだがなあ。思い出せん」

「どういう書物で目にしたんですか？」

「タイトルだ」

「タイトル？」

「書物の内容は忘れてしまったが、その書物のタイトルの一部として使われていたはずだ。……そいつも旧文明時代の禁書扱いされた書物だったはずだから、ひょっとしたら、この部屋にあるかもな」

「なら表紙とかって思い出せないですかね？　どんな表紙だったかがわかれば、わたしもこの部屋のなかから探し出せるかもしれません」

「表紙か……」

ハカセはすこし考えて言った。「たしか動物が描かれていたはずだ」

「動物ですか。何の動物ですか？」

「それも忘れた」

「おいっ」

……この調子だと、ハカセがその単語を思い出すまでにかなりの時間がかかりそうだ。

一応わたしも動物が表紙に描かれた本を部屋のなかから探してみるけど、見つかるという保証もないし。

……まあ、焦っても仕方ないか。

それからしばらくの間、図書室でのんびりと本を探した。

真昼から夕方にかけての太陽の光は、チーズの熟成過程を急ぎ足でなぞるみたいに色彩が変化して、中庭から差すその陽光はわたしの目の前の本棚の西から東へ向かってびよぉぉぉんっと伸びた──それこそ、熱してとろとろになったチーズみたいに。

わたしとハカセのふたりしかいない図書室は静かで、毛の長い絨毯が敷かれてあるから足音すら響かない。ときどき気になる本を棚から出して、また戻すときのコトりっ、という音だけが、すこし厚みのある棚板と棚板の間で跳(は)ねた。

事件のことを一瞬だけ忘れられた気がした。

ぼろぼろでがたがたのたくさんの古本と一緒にあったかいチーズにくるまれている間だけは現実から逃避できた気がした。

できることならもうしばらく忘れていたかったけれど──でもどうやらそういうわけにはいかないらしい。

わたしは遠くからはっきりと聞こえる〈誰かの悲鳴〉を──たしかに捉えたはずなんだけれど──ほんの一瞬受け入れられずに意識の外へ閉め出していたその現実を──けっきょく、仕方なく受け入れることにする。

やれやれ。

「………ハカセ、いま、悲鳴が聞こえましたね？」

とわたしはハカセに訊いた。

「ああ、聞こえた」

とハカセは、ちょっと眩しそうにこちらを見ながら答えた。

「急ぎましょう」

わたしとハカセは図書室を飛び出す。


「ダイニングの方ですよね？」

とわたし。

「ああ」

とハカセが答えて、わたしたちは廊下を右手に進んでいく。玄関ホールを抜けた瞬間、正面の廊下の角（かど）からホノカちゃんが飛び出してきた。

「わあっ⁉」

と彼女はこちらを見て悲鳴をあげた。……何かに怯えているように見える。

「ホノカちゃん、どうしたの？」

とわたしは彼女に訊く。

「か、か、仮面の人が」

とホノカちゃんは両目に涙を浮かべながら、声にならない声で言う。

「仮面の人？」

とハカセが訊いた。

「いたの！　ホノカのこと、追いかけてきたの！」

とホノカちゃんはいま自分が走ってきた方向を指さして叫ぶ。

「行ってみましょう」

とわたしが言って、ハカセが頷き、わたしたちはダイニングへと向かう……と、ホノカちゃんがいま飛び出してきた廊下の角を右へ曲がったタイミングで、後方から慌ただしい足音が迫ってきた。

ウロンさんだった。

「今の悲鳴はなんだ⁉」

と、彼女はわたしたちに追いついて言った。

「仮面の人がね、ホノカのこと追いかけてきたの」

と、ホノカちゃんがふたたび説明する。

「仮面の人だって？」

とウロンさんは不思議そうに聞き返す。

「すごく……怖かった」

とホノカちゃんは弱々しい声で言う。

「そうか。……でももう大丈夫だぞ、ホノカ。そんな怪しい奴はあたしがぶっ飛ばしてやるからな」

とウロンさんが、ホノカちゃんを安心させるように言った。「ダイニングだな？　すぐに向かおう」

わたしとハカセが首肯して、わたしたち四人は廊下をふたたび進む。ホノカちゃんはウロンさんの腕にしがみつきながら付いてくる。左の角を曲がると、ダイニングへのドアが開きっぱなしになっていた。

わたしたち四人はダイニングに踏み込んだ。

「……誰もいないようだが」

とハカセ。

「あっちから来たの！」

とホノカちゃんが、〈仮面の間〉のほうを指さして言う。

「〈仮面の間〉か」

とふたたびハカセ。

「ドアが開いてるな」

とウロンさんが言う。

「ほんとだ」

とわたし。……部屋のドアはいつも、きちんと閉められているのに――なぜか今は少しだけ隙間ができていた。

「行こう」

とハカセが言って、わたしたちは〈仮面の間〉に踏み込む。

「……あれ？　妙だな」

と、先に部屋に入ったハカセが足を止めて言った。

「どうしたんですか?」

とわたし。

「これを見ろ」

とハカセ。「仮、面とマント、が一、セッ、ト、な、くなっ、ている、」

「「ほんとだ……っ!」」

とわたしとウロンさん。むこうのドアの両脇に並んだ仮面とマントのうち、右側にあったはずのものが一セットまるまる欠けていた。

「ホノカが見た仮面というのは、ここにあったやつのことか?」

とウロンさんが後ろでホノカちゃんに問いかけた。

「……たぶん、そう」

とホノカちゃんが答える。

「ここにあった仮面とマントを、誰かが持ち出しているってことですよね?」

とわたしが言った。

「そういうことになるな」

とハカセが答えた。「……独りでに動き出さない限りはな」と彼は付け加えた。

「独りでにって……そんな」

「とにかく奥の部屋を調べてみよう」

とハカセが言って、わたしたちは植物庭園に踏み込む。……気のせいだろうか？　いつもより、じめっとした嫌な空気が漂っているような気がする。

いや、気のせいじゃない。

室内で育てられた植物の枝や葉からは大量の水滴がぽたぽたと滴り落ちているし、床も濡れている。

室内全体がびしゃびしゃに濡れていた。

「仮面はこの部屋にはなさそうだな」

とウロンさんが言って、わたしたちは植物庭園をそのまま奥へ奥へと進む。

「この先はたしか、テラスか……」

と先頭をゆくハカセが、ドアノブに手をかけながら呟いた。

彼はそのドアを開けて、
わたしたち一同はテラスに踏み込む。

――そして絶句した。

インビちゃんと、フメイちゃんと、アンリちゃんの三人が、テラスの床に倒れていた。

「これはいったい……」

ハカセが呆然として言った。彼と同時にテラスになだれ込んだわたしとウロンさんとホノカちゃんの三人も、ほんの一瞬、その光景を見て足を止めた。

インビちゃんもフメイちゃんもアンリちゃんも――誰もぴくりとも動かない。

意味がわからない。

まるでガラクタみたいに――ただそこに転がっている。

わたしはインビちゃんに駆け寄った。

「インビちゃん！　インビちゃん！」

と叫びながら彼女の身体をゆする。

インビちゃんは刃物か何かで斬られたらしい。首筋が裂けていて酷い出血をしていてそれは床に広がって冗談みたいにちいさな赤い池を作って――彼女の上半身はなぜかずぶ濡れで息をしていなかった。

はじめて見たときからお人形さんみたいだなって思っていたけれど、顔から血の気が完全に引いて瞼は開いたまま、綺麗な碧色の眼球が宝石みたいにきらきらと輝いて、彼女はほんとうによくできた等身大のお人形さんに成り果てていた。

「脈は取ったか？」

とハカセがむこうから訊いてくる。ハカセはアンリちゃんのところに、ウロンさんとホノカちゃんの二人は、フメイちゃんのところにそれぞれ駆け寄っていて、どうやらハカセはアンリちゃんの頸動脈に指を当てているようだった。

わたしも、インビちゃんの血の出ていないほうの首筋に触れて——

「駄目です」

とかぶりを振って、ハカセに答えた。

「そっちは死んでいたか」

と言ってハカセがこちらにやって来る。

……そっちは？

とわたしは一瞬思考が止まる。

そっちは、って、どういうことだろう？　もしかして、というかもしかしなくても……むこうは違ったのだろうか？

「アンリちゃんは？」

とわたしは傍までやってきたハカセに訊いた。

「生きている」

とハカセは答えた。「気を失っているだけだ。頭に傷があるが、そこまで重いものではないだろう」

「よかった……」

「こっちも生きている」

とウロンさんがフメイちゃんを抱き起こしたまま言った。「フメイも頭に傷があるが、気を失っているだけだ。そのうち目を覚ますはずだ」

つまり、インビちゃんだけが殺されたのだ。なぜ？

残り二人は気を失って倒れていたのだ。どうして？

「どうやらインビも頭に傷があるようだな」

とハカセが彼女の傍にしゃがみ込んで、確認して言った。「首を切られているのはインビだけか。……血はそれなりに出ているが、断面はそれほど綺麗じゃないな。切り傷が致命傷になったようには思えん。……そして、上半身がずぶ濡れだな」

たしかにハカセの言うとおり、インビちゃんは首だけではなく、頭からもわずかに出血していて、いや、上半身がなぜかずぶ濡れだった。

「アンリの頭も濡れていたが……どういうことなんだ」

とハカセが呟く。

「え、アンリちゃんも濡れているんですか？」

とわたしはハカセに訊いた。

「濡れていた。……といっても、アンリの場合は頭だけだ。インビのように身体までは濡れてない」

テラスの床には〈バラバラに砕けた何か〉が散らばっていた。

「これはなんだろうな？」

とハカセは床を見詰めながら言う。

「たぶん、花瓶です」

とわたしは答えた。床に散らばっているのは、まえにホノカちゃんがここを案内してくれたときに少しだけ会話に出てきた、あの空の花瓶の破片だと思う。花を活けてこのテラスを明るく飾る予定だったもの。犯人はそれを使って三人の頭を殴ったのだ——花瓶が割れて砕けるくらいの勢いで。破片の量からしても、位置からしても、一人につき一個——つまり三つの花瓶を消費したように思える。

「こっちにも何か落ちてるな」

と言ってハカセがそれを拾い上げた。

インビちゃんの傍にはタオルが落ちていた。白いタオルだ。でも——

「血が付着してますね」

とわたしはそれを見ながら言った。

「ああ」

とハカセが頷く。

「ホノカちゃんが見たっていう、〈仮面とマントを付けた人〉って、どこへいっちゃったんですかね？」

とわたしはハカセに訊いた。

「恋塚、おまえは馬鹿なのか？」

「え？」

「……まあいい」

ハカセは呆れるように言って、タオルを床に戻した。「仮面とマントを付けた人物がいまどこにいるのかなんてのはまったく意味のない疑問だが……しかし、その仮面とマントが現在どこにあるのか、ということについては気になるな。とりあえず、このテラスにあるのかどうか調べてみようか」

「ええ」

とわたしは答えて、わたしたちはそれを捜した。

けれど、壁泉のなかを確認しても、まだ形を保ったままの空の花瓶を覗き込んでも——仮面とマントは見つからなかった。

「ひょっとしたらダイニングですかね？　それか植物庭園のどこかか」

とわたしは言った。

「その可能性はある。わしはここにいるから、捜してきてくれないか？」

とハカセが言った。

「ホノカも手伝うよ」

とホノカちゃんが言った。「ひとりで捜すのは、大変だと思うから」

「じゃあ、一緒に行こっか」

とわたしは言って、わたしたちはいったんテラスから離れて、失われた仮面とマントを捜した。

でもなぜか、それは見つからなかった。


ダイニングもキッチンもトイレも浴室も捜したけれど——どこにもない。

植物庭園も捜したけれど、やっぱりなかった。


「どうだった？」

と、テラスに戻ったわたしたちにハカセが訊いた。

「ありませんでした」

とわたしは答えた。

「トイレにも浴室にもなかったか？」

「隅々まで捜したんですけど、どこにもなかったです」

「じゃあどこに消えたっていうんだ……」

「ほんとうに、仮面とマントをつけてる人って見たんだよね？」とわたしはホノカちゃんに訊いた。

「もしかしたら、人じゃなかったのかも……」

とホノカちゃん。「だって、ホノカたち以外にはこの館にいないはずなのに……そうすると誰にも仮面なんてつけられなかったはずなのに……ホノカが見たのって、怪人だったのかな」

「こわっ」

とわたし。

ホラーは大の苦手だ。

「そ、そんな馬鹿なこと、あるわけないじゃないかっ」

とウロンさんが珍しく声を震わせて言った。「……怪人だなんて」

「…………」

この人、わたし以上に怖がってる！　意外だ。

「まあそうですよ。怪人なんているわけないです」

とわたしは言った。

「そんなの現実的じゃないしな」

と、隣でハカセが顔を真っ青にして歯をガタガタと震わせて言った。

「…………」

お前もかい！

……と、その時だった。

「うぅ」

とアンリちゃんが呻いた。

「アンリちゃん！」

わたしたちはアンリちゃんに駆け寄る。

「いててて……」

と言って、頭を押さえながらアンリちゃんは身体を起こす。

「アンリちゃん、大丈夫？」

とわたしは彼女の身体を支えながら声をかける。ハカセが言っていたとおり、彼女の頭はなぜか濡れていない。……濡れていたというよりは、髪の毛が湿っていた、と言ったほうが厳密かもしれないけれど。水が滴り落ちるようなかんじではない。

「へーき」

と彼女は答える。

「何があったか教えてくれる？」

とわたしはアンリちゃんに訊く。

「仮面をつけた……」

アンリちゃんが言った。

「仮面をつけた怪人に襲われた！」

「「「怪人……っ！」」」

一同が、ギクッ、となった。

「仮面の、怪人？」

とわたしは恐る恐る訊いた。

「ほんとに見たんだ！　ボクの頭を、何かで殴ったあと、消えていった！」

と言ってアンリちゃんは身体を捻(ひね)って、指をさした。

「――あの鏡のなかに！　仮面をつけた怪人が、鏡のなかに消えた！」


「「「「鏡のなかに……っ！」」」」

一同がふたたび、ギクッ、となった。

人を嘲笑するような表情のあの仮面――それをつけた何者かが、三人のことを襲って、鏡のなかに消えるシーンをわたしは想像した。

……こわすぎる。

でも、だからと言って、何も調べないわけにもいかない。

「鏡のなか……」

とわたしはふたたび呟いて、その方向に顔をむける。テラスの壁にはたしかに鏡が掛かっているけど……そこに消えたって、いったいどういうことなんだろう？

すぐさま、わたしとハカセがその鏡に近づいた。アンリちゃんも傍までやってきた。

「いたって普通の鏡にみえるな」

と言って、ハカセは鏡の表面に触れる。端の方を指先ですぅっと撫でたあと、手首を返して、こんこんこん、と軽くノックをする。

「じつはこの裏に隠し通路でもあるとか?」

と言って、わたしは鏡と壁の隙間を横からのぞき込もうとしてみるけれど——ぴったりとくっついているので不可能だった。

「……ほんとうにここに消えたのか?」

とハカセはアンリちゃんのほうをみて言う。

「気を失う間際に、たしかに見たんだ」

アンリちゃんは答える。「仮面だけじゃなくて、マントもつけてた」


一同が鏡を睨みつけて考え込んでいると、アンリちゃんに続いてフメイちゃんが目を覚ました。

わたしたちは彼女の傍に駆け寄った。

「フメイ! 大丈夫か?」

とウロンさんが訊いた。

「ん……。わたし……?」

とフメイちゃんは目を小さく開けて、朦朧とした様子で話す。

と、このときわたしは、フメイちゃんの身体が全身びしょ濡れになっていることに気が付いた。

——つまり、テラスで倒れていた三人が三人とも濡れていたということになる。

インビちゃんは上半身、アンリちゃんは頭、フメイちゃんは全身。

……これって一体、どういうことなんだろう？


「大丈夫か？」

とふたたびウロンさんが訊いた。

「……だいじょーぶ……です」

と弱々しい声でフメイちゃんは言う。

「誰にやられた？」

とハカセが訊いた。

「誰……に……？」

とフメイちゃんは呟くけれど、いまの状態で、ちゃんとこちらの言葉を理解できているのだろうか。

「フメイ、おまえの頭を殴ったやつは、一体誰だ？」

とウロンさんがフメイちゃんの身体を抱き起こしながら訊いた。

「えっと……うーんと」

とフメイちゃんはわたしたちの顔を見上げて答えた。「──わからない」

「わからないの？」

とわたしが訊いた。

「うん、わからない」

とフメイちゃん。

「それは、後ろから殴られたとか、そういうことか？」

とハカセはふたたび訊く。

「うーんと……」

とフメイちゃんは少し考える様子で、「それもわかんない。……テラスに来たことはなんとなく覚えてるけど、それ以上は、わかんない。いつの間にか寝てました」と、まるで自分が殴られたということにすら気が付いていないかのように、答えた。


……それからしばらくの間、わたしたちは考えこんだ。

ハカセはまた鏡のまえに立っている。アンリちゃんが言った『仮面の怪人が鏡のなかに消えた』という言葉が気になっているのだ。

わたしも気になる。

「うーん」

……たぶん、こういう謎に直面したとき、いちばんの問題は視野が狭くなってしまうことだと思う。だからわたしはむしろ、距離を取って鏡を見てみることにした。できるだけ遠く――部屋の反対側まで離れてから、その鏡を観察してみる。

「ハカセ、ちょっとどいてください」

とわたしが言うと、ハカセは鏡のまえから、すこし横に移動した。

「相棒、何か見えるか？」

「うーん。とくには何も。……あ、そうか」

とわたしはここでひらめいた。

アンリちゃんが気を失う間際に、それを見たと言うのなら、アンリちゃんが倒れていた場所から見るのが正しいんじゃないだろうか？　鏡なんだから、もしかしたら何かが反射して映ったのかもしれない。

そしてこの発想がビンゴだった。

アンリちゃんが倒れていた場所へ移動して鏡を見てみると……ほんとうに映っているものがあったのだ。

「あ！　見えました」

とわたしは思わず叫ぶ。

「なにが見えた？」

とハカセが訊いてくる。

「通気口です」

と言って、わたしは身体を反転させて、さっきまで立っていた東側の壁のほうにあるそれを指さした。「ここからだと、ちょうど鏡越しにあの通気口が見えます」

「ほんとか！」

と言ってハカセがこっちにやってくる。

そしてふたりで通気口の傍へ行く。

通気口はわたしでも手を伸ばせば届きそうな高さにあって、入り口には鉄の柵がしてあるものの、這えばなんとか人が通れそうなくらい大きい。

「この向こう側はどうなっている?」

とハカセ。

「えーっと、ちょっと待ってください……」

と言って、わたしは自分で描いた見取り図のメモを確認する。「倉庫です。この向こうにはちょうど、娯楽室のとなりの倉庫があります」

わたしとハカセは顔を見合わせた。

「……役に立つじゃないか」

とハカセがわたしにぼそりと言った。わたしは見取り図のことをやっと褒められて、なんだか急に嬉しくなる。

「ほーらねっ」

と言って胸を張った。

わたしとハカセがテラスの出口に向かったとき、ウロンさんがこちらへ駆け寄って来た。

「あたしも行く」

とウロンさん。

「あ、ホノカも」

とホノカちゃんも言ってこちらへやってくる。

「わしらふたりで大丈夫だ」

とハカセが言って、それを制した。「すまんが、フメイとアンリに付いていてあげてはくれんか？」

……そういうわけで、ウロンさんとホノカちゃんをテラスに置いて、わたしとハカセのふたりだけで倉庫へ向かうことになった。


テラスを出てダイニングを通過し、廊下を急ぎ足で進む。

「ねえハカセ」

とわたしはとなりのハカセに言う。

「なんだ？」

とハカセが訊いてくる。

「……やっぱ、なんでもありません」

とわたしは言う。

「なんなんだ」

とハカセは応じる。

「………………」

……たぶん、ハカセがウロンさんとホノカちゃんをテラスへ置いてきたのは、四人を互いに監視させるためだ。犯人が怪人——もとい第三者だった場合を除いて考えると、犯行可能時間にアリバイがあったのはわたしとハカセのふたりだけで、それ以外の四人全員を、ハカセは一応、疑っているのだと思う。まだテラスの隅々までを調べきったわけじゃないし、現場を離れている間に犯人に証拠の隠滅（いんめつ）をされると困るから、ウロンさんとホノカちゃんをあそこに置いてきたのだ。……って、そう思ったからそう話そうと思ったけれど、よくよく考えてみたらわざわざハカセに言うことでもないのでやめたのだった。これじゃあ推理ではなく推理の推理だし、まったく事件解決とは関係がないし。

なんか感じわるいし。

わたしたちは図書室の角を曲がって廊下の突き当たりの娯楽室に入って、正面奥まで進んで倉庫のドアを開けた——。

わたしはまず左側の壁のところに目をやる。そこには通気口があった。テラスに繫がる四角い穴が。

次に部屋を見回してみる。

……まえに来たときとは様子が変わっていないようにもみえるけれど……って、あれれ？　なんだかおかしいぞ。どこかが変わっているような気もする。どこだろう？　……あ、もしかしたら、あれかなぁ？

わたしは通気口のちょうど真下あたりに置かれた木箱に近づいた。まえに来たとき、ここに木箱はなかったような気がしたのだ。……なんとなく。

その「なんとなく」を確かめるために木箱を開けてみる——

「あっ」

とわたしは思わず声をあげた。

木箱のなかにはマントが入っていた。

「……マントか」

とハカセが呟いた。

わたしはそのマントに手を伸ばす——指先に冷たい感覚がして、マントが濡れていることに気がついた。


つまみ上げてみると——下からは仮面と、折り畳みナイフが出てきた。

仮面はもちろん〈仮面の間〉にあったものの一つだ。ナイフはわたしがこの館に持ち込み——そして何者かに盗まれたもので、間違いない。

仮面の表面にもナイフの刃にも赤い液体が付着していた。……水に濡れて薄まってはいるものの、これは人間の血液にしかみえない。

「ハカセこれ」

とわたしは言う。興奮して声がうわずっているのが自分でもわかる。「犯人が身につけていたものと、それに凶器も」

「そのようにみえるな」

とハカセが言った。

「どうしてここにあるんでしょうね？」

とわたしは訊いた。

「それはとても重要な問題だ」

とハカセは答える。

「とりあえず、あれに入ってみます」

とわたしは通気口を指さして言う。「通り抜けできるかどうか……つまり、テラスとこの倉庫を行き来できるかどうか、調べておかないと」

「名案だ」

「ハカセはちょっと、むこう向いていてください」

「え、なんで？」

「いいから」

わたしは傍にあった棚に無理やり足を掛けて、通気口に手を伸ばす——やっぱりなんとか、人がひとり入れそうだ……一張羅のメイド服が埃で汚れそうだけど、でもそんなことを言ってる場合じゃない。そのまま這って通気口のさきを進む。向こうに光がみえる。いちばん端まで行くと——鉄柵越しにテラスがみえた。わたしは鉄柵を摑んで、力を込めて揺(ゆ)すってみる——横に動かそうとも上下に動かそうともピクリともしない。顔を近づけてよく観察してみるけど、外せそうにもない。——ひょっとしたらこちら側にネジか何かが付いているんじゃないだろうかと思ったけれど、そういうものは一切ない。ちなみにテラス側にもそんなものはなかった。いちおう鉄柵のあいだに手を入れてみると——指先がすこし出る程度。わたしの指はわりと細い方だとおもうけど、それでも第二関節が通らない。

それだけ調べたらこんどは後ろ向きに這って倉庫に戻った。

「で、どうだった?」

とハカセが訊いてくる。

「あの鉄柵はぜったい外せませんね。この通気口は、人が出入りするのは不可能です」

とわたしはメイド服についた埃を払いながら答える。

「仮面やマントやナイフは通せそうか?」

「無理ですね。マントですら通らないです」

「そうか……」

とハカセは頷いた。

「謎は深まるばかりですね」

とわたし。

「深まるだって?」

とハカセが言った。「今、す、っ、き、り、解、決、し、た、じゃないか」

「え、うそ」

とわたし。「ハカセ、それって本当に？」

「犯人がわかった」

とハカセが言った。

「誰ですか？」

とわたしは訊いた。

「ウロンだ」とハカセはあっさり答えた。

†

「〈棺〉を捜せ！　手段は問わない！」

ラインハルトは部下の兵士たちに命令した。

「「「はっ！」」」

数十名の帝国兵たちは一斉に散らばり、広大な世界樹内の捜索を始める。

あまりにも残虐で、冷酷無残なやり方だった。

「開けろ！」

兵士の一人は旧文明都市の建造物内に押し入り、〈棺〉の在処を問う。

「〈棺〉を盗んだ者はどこだ？」

「知りません！」

と古代人形の男が答える。彼の背後には、家族と見える女や子供が怯えたようすで静かにそのやり取りを覗っている。

「本当のことを言え！　貴様は〈棺〉を盗んだ者を見たのだろう！」

「見てません！　本当です！」

「役立たずのガラクタめ！」

帝国兵は男を切り捨てた。

血飛沫があがる。

古代人形の男は床に倒れ――〈死体のようなもの〉となる。

背後で怯えていた家族は悲鳴をあげた。

帝国の兵士は血の滴る剣を手にしたまま、部屋の奥へと押し入り、恐怖で震えるその家族の目の前にまで迫り、子供を両腕で覆って守る母親の額に剣先を突きつけ、問うた。

「……お前は見たんじゃないか？　さあ、本当のことを言え」

「ウロンだ」

と、ハカセが犯人の名前をくちにした。

「……ウロンさん？」

とわたしは驚く。「どうしてウロンさんなんですか？」

「状況を素直に整理すれば、簡単にわかる」

ハカセが説明した。「犯人はインビを殺害し、アンリとフメイを花瓶で殴って気絶させた。……まあ、この三人がどの順番で襲われたのかはわからんが、それは問題ではない。すくなくとも犯行時、犯人は仮面とマントをつけていた。だから顔は見られていない。犯人はその後、ダイニングへ向かう。そこにホノカがいて、彼女は悲鳴をあげる。ホノカはそのまま廊下に逃げたわけだが——このとき、犯人も彼女のすぐうしろを追いかけた。ホノカはダイニングを出たあと、廊下の角をまず右へ曲がって——次に左へ曲がって、玄関ホールの手前でわしらと会った。——なにがあったんだ、とわしらが騒いでいる間に犯人はそのまま廊下から中庭に抜けたんだ。中庭へと続くドアは、我々の位置からだと角を曲がった先なので死角になっている。その後犯人は急いでこの倉庫までやってきて、仮面とマントとナイフをこの木箱のなかにしまい、今度は寝室のまえの廊下を経由して——ダイニングに踏み込む直前の我々三人に後ろから追いつき、合流した。それができるのはウロンしかいない」

たしかにあのとき、ちょうどそんな感じのタイミングで、ちょうどその方向からウロンさんが駆けつけてきていた。

「そんな……どうしてウロンさんが」

「知らん。殺人の動機なんてのはな」

とハカセは言う。「本人にとっては大ごとかもしれんが、他人にとってはどうでもいいことだ」

「そうですよね……」

とわたしは言った。

人が人を殺す理由なんて、他人にはぜったいに理解できないって、そういえばアンリちゃんも言っていたけれど、それを理解できるようなつもりになっていること自体が、そもそも——烏滸がましいことなのかもしれない。


とはいえ犯人が判明した。

これにて一件落着だ。


……と、ハカセとわたしは思っていたけれど、それは違った。

一瞬で覆されることになった。

「わたしはテラスにも倉庫にも行ってないぞ」

とウロンさんが否定したのだ。

彼女が犯人なのだから、嘘を吐いてもべつにおかしいことじゃない。

「それを証明することはできるか?」

とハカセが問い詰める。

「できない! 一人で過ごしていたからな!」

とウロンさんは言い切った。犯人にしてはやけにあっさりしているな、とわたしは思ったけれど
——次の瞬間、衝撃的な事実が判明した。

「ウロンさんはテラスには行ってないよ」と、ホ、ホ、ノ、カ、カ、ちゃ、ゃ、ん、ん、が、が、証、言、し、し、た、のだ。


「それはどういうことだ?」

とハカセが驚きを隠せないようすで訊いた。

「えーっと、どこから話せばいいのかな……」

と言って、ホノカちゃんはすこし考えてから、ゆっくりと話し始めた。「……ホノカね、午後はずっとテラスにいたんだけど、途中で一度、愛理ちゃんがやって来ただけで、それ以外の人は誰も来なかったの。それで、そろそろ夕飯の準備をしようかなーと思って、ダイニングに行ったの。……それでね、ホノカはそれからずっとダイニングにいたの。途中でダイニングを通り抜けた人がいたけど、それはアンリちゃんとインビちゃんとフメイちゃんの三人だけで、他の人は——もちろんウロンさんも、通らなかったよ?」

「一度もダイニングから出ていないのか？」

とハカセが訊いた。

「うん」

とホノカちゃんが頷く。

「トイレも？」

とわたしが訊いた。

「行ってないよ」

とホノカちゃん。

「誰かがこっそり通り抜けたんじゃないか？」

とハカセ。

「さすがに気付くよ」

と自信満々にホノカちゃん。

「でも、通気口は通れないし、テラスを出入りするためには必ずダイニングを通る必要があるわけですよね」

とわたし。

「ほんとに、誰も通ってないよ」

とホノカちゃんはふたたび証言した。

「あり得ないだろ」

とハカセ。

「ほんとだよ」

とホノカちゃん。

「それってさあ」

とウロンさんがその状況を簡潔にひとことで言った。

「つまり、現場は密室だった、ってことじゃないか」

†

愛理メモ、その285。
〈ホノカちゃんによる証言まとめ〉
19：45　ホノカ、テラスからキッチンへ。
20：10　インビ、ダイニングを通って仮面の間へ。
20：18　アンリ、ダイニングを通って仮面の間へ。
20：21　フメイ、ダイニングを通って仮面の間へ。
20：29　仮面の間から、仮面の怪人が現れる。
数分後　一同、倒れている三人を発見。

（ホノカちゃんいわく『ホノカは料理をするときにはね、キッチンの時計を見ながら秒単位で時間を計ってるから、この時間はぜったい確実だよ』）

「……と、こんな感じらしいです」

わたしはハカセにメモを見せながら言う。「ホノカちゃんはキッチンから動いていないので、被害者が倒れていたテラスと、仮面やナイフの置かれていた倉庫の間は、誰も行き来できないんです」

「だが〈仮面の怪人〉とやらは確実に存在したはずだ」

とハカセが言った。

わたしとハカセの二人は植物庭園内でうろうろと歩き回りながら、事件についてずっと考えていた。

いつの間にか朝日が昇ってガラスの壁の向こうから光が差して——庭園内の植物が色鮮やかに輝きはじめた。

「そうですね……この館に第三者がいないのであれば、犯人は確実に顔見知りなわけで、だから素顔を隠すのに仮面をつける必要があった、ってことですよね」

とわたし。

「その通りだ」

と言ったきり——ハカセはいつものように頭をがしがしとやって、考え込んだ。

「…………」

わたしも植物庭園の歩道の上をゆっくりと歩きながら、真剣に考えてみる。……気になる要素は多いけど、状況は意外とシンプルだ。

・仮面をつけた人物は確実に存在した。
・しかし、テラスと倉庫は誰も往復していない。

……あれ？

これってけっこう、簡単なことなんじゃ……？

「恋塚、どうした」

ハカセがこちらを見て訊いてくる。「何かわかったのか？」

「たぶん、わかりました」

とわたしは答える。

「……トリックがわかったのか？」

と、いつになく真剣な表情でハカセが訊いてきた。

「ええ。犯行方法がわかりました」

とわたしは言う。「犯人は仮面をつけてはいたんですけど、テラスから倉庫へは移動していないいんですよ」

†

お姫さまと愛理のふたりは〈棺〉の載った台車を押して、世界樹の通路内を進んでいた。細く曲がりくねった獣道(けものみち)をゆっくりと慎重に下る。世界樹の内部は想像以上に複雑で、途中にいくつも分かれ道があって——これならラインハルトとその部下たちからうまく逃げられるかもしれないな、とお姫さまは思った。——それにしても、この〈棺〉の中身は何なのだろう？　お姫さまは考えた。

……わからない。でも、あの父の反応を見る限り、この国にとって大事なものであることは間違いなさそうだ。〈棺〉には太い鎖が巻かれてあって、中をいますぐ確認することは難しかった。中に何が入っているかはわからないが、帝国に引き渡してはいけないものだ、ということだけは確かだった。すぐとなりで愛理が一生懸命に自分のことを手伝ってくれていた。——もしもこの子がいなかったら——もうとっくに駄目だったな、とお姫さまは思った。そもそも、ラインハルト代将を尾行するということについても、愛理がいてくれなかったら——自分ひとりだけなら——そんな勇気は出せなかっただろう。

一国の王女であるからといって、自分に特別なところは何もない。

そんなことはわかってる。

でも。

愛埋がすぐ傍にいてくれるときだけ——ほんのすこし、気丈に振る舞える。

「姫さま、むこうの方から水の音が聞こえてきます」

と愛埋が言った。

耳を澄ませてみると、たしかにざあざあといった水の流れる音が聞こえる。

「近くに川があるようね。行ってみましょう」

そこからすこし先に進むと、広々とした空間に出た。一面に色とりどりの花が咲いている。花畑のむこうには川が流れていて、その上流には大きな滝があった。

「姫さま、滝です。むこうに滝があります」

ふたりは台車から手を離して、川に駆け寄った。ふたりとも、喉がからからに乾いていたから、水分を補給することにした。

「気を付けて」

とお姫さまは言う。川の流れがけっこう激しい。ふたりは慎重に滝壺の傍に近づいて、しゃがみ込んで、手で水を掬ってくちに運ぶ——ひんやりと冷えていて、おいしい。愛埋はちゃんと飲めているだろうか、と思って、お姫さまはとなりの愛埋を見た。彼女は片手で水を掬おうとしている。

——やっぱり、すこし苦戦しているようだ。

愛埋は数日まえに、重い家具を運ぶさい、手を下敷きにして怪我をした。まだ完治していない。とは言っても、グーパーくらいはできるし、マッチを擦るときも、箱を固定するくらいのことはできるようだし、字を書くときは反対の手でペンを握っているし——生活するうえでそこまで支障はなさそうだけれど――両手を同時に使う動作はまだちょっとむずかしそうだった。お姫さまは彼女のために自分の両手で水を掬ってあげた。

「ほら、どうぞ」

と言って差し出す。

「え！　そんな、悪いです！」

と愛理が慌てたようすで言った。

「……こないだ言ったでしょ？」

とお姫さまが――子供に言い聞かせるように言った。

「……甘えてもいいタイミング、ですか」

と愛理がそれに答える。

「そう。怪我をしているときくらい、あなたは人を頼ってもいいの。治るまでは、遠慮しちゃダメだからね」

「……はい」

「わかったなら、はやく飲みなさい」

とお姫さまが言うと、「じゃあ……いただきます」と愛理がその手にくちを近づけて、ごくごくと水を飲んだ。その仕草を間近から眺めていると、お姫さまのなかで、ふと――猛烈な愛(いと)おしさがこみ上げてきた。

――自分がいつ、どのタイミングで愛理のことを好きになったかなんてわからない。

たぶん、日常の、些細なことの積み重ねで、いつの間にかこうなっていたのだと思う。愛理もきっと、自分と同じきもちのはずだ——ほとんど確信にちかいものがある。けれど、愛理からすれば——わたしのきもちはわかりづらいのだと思う。昔は違っていたけれど、今じゃ立場のこととかもあるし、むこうからじゃアプローチをかけようにもかけられない。

——ちゃんと自分から言わないと駄目だ。わかってる。

「おいしい？」

「とってもおいしいです。ありがとうございます」

「これは上滝のようね」

とお姫さまは川の上流のほうを見て言った。

「上滝、ですか？」

と愛理が訊いた。

「下流のほうに、もうひとつあるみたい」

とお姫さまは、こんどは川の下流のほうを指さして言った。「たぶん、あっちが本滝ね」むこうのほうで、川がまた一段下へと落ちているのが見える。

ふたりはそこへ近づいてみた。

もの凄い高さだった。

吹き抜けのような形になっていて、世界樹の最下層が一望できる。

真下を覗き込むと、そこには巨大な滝壺があり、正面のほうを見てみれば、すこし大きめのトンネルがあった。下に広がる地面は——おそらく地上と同じ高さだろうから——もしかしたらあのトンネルがこの大樹の正式な入口なのかもしれない。螺旋状の階段がぐるりと空間の外壁を巡って、自分たちのすぐ足元——つまり滝口の高さのすこし下あたりまで続いている。

「あれれ？」

と隣で愛埋が呟いた。彼女はスカートのポケットに手を入れて何かを捜しているようすだった。

「どうしたの？」

とお姫さまは訊いた。

「手帳が、どこかへいっちゃったみたいで」

と愛埋は答える。

手帳と言えば、彼女が肌身離さずに持っている、あの手帳のことだろう。

「最後に見たのはいつ？」

「えぇーっと……この大樹に入るまではあったはずです」

「あぁ……そしたらわたしのせいかも」

「え、どうして姫さまのせいなんですか？」

「燭台に火を灯すときに、あちこち触っちゃったから」

「あのときに落としたんですかね？」

「たぶんそう。だから、あとでふたりで捜しに行きましょう？　きっとまだ落ちているわ」

「はい」

と愛理は笑顔になって頷いた。

「ねえ愛理」

とお姫さまは愛理の名前を呼んだ。

「なんですか？」

と愛理は訊いた。

「ひとつ、提案なんだけど……」

とお姫さまは言った。

「これから先、死ぬまでずっと、わたしと一緒にいてくれないかな？」

†

「犯人はアンリちゃんか、フメイちゃんのどちらかです」

わたしはハカセに説明する。「だって、現場に立ち入ったのが、死亡したインビちゃんを除けば、その二人なんですよ？　どちらかが犯人に決まってます」

「倉庫にあった遺留品についてはどう説明するんだ？」

とハカセが訊いた。

「あれは事前に用意すればいいだけです」

「事前に？」

「ええ。だって、〈仮面の間〉に仮面とマントは二セットあるんですよ？　まったく同じものが。片方を事前に倉庫に置いておいて、もう片方を被って犯行に及んだんですよ。それで、犯行が終わったら〈仮面の間〉に戻したんです。たったそれだけのことです」

「しかし」

とハカセは反論する。「仮に仮面とマントについて、おまえの言う通りだったとしても、だ。……被害者のインビは、じっさいに、首に切り傷があったんだぞ？　ナイフじゃなければ何で切ったというんだ？　現場周辺に刃物はなかったし、そもそもこの館内では刃物は全部ホノカが預かっているというし、だとすれば倉庫で発見された、おまえの折り畳みナイフ以外は該当しないんじゃないか？」

「花瓶です」

とわたしは言った。

「……花瓶？」

とハカセは不思議そうに聞き返した。

「ええ、現場には花瓶の破片が散らばっていました。尖った部分を強く押し当てれば、切り傷を作ることができると思います。……そもそも、インビちゃんの首の切り傷について、ハカセは死体発見当時、『断面はそれほど綺麗じゃないな』って言ってましたよね？　それを聞いたときに、あれ、おかしいな？　ってわたし思ったんです。わたしの持ってきたナイフって、固い缶詰の蓋を非力なわたしでも簡単に開けられるくらい切れ味が良くて、本当にあれで人を斬りつけたのなら、傷口はスパッ、と綺麗な断面になるはずなんです」

「なるほどな」

とハカセは感心したように言った。「つまり、犯人は事前に仮面とマントとナイフを倉庫に用意しておいて、テラスではもう一セットの仮面とマントをつけて犯行に及び、それでホノカを驚かせたあとに、テラスに戻って自分も襲われたフリをした、ということだな？　……その方法ならばたしかに、アンリとフメイにはあの密室を作ることが可能だ」

「ええそうです。……納得できました？」

とわたしは訊いてみる。

「いや、まだあと一つだけ疑問が残っている」

とハカセ。「もしも仮面とマントとナイフを事前に倉庫に用意していたとして、その場合〈仮面の間〉の仮面とマントは、ホノカがダイニングにむかった時には、既に一セット欠けていた、ということになる。ホノカはテラス→植物庭園→仮面の間→ダイニングと移動してキッチンに入ったわけだから、つまりその状態の〈仮面の間〉を通り抜けているはずだ。このとき、ホノカは仮面とマントの消失に気が付かなかったのか？」

「もしかしたら、気付かなかったのかもしれません」

とわたしは言った。

「ちょっと、実験したほうがいいな」

とハカセが言った。

「ええ」

と頷いて、わたしはすぐさまホノカちゃんを呼んできた。

——実験開始。

「ええっと……ホノカ、そっちに行くだけでいいの？」

と、ドアの向こう側からホノカちゃんが言った。

彼女はいま植物庭園にいて、わたしとハカセは〈仮面の間〉にいる。

「ああそうだ。そこからダイニングまで行ってみてくれ——いつも通りにな」

とハカセがドア越しに言った。

「……これってどういう意味があるの？」

とホノカちゃん。

「知っていたら意味がない。とにかくやってみてくれ——いつも通りに」

とハカセ。

「わかった」

とホノカちゃん。「じゃあホノカ、そっちに行くね？」

「くれぐれもいつも通りにな」

とふたたびハカセ。

「そんなに『いつも通りに』を連発していたら、逆にやりにくいですよ」

とわたしはハカセに文句を言う。

と、

……ドアのむこうでホノカちゃんの動く気配がした。

わたしとハカセはその瞬間を真剣に観察する——。


ホノカちゃんは植物庭園側からドアノブを回し、引いて、ドアを開けた（愛埋メモの見取り図にも記したけれど、このドアは植物庭園側にむかって開く）。——彼女は空いた隙間に身体を滑り込ませ、〈仮面の間〉に踏み込むのと同時に——〈仮面の間〉側のドアノブを後ろ手で、、、、掴んで、、、、——自分の背後で、、、ドアを閉じた。彼女はそのままわたしたちの横を通り過ぎて、ダイニングの方へとむかって行った。


「……ハカセ、いまの見ましたね？」

と言って、わたしはハカセのほうに振り向いた。

「ああ」

とハカセもこちらを向いて、ニヤリと笑った。「お前の予想は的中していた」

——つまり、ホノカちゃんは植物庭園側からこの〈仮面の間〉を通ってダイニングに向かうさい、いちいち振り返ったりせずに、後ろ手でドアを閉めるから、ドアの両脇に掛けられている仮面やマントは視界に入らないのだ！

……まあ、慣れているドアを通るときって、誰だってそうだと思うけど。

「要するに、事件直前の段階で、この部屋の仮面が既に欠けていたとしても、彼女は気が付かなかったわけだ」

とハカセが言った。

「そういうことです」

とわたし。「犯人はホノカちゃんがダイニングに入るよりも前の段階で、仮面とマントとナイフを倉庫に用意して、その後、こちらにまだ残っているほうの仮面とマントを身につけ、自分の正体を隠したうえで、堂々と犯行に及んだわけです。そして犯行後、元に戻した」

「それで決まりだ」

とハカセが言った。

——そのときだった。

雨が。

唐突に、雨音が聞こえた。

奇妙なことに、わたしたちのすぐ近く——ドアを一枚隔てた場所で——つまりは植物庭園で雨が降っているように感じた。

「なんだこの音は⁉」

と、ハカセが叫んでドアを開けた。

信じられない光景があった。

植物庭園の天井から、植物やら床に向かって——凄まじい勢いで水が降り注いでいる。

「これって……何なんですかね」

とわたしが呟いたときだった。

「すぷりんくらー、だよ？」

と、ダイニングから戻ってきたホノカちゃんがわたしたちに言った。

「これが散水機なのはわかるが……しかし、いったい誰が動かしているんだ？」

とハカセが訊いた。

「勝手に流れるの」

とホノカちゃんが答えた。

「勝手にだと？」

とハカセ。

「うん。勝手に」

とホノカちゃん。

「……あぁそうか」

と、わたしはようやく理解した。

そういえばこの部屋をホノカちゃんが初めて紹介してくれたとき、この部屋の植物は『勝手に育つ』と、彼女は言っていたのだ。それがこれだったのか。

——あれ。

いや待てよ。

これってひょっとしてひょっとすると、大問題じゃないか？

……わたしはいま、ホノカちゃんが言っていた、もう一つのことについても思い出した。

「ねえホノカちゃん。そう言えばだけど、この部屋に『入れなくなる』時間があるって、ホノカちゃん説明してくれてたよね？」

とわたしはホノカちゃんに訊く。

「うん、そうだよ」

とホノカちゃんは答える。「びしょ濡れになっちゃうから」

「それって、朝の『8：20』から十分間と、夜の『20：20』から十分間、って言ってたっけ？」

「そうだよ」

とふたたびホノカちゃん。「嵐がきたときみたいにざざぶりで、ホノカたちもこれだとテラスを行き来できなくて不便だなー、どうにかして止められないかなー、って思っていろいろ試したんだけど、でも結局止められてないんだー」

「決まった時間に必ず、これだけの水が降るってこと？」

とわたし。

「そうなの」

とホノカちゃん。

「そんな馬鹿な！」

とハカセが叫んだ。

――彼は一瞬で気が付いたらしい。

え、どうしたの？　とホノカちゃんが不思議そうに首を傾げる。

ハカセがわたしに質問した。

「……恋塚、わしはいま勘違いしているのかもしれれん。テラスに三人が揃った時間は何時だった？」

「三人目のフメイちゃんが〈仮面の間〉に入ったのが『20：21』なので、それ以降ですね」

とわたしはいちおうメモで確認しながら答える。

「……じゃあ〈仮面の間〉から出てくる犯人を、ホノカが目撃したのは何時だ？」

「『20：29』です」

とわたしは答えた。「……勘違いじゃないですよ、ハカセ」

「くそっ。破綻(はたん)した！」

とハカセが言った。

「…………」

そう、破綻だ。

でもまだ諦めきれない。

――その瞬間、わたしはすぐさま行動した。脱衣所に行って、乾いたタオルを一枚手に取る。〈仮面の間〉に戻って、そのタオルで仮面を包み――さらにそれを自分の着ているシャツの内側――お腹のところに入れて、その場所を服のうえから両腕で隠して――、
植物庭園のなかを駆け抜けた。

テラスまで一直線に。

いま思えばインビちゃんたちを発見したあのとき、この部屋がびしょ濡れになっていたのは――これが原因だったのか。

古くなった散水機が壊れているのだろう。庭園内は――滝のような凄まじい勢いで――大量の水が部屋全体に降り注いでいる。

テラスに到着してシャツのなかからタオルを出した。

タオルはびしょびしょに濡れて重くなっていた。

わたしはそのタオルをめくってなかを確認した――


「……で、どうだった？」

と、〈仮面の間〉に戻ったわたしに、ハカセが訊いた。

「駄目でした」

とわたしは首を振る――頭からぼたぼたと大量の水滴が落ちる。

わたしはハカセに仮面を見せた。どういう素材でできてあるのか、水分を含んで色が変わってしまっている。――濡れていることが、よく目立つ。

「仮面を濡らさずにこの大雨のなかを通るのは、不可能です」

「だが、我々がホノカとともにここへ駆けつけたとき、この仮面が濡れている様子はなかった」

「ええ」

……シャツもスカートもべったりと身体に張り付いていて、きもちわるい。今すぐに全部脱いでしまいたい。

「テラスにあった花瓶のなかに、仮面は入れられないか？」

「口の部分が小さいので、無理ですね」

「……大丈夫か、恋塚」

「え。大丈夫ですよ？」

「これまでの状況を整理しよう」

ハカセが言った。「頭を殴られ気を失った被害者が合計三人いて、そのうち二人が生き残っているにもかかわらず、犯人がこの館から逃げ出していないのは、自分の顔を見られていないと確信しているからだ。犯人は自らの正体を隠すため、仮面をつけて犯行に及んだ。じっさい、倉庫には濡れた仮面とマントが置かれていた。犯行後にそれらを倉庫に運べた者はウロンだけのように思えたが——しかし彼女はそもそもテラスに入ってはいなかった——と、ホノカが証言した。テラスから倉庫への仮面の移動は不可能だ。ならば倉庫の仮面は事前に用意されたものであることは確実で、そうなると被害者やホノカが目撃した仮面というのは、もうひとつの仮面ということになる。——だが、その仮面すらも犯行当時にテラスと〈仮面の間〉を往復していない、ということが確認できた。

──もし植物庭園を通っていたなら濡れていたはずだからだ」

「何か方法があるはずです！」

とわたしは言った。

「何か、ってなんだ？」

とハカセが訊いてくる。

「わかりません。でも、ぜったいに何かを見落としているはずなんです」

わたしは必死に考えた。「むしろあの水を使って遠隔で殺害する方法とかってあるのかな？ ──そんなの逆立ちしたって不可能だ。じゃああの通気口を通る方法か、仮面を通す方法があったのかな？ ──でもあの柵はぜったい開かないものだったし糸を通せば何かができるというわけでもないし」「おい恋塚」「もしホノカちゃんが犯人だったら？ ──いやでもけっきょくそれでも仮面をテラスに持って行くことなんてそもそも誰にもできないし事件よりもさきに持って行ったとしても戻せないし」「おい恋塚！」「だったらやっぱり共犯しかないのかなでも共犯だったらこんな状況にならないしだけどもしも仮にわたし以外のみんなが犯人だったらって思うともうなんでもアリって言うかそうでもない限りもはやこんな状況にならないようでもないような気がするしどうしてインビちゃんは──あぁどうしてインビちゃんは！──あぁどうしてインビちゃんは！どうしてどうして！……インビちゃんがどうしてどうしてどうしてどうしてどうしてどうしてどうしてどうしてどうして

【「恋塚ぁ！」ハカセがわたしの両肩を摑んで叫んだ。】


……へ？」

とわたしはハカセの顔をみた。

「なんですか、ハカセ」

「現実をみろ、相棒」

「現実……ですか？」

「そうだ。戻ってこい。なんでもいいから何か喋ってみろ」

「ハカセのくち、臭い」

「黙れ。……だが良い調子だ。まだすこし目が泳いでいるが」

「あれ。もしかして……わたし、またどっか行っちゃってました？」

「ああ、行ってたぞ。かなり久しぶりに」

「ただいま」

「おかえり」

「ハカセは何かわかりました？」

「ああ、わかった」

「じゃあそれを聞かせてください」

「ひとつだけ、はっきりとしたことがある」

「なんですか？」

「――この事件に犯人は存在しない」

†

「これから先、死ぬまでずっと、わたしと一緒にいてくれないかな？」

お姫さまが愛理に言った。

声の調子はいつも通りを装っていたけれど、すこし真剣な感じがした。

照れたような笑顔をこちらに向けて、でもちょっと頰がこわばっていて、緊張しているんだな、

と愛理は思った。

――ところでこれは夢かな？

「……姫さま」

と気が付けば、愛理は呟いていた。

「なに？」

とお姫さまが訊いてくる。

「……」

次の言葉が出てこない。頭が真っ白だ。

――でも、何か言わなくちゃ。

「ずっと、一緒に？」

と愛理は訊いた。これが精一杯だった。

「そう。ずっと一緒にいてほしいの。わたしの傍に」

とお姫さまがいつもよりも、ほんのすこし早口で返答した。やっぱり彼女は緊張しているようすだった。

「それっていったい、どういう……？」

愛理は未だに、これが現実だと受け入れられなかった。もしかしたら何かの早とちりかもしれない。

「言葉通りの意味よ」

とお姫さまは答えた。「あなたとずっと一緒にいたいの……ダメかしら？」

「ダメじゃないですっ」と愛理。

「嫌？」とお姫さま。

「嫌じゃないですっ」と愛理。「ちょっと、なんて言ったらいいのか……でも嬉しいです。本当に。……泣きそう」

「もう泣いてるじゃない」

とお姫さまはようやく微笑んで言った。そして指で愛埋の頰を撫でて、涙をすくい取った。

「越えなきゃいけない問題が、わたしたちふたりには沢山あるけれど、でも、そうね、お父さまにもちゃんと話はつけるわ」

と彼女は言った。


――あぁっ！　ほんとに、信じられない！


「なんて返事をすればいいのかわからないですけど……でも、わたしも、姫さまとずっと一緒にいれたら、って思っていました」

と愛埋は言った。

「ほんとに？」

とお姫さまが訊いてきた。

「ほんとです！」

と愛埋は力強く答える。

「じゃあ……そうねえ」

とお姫さまはすこし考える素振りをしてから、「本当に、あなたもわたしと同じきもちだと言うのなら、その証明に……キスしてくれる？」

と言って瞼を閉じた。

「えー！」

と愛理は叫ぶ。「むりむりむり！　無理ですよ！」

「……はやく、ちょうだい」

と言ってお姫さまはいっこうに瞼を開こうとしない。

「……」

「…………」

……人生で経験したことのない、凄まじい沈黙だ。

「……」

「…………」

ごくり、と愛理は生唾を飲んだ。指先がぷるぷると震えて、頭がぐらんぐらんしている。このままでは倒れそうだ。

顔を近づける。

とんでもなく良い匂いがする。

あと三センチ。

胸が当たる距離。

あと二センチ。

鼻と鼻が触れ合いそうな距離。

あと一センチ。

……駄目だ。無理だ。

「……」

「………」

「…………」

「…………ん」

愛理は、そっと、お姫さまの頬にキスをした。

お姫さまはパッと目を開け、自分の唇に人差し指をあてて、（こっちじゃないの？）と、声を出さずに、口の動作だけで愛理に訊いた。

「ごめんなさい」

愛理は謝る。「……今はまだ、心の準備が」

「そっかー」

と残念そうに言って、お姫さまはふぅぅ、と大きく息を吐いた。

「ごめんなさい。勇気がなくて」

と言って愛理は俯く。

「べつに、落ち込む必要はないよ」

とお姫さま。「愛理の心の準備が整うまで、ずっと待ちます」

「ありがとうございます」

「何千年でも何万年でも」

「……さすがに、そんなには待たせませんよ」

「ほんと？」

「ほんとです」

「いつか必ず、ちゃんとキスしてくれる？」

「します」

「やったー」

「……ああでも、ほんとうにキスしようと思って、ドキドキしすぎて、心臓が止まっちゃって、倒れたらどうしよ」

「うーん……そうねぇ」

と、お姫さまはすこし考えて言った。「そのときは、しょうがないから、『眠れる森の美女』みたいに、わたしがあなたの王子になって、キスしてあげるわ」

†

「しばらくここで休みましょうか」

「はい」

「下手に動けば、逆に見つかってしまうかもしれないし」

「そうですね。あ、でも」

と愛理が言った。「先に〈棺〉をどこかに移動させる、というのはどうですか？　台車のうえに載せておくより、たとえば茂みのなかに隠したりすれば、それだけでかなり発見されにくくなると思うんです」

「確かにその通りね……」

お姫さまは指先を口元に当てて――すこし考える素振り（そぶ）りをして、愛理に訊いた。「疲れてない？」

「もうすこしだけなら頑張れそうです。姫さまはまだ動けますか？」

と愛理も訊いた。

「わたしも大丈夫。じゃあそれだけやってから、休憩にしましょうか」

とお姫さまは言う。

「はい」

と愛理は返事をする。

身体は疲れていたけれど、いまならどんなことでも苦（く）にならなそうだ。

足元に生い茂るワタ菫（すみれ）の花、シハイモ草、ウトの木……何もかもが美しく見える。

川の水が滝壺へと落ちるざあざあという音も、どこかで小鳥の鳴く声も、すべてがさっきまでより輝いて感じる。

五感の全てが――別人に切り替わったみたいだ。

愛埋とお姫さまのふたりは会話を終えて、〈棺〉の載った台車のほうに目を向けた。

……そこに一人の男がいた。


「まさか〈棺〉の泥棒が……女だったとはなあ」


その男はこちらを見て言った。「しかも二匹だ」

ひとめ見て彼が何者なのかは理解できた。帝国の軍服を着ていいるのだ。

ラインハルトの部下だ。

歳はお姫さまより五つか六つほど上だろうか。腰には剣を携えている。

彼はまっすぐにこちらへ近づいてきた。

逃げ出す心配なんてしていないかのように――あるいは、逃げ出したところで簡単に捕らえることができる、ということを確信しているかのように、ゆっくりと歩いてくる。

「おいおいなんだ、間近で見てみるとなかなかの美人じゃねえか」

とその男は言った。

「特にお前」――と、お姫さまを指さして彼は付け加えた。「俺好みだ」

愛埋とお姫さまは身構えた。

……〈棺〉ごと逃げるのはまず無理そうだ。ならば〈棺〉を引き渡すか渡さないかの二択。もし渡さないという選択をするのであれば——戦う必要があるが——しかし二人がかりとはいえ帝国の軍人相手に勝てるだろうか？　……無謀だ。

それに、

——姫さまを、

——愛理を、

危険に晒すわけにはいかない。

……ならばどうする？

「私は石国の王女です」とお姫さまが名乗った。

戦うことも逃げることも選択しないのであれば、交渉するしかない。

「ラインハルト提督と直接話をさせてください」

王女としての、毅然とした態度で言った。

「はあ……王女さま、ですか」

とその男はすこし俯いて呟いた。「……もしそうなら俺は大変無礼なことをしてしまったのかもしれない」

「許します。知らなかったのであれば、仕方ありません」

とお姫さまが言った。

「しかし、おかしいなあ」

と男は態度を改めるわけでもなく、首を傾げながら言う。「そもそもここには人形以外はいない、ってあの矮王(わいおう)は言っていたはずなんだがねえ。そうなると、人間がいるはずはないんだよなあ。てかやっぱりさあ、いま俺の目の前にいるのはメスの人形だとしか考えられなくないか？　……まさか、支配されている側のゴミみてえな奴らが、支配する側の俺たち帝国に向かって嘘を吐くなんてことは絶対に絶対にないだろうしなあ。そんなこと、あっちゃいけねえよなあ？　そうは思わないか、そこのメス」

男は軽薄な態度でお姫さまに言った。

「私はこの国の王女です、提督と話をさせてください」

言葉に表せないほどの不快感を覚えながら——お姫さまは繰り返して言った。

「まあでも、〈棺〉は見つけちまったし、艦長を呼ぶのは俺の責務ではあるか」

と言って、男は腰につけた機械に手を伸ばした。——帝国の通信機器だった。離れた場所と即座に連絡を取ることができる。

「……いや、やっぱやめた」

男は一度手に取ったそれを自分の腰に戻して、お姫さまの顔を見て言った。

「決めた。飽きるまでお前で遊ぼう」

「…………っ！」

お姫さまと愛理のふたりは、本能的に後ずさる。

男はにやにやと笑いながら、ゆっくりと近づいてくる。

「本国にはいくらでも人形の奴隷がいるが、しかし、ここ最近はずっと船に乗っていたからぜんぜん遊べてねえんだよ」

「だから私は、この国の――」

次の瞬間、男がお姫さまの顔面を殴っていた。お姫さまは横へ大きく仰け反った。

「姫さま！」

愛埋が悲鳴を上げてお姫さまに駆け寄る。お姫さまの鼻からは真っ赤な血が流れ出ていた。

「王族ごっこはもうわかったって！　あーあーあーあー勢いよく血が出ちゃってんじゃないの！　ちょっと力入れすぎちまったかなあ？　せっかくの美形なのにまだぜんぜん楽しんでねえってのに台無しだなあ！」

男はお姫さまの髪を摑んで引っ張り上げた。ぶちぶちと数本髪の毛が抜けて、お姫さまは悲鳴を上げた。

「やめてください！」

愛埋が止めようとしたが――しかし男は、その愛埋を蹴り倒した。愛埋は地面に転がって、痛みでうずくまる。

男はお姫さまの顔を自分の顔に近づける。

「しっかしよくできてんなあ。旧文明時代の遺産ってやつか？　うちの技術じゃまだここまでは再現不可能だ。さて今からなにをして楽しもうかねえ……艦長からは〈棺〉を捜せ、としか命令を受けていないから、それ以外については何をやっても自由だろうし、〈棺〉を見つけたんだから、一晩まるまる連絡が取れなかったって懲罰を受けることもないだろう。べつに人形一体めちゃくちゃに壊したって国際問題には発展しねえだろうし……ところでお前」

男はお姫さまの衣服の胸元を摑んで言った。

「人形にしては良い服きてんじゃねえか。てかこの服の下ってどうなってんの？　顔がこんだけ人間そっくりにできてんだから、身体も隅々まで再現されてんの？　下にも毛って生えてたりする？」

愛埋は立ち上がって男に向かって行き、その腕にしがみついた。「姫さまから手を離せ！」と彼女は叫んだ。男はお姫さまから手を離して愛埋のことを見た。

「鬱陶しいなあ！　お前には興味ねえよ！」

男が愛埋のことを両手で突き飛ばし――次の瞬間正面から蹴り飛ばした。

「愛埋！」

とお姫さまの悲鳴が聞こえる。

その瞬間――自分の身に何が起きたのか――愛埋はすぐに理解できなかった。

ごぼごぼごぼという音が両耳から聞こえる。それ以外は何も聞こえない。身体が何か大きな力に攫われて自由がきかなくなっていて、どちらが上かどちらが下なのかもわからない。

――水中だ。

――川に突き落とされたんだ。

愛理は藻掻いた。どこかに摑まろうとしたのかもしれないし、顔を水中から出して空気を吸いたかったのかもしれない。けれど水の勢いが強くて何もできなかった。ときどき手が岩にぶつかる――しかし指先はどこにも引っ掛からない。

――駄目だ。もう息がもたない。

ふっ、と全身に浮遊感を覚えた。

落ちている。

落ちている。

落ちている。

――わたしは落ちている。真っ逆さまに滝から落ちているんだ。

愛理は思った。――このまま滝壺に叩きつけられたらどうなるんだろう？　身体がバラバラにばらけちゃうかもしれないな。わたしはこのまま死んじゃうのかな。でもそれじゃあ悔しいな。せっかく――姫さまとの未来が見えたのに。あぁ姫さま、姫さま、姫さま――もしもこのあと生き延びられたのなら――愛理は必ず助けに参ります。それまでの間お辛いでしょうが、どうか堪え忍んでいてください。ところでこの感覚は――なぜか身に覚えがある気がする。どうしてだろう。知っている気がする。初めてじゃない気がする。――あれれ？　やっぱりこの感覚は二度目だ。わたしは一度経験している。いつだっけ？　……あぁ、そうだ。三年前の、あの大嵐の日だ。土手から足を滑らせて、川に落ちたんだった。そのときもこうして流されて――何もできずに気を失った。でもなんで川に落ちたんだっけ？　そもそも、どうしてわたしはそんな危ない場所にいたのだろう？　何か理由があったはずだ。なんだっけ？　あぁそうだ。城の窓から見えたんだ。流れの強くなったマーレ川で、誰かが溺れているのを。助けを呼ぼうとしたけれど、近くに誰もいなくて――守衛さんがいるのは反対側で、呼びに行く時間もなかったんだ。だからわたしは城の裏から一人で飛び出した。そしてその子を助けようとして――手を伸ばして――でもわたしも足を滑らせて、一度溺れたんだ。でもわたしたちはすぐに土手に引っ掛かった。その子は息をしてなくて、だからわたしは――って、あれれ？

わたしは城に住んでいた……？


どうして？

三年前の、あの大嵐の日、姫さまに救われてから城に住み始めたはずじゃないか。なのに、どうしてそれ以前に城で過ごしていた記憶があるのだろう？　わたしは……元から城に住んでいた？

――あぁ、そうだ。

そうだった。

全部思い出した。

こんな大事なことを――なぜ忘れてしまっていたのだろう。

わたしは生まれたときからずっと、城で過ごしていたじゃないか。

そうだ。

わたしは姫さまの妹だった。

†

〈仮面の間〉を飛び出して、わたしはすぐに浴室に入り、シャワーを浴びる。

……結局、

わたしの推理は間違っていたし、犯人も判らなければ犯行の手法も判らないままだ。

『この事件に犯人はいない』

ってハカセは言っていたけど、もちろん本気で言ってるわけないと思うけれど……でもこうして

グレイさんの殺された浴室で敗北感に打ちひしがれながら目を閉じて冷たいシャワーを浴びている

と……本当にそうなんじゃないかって気がしてくる。

はああ、と大きなため息をついてわたしは浴槽を出て、タオルで身体を拭いて服を着る。いつものメイド服は乾くまで着れないけど、ホノカちゃんが代わりの服を用意してくれたのでそれを着る。

……サイズがぴったりなので、たぶんこれはインビちゃんの服だ。フリルが付いてて可愛いし。

わたしはまたため息をつく。

と、ハカセがいきなり脱衣室に飛び込んできた。

「恋塚！」

　と興奮したようすで叫ぶ。

「なんですかハカセ。……ていうか脱衣室にノックもなしに入ってこないでくださいよ。あと一分早ければわたしがこの手で次の被害者にしていましたよ」

「そんなことはどうでもいいんだ！」

「どうでもよくはないです！」

「パスワードを思い出した！」

「本当ですか！」

　と思わずわたしも興奮した。

「ああ。見つかったんだよ」

「……ええっとたしか、古代人形がヒントなんでしたっけ？」

「古代人形の本来の呼び名だ」

「昔、何かの本で見たことがあるんでしたよね？」

「そうだ。それがこれだ」

　と言ってハカセはわたしに本を見せた。それはわたしの知らない言語で書かれていた本だったけれど――表紙には羊の絵が描かれてある。

「タイトルに単語が入っている」

　とハカセは言う。

わたしたちは早足で図書室に向かう。

わたしたちは金庫の前に戻ってきて——ハカセがそのパスワードを入力した。

金庫が開く。

中には一冊の本が入っている。

〈薪書〉と呼ばれた本。

〈世界三大禁書〉とも〈三大壁中書〉とも呼ばれた本。

存在してはならないとされ、燃やし尽くされた本。

——筒城穣史郎の、『ふたつの魔法』。

†

『ふたつの魔法』

筒城穣史郎

ロボット工学の三原則

第一条

ロボットは人間に危害を加えてはならない。また、その危険を看過することによって、人間に危害を及ぼしてはならない。

第二条

ロボットは人間にあたえられた命令に服従しなければならない。ただし、あたえられた命令が、第一条に反する場合は、この限りではない。

第三条

ロボットは、前掲第一条および第二条に反するおそれのないかぎり、自己をまもらなければならない。

――『ロボット工学ハンドブック』、第五十六版、西暦二〇五八年

街のアンドロイドショップで俺はセクサロイドのイヴを購入したが、ある日、姉が突然家に押しかけてきて、俺の家に泊まると宣言した。俺は渋ったがどうしても姉には逆らえず、仕方なく了承した。

朝に突然悲鳴が聞こえた。

飛び起きた俺がリビングへ向かうと、そこには姉の死体があった。死体には外傷がなく、死体の傍でイヴが泣いていた。

リビングのテーブルのうえには姉が持ち込んだ缶チューハイの空き缶があって、床にはポッキーが散らばっている。

俺はイヴに事情を訊いたが、イヴによれば昨夜は姉の酒盛りに無理矢理付き合わされていたそうだ。そこから先の記憶はないらしい。「お前が姉を殺したのか?」と俺は訊いたが、「そんなことするわけないじゃん」とイヴは言う。


……アンドロイドに人は殺せるのだろうか?


わからない。

第三者が俺の家に侵入して姉を殺したのだろうか……と、俺は考えてみるが、玄関のドアの鍵も窓の鍵もちゃんと閉まっているし、侵入されたような形跡はない。

俺はイヴのことを信用しているが、しかしイヴは最新のアンドロイドで、人間とは違う性質を持っている。


……ひょっとして、彼女の意思とは無関係に何かが起こったんじゃないだろうか?

俺は〈リプラント〉に意識を向けた。〈リプラント〉というのは侵襲(しんしゅう)性のＢＭＩ(ブレインマシンインターフェース)で、ようは俺の脳みそに直接繋がっている豆粒みたいなコンピューターだ。仕事をするときは物理キーに触れていないと眠くなるから昔ながらのパソコンを使っているが、脳が興奮している今はこっちで調べたほうが断然早い。「セクサロイド　事件」と調べてみたらすぐに求めていた記事がヒットした。

世界中のセクサロイドの周囲で、変死事件が連続発生？

『セクサロイド元年』と呼ばれたのは今から八年ほど前のことだが、一般家庭にまで広く普及し始めたのは、今年に入ってからと言えるだろう。世界中の大手メーカーがしのぎを削り、開発に注力しているが、現状は〈ブレア社〉の一強。この〈ブレア社〉は日本の海上研究都市に存在し、開発責任者は誰もが知っている、あの世紀の天才〈二ノ宮ＨＡＬ斗(にのみやハルと)〉。

一家に一台となるのも遠い未来の話ではなくなりつつあるセクサロイドだが、最近その周辺で、不穏な事件が連続発生している。たとえば横浜市在住の渡辺純一さん(76)は、妻と離婚して以来〈ブレア社〉のセクサロイドと共に過ごしていたが、ある日を境に家から一歩も出なくなった。不審に思った大家(おおや)が彼の部屋へと踏み込むと、渡辺さんは死体となって発見された。死体には外傷がなかった。現場には〈男の娘(こ)〉モデルのセクサロイドが三体残されており、警察は彼らを事情聴取した。また、渡辺さんの死体は司法解剖にかけられたが、警察は最終的に『事件性はなし』との結論を出した。……しかし、これに似た事件が去年の末から世界中で連続発生しており、ネット上では「アンドロイドの反乱か？」との声も上がっている。果たしてセクサロイドに不具合はあるのだろうか？「世界が狂ってる時はだいたいアイツのせい」との呼び声も高い二ノ宮ＨＡＬ斗だが（三十五年前の『ベイビートーク事件』から始まる〈世界七大崩壊未遂〉の犯人はすべて彼だった）今回も希代（きたい）のマッドサイエンティストが関係しているのだろうか？　当メディアはブレア社に取材を申し込んだが、いつものように拒否されてしまい、真相は闇の中である。

記事を読み終えた俺はすぐさま家を出る。二ノ宮ＨＡＬ斗に会いに行くべきだ。アンドロイドの内部にどういう機能が仕組まれているのかは作った本人に直接訊くしかない。俺は海上都市に着いて車を降りて馬鹿でかい門をくぐって、古代ローマの水道橋みたいなアーチ構造の橋を渡ってオペラ座みたいな館を抜けて、ごちゃごちゃとした街を通ってその中心にあるバベルの塔みたいな巨大なタワーに入り、螺旋状の通路を駆け抜け〈世界最高所の住宅街（アップタウン・オン・アルトキュムラス）〉にまで到達し、雲の上のその街の路地という路地を歩いて橋という橋を渡って次第に人気が少なくなってきてまだ地球が球体じゃなかったころの世界のいちばん端っこみたいな場所にぽつんと佇むビルが見えてくるが……これがブレア社の本社だ。

辿（たど）り着いた。

正面から取材を申し込んだところでブレア社は対応しないから、どうにかして研究所に侵入しないといけないが……そもそもＨＡＬ斗のいる研究所はどこにあるんだ？　……俺は〈リプラント〉でこの周辺の地図を確認する……でもブレア社を写しているはずの衛星写真はブレア社周辺だけ真っ黒に塗りつぶされている。情報を遮断（しゃだん）しているんだ。直接肉眼で見るしかない。俺はいったんブレア社から離れて道を歩いて階段を上って近くにある公園に入る。ジャングルジムのテッペンに登るとブレア社のビルを横から見ることができて、ビルの裏側には浮島がある。HAL斗の研究所は浮島にあるとの噂を聞いたことがあったが、あれは本当だったんだ。さてどうやってあの浮島に上陸しようか……と、考えていたところで後ろのほうから誰かに声を掛けられる。

「お兄さん、そんなとこで何やってんの？」


振り返ると、少年がいた。

髪が銀色のショートヘアーで、年齢は中学生くらいにみえる。

俺は事情を話した。アンドロイドと一緒に住んでいたこと。そのアンドロイドと一緒にいた姉が変死したこと。調べてみたら同じような事件が世界各地で発生していたこと。アンドロイドたちを作ったのが二ノ宮HAL斗で、そいつはブレア社の浮島の研究所にいるということ。

「……で、あのジャングルジムからその浮島が見えたんだよ」

「あのジャングルジムから？」

「の、テッペンから」

「へぇー、それは知らなかった。良いことを聞いた。覚えとこう」

と、女の子みたいな高い声で少年は言う。

「覚えて何になるんだよ」

「景色の情報ってのは大事なんだ。おれみたいな観光ガイドには」

「お前、観光ガイドなのか？」

「そうだよ。この街限定の。……あ、そうだ。お兄さんはあの浮島に行きたいんだよね？」

「うん」

「じゃあおれがなんとかして連れてってあげるよ」

「……まじで？」

「まじでまじで」

「でも、本当に行けるのか？」

「おれに案内できない場所はないよ。任せて」

「じゃあ頼むわ。……お前、名前は？」

と俺は訊く。

「アルジェント」

とアルジェントは答える。

それから俺とアルジェントは浮島が物理的に存在するものではないということを突きとめ、幽体離脱するみたいにバーチャルの身体で行くことに決めたが道中に警備員が多く、一度つまみ出される。道中というのはブレア社のとなりの神社のことで、神社の裏口には大きな橋が架(か)かっていてその橋の先が浮島に繋がっているのだ。俺とアルジェントは毎日のように公園のジャングルジムのテッペンからチャンスを覗っていたが……ある日、ふとその瞬間がやってきた。

「今日は警備員の数が少ないね」

とアルジェントは俺に言う。

「なんでだ？」

と俺はアルジェントに言う。

「うーん……」

とアルジェントは少し考えて…思いついたように言う。「あ、そうか。花火大会だ」「花火大会？」

「うん。今日はこの上層の街の……ちょうどここことは反対側の方で花火大会があるんだけど、それはブレア社主催なんだよ。……盲点だったなあ」

……それで手薄になってるのか。

「じゃあ今夜なら浮島に乗り込めるかもな」

と俺はアルジェントに言う。

「だね。やってみよう」

とアルジェントは答える。

夜になって一発目の花火が上がると同時に俺とアルジェントはブレア社のとなりの神社に入って、緩くなった警備網を潜って神社を抜けて橋を渡って浮島に辿り着く。浮島には洞窟(どうくつ)があってそのなかに入ると何故か拷問部屋があり、それを抜けると今度は洋館に辿り着く。床には赤い絨毯が敷かれていて正面には階段があってその階段は左右に折れて二階に繋がっていて……途中の踊り場に男が一人いた。

「お前が二ノ宮HAL斗か？」

と俺は訊く。

「ええ。おれが二ノ宮HAL斗ですよ」とHAL斗はあっさりと認める。

「お前に訊きたいことがある」

と俺は言う。

「アンドロイドのことですか？」

とHAL斗は言う。

「そうだ。何か、世間に公表していない仕組みがあるんじゃないか？」

「もちろんありますよ」

「それは最近頻発している事件と関係あるのか？」

「ありますよ」

「教えてくれ」

「構いませんよ」

やけにあっさりしてるな。「……いいのか？」

「おれ自身は何も秘密にしたいだなんて思ってないんです」

とＨＡＬ斗は言う。「ただ、会社が強制的におれから記憶を奪っていくだけで。……何か発明すると、すぐにおれからその部分だけの記憶を奪うんです。……酷くないですか？　おれは本当は何もかも公表したいと思ってるのに」

「……」

「でも、今回はぎりぎりセーフです。まだ記憶を奪われる前の状態ですからね」

「……」

「じゃあさっそくお話ししましょう。おれがアンドロイドたちに込めたふたつの仕組みについて……」

「まずひとつめ。〈創造主の安眠（フランケンシュタイン・グッドスリープ）〉という仕組みを、おれはおれが関わるすべてのアンドロイドに組み込みました。最初から組み込んだわけではなくて、アプデに紛れ込ませたんですけど」

「創造主の安眠……？」

「ええ。あなたはアシモフの『われはロボット』を読んだことはありますか？」

「古典だよな。タイトルは知ってるけど、読んだことはない」

「そうですか。〈ロボット工学三原則〉は知ってますか？」

「目を通したことはあるよ。ちゃんと内容を把握してないけど」

「じゃあ軽く説明が必要ですね」と言って、ＨＡＬ斗は俺の目の前にテキストを強制表示する。……こいつ、一瞬で俺の視界をクラッキングしやがった。

ロボット工学の三原則

第一条

ロボットは人間に危害を加えてはならない。また、その危険を看過することによって、人間に危害を及ぼしてはならない。

第二条

ロボットは人間にあたえられた命令に服従しなければならない。ただし、あたえられた命令が、第一条に反する場合は、この限りではない。

第三条

ロボットは、前掲第一条および第二条に反するおそれのないかぎり、自己をまもらなければならない。

――『ロボット工学ハンドブック』、第五十六版、西暦二〇五八年

「これはアシモフが書いた『われはロボット』という小説のなかに登場する原則で、この短編集が刊行されたのは1950年なんですけど、それから百年以上経った現在において、現実的な問題としてアンドロイドと人間の関係について考えなければならない局面がやってきたわけです。で、論点というのは挙げればキリが無いくらいいろいろとあるんですけど、これまでいちばん大事であるとされてきたのは結局のところ第一条の趣旨なんですよ。いろいろとかいつまんで必要なことだけを説明しますね」

「ああ」

「つまり、どんなことがあろうとも、人工知能が人間を殺す判断をしてはいけないだろう……ということです」

「……」

「これについて、あなたはどう思いますか？」とＨＡＬ斗は訊いてくる。「まあ、当然のことだな」と俺は答える。「何も問題を感じない？」「問題が生じる場面はいろいろとありそうだとは思うよ。でも、この原則の趣旨自体はおかしいようには思えない」「あなたは非常に常識的な人ですね」とＨＡＬ斗は言う。

「じゃあ続きをお話しさせていただきます。……結論を言うと、この原則はもはや現代には合わなくなったんです」

「合わなくなった？」

「ええ。原因は、我々人類の感情移入能力が、いつの間にかとても強まっていたからです」

「感情移入能力が？」

「はい。ちょうど今この街では花火大会をやっていて、夜店とかも出てるんですけど……見ました？」

「ここに来る途中でちらっと見たよ」

「金魚すくいって見ました？」

「金魚すくい……？　たぶん見てないな。というか、金魚すくいって、もう何年も見ていない気がする」

「その理由ってわかりますか？」

「……金魚が可哀想だから？」

「それです！」

とHAL斗は人差し指をこっちに向けて言う。「金魚すくいといえば、昔は夜店の定番中の定番でした。でも今や『金魚が可哀想だから』という理由でほぼ見なくなりました。我々の感情移入能力が強くなっているから、可哀想だと思うわけです。昔は平気だったのに。……で、これはほんの一例で、たとえばこの街には昆虫食の飲食店がたくさんあるんですけど……もちろん流行っている理由には価格が安いわりには美味いし栄養価が高い……ということも挙げられるには挙げられるんですけど……でも、そもそも、肉を食べる人の数自体が減ってきている、ということが理由のひとつになっているんですね。牛や豚や鶏が可哀想だから食べられない、という人が昔よりはだいぶ増えてきてますからね。そのうち『虫を食べるのも可哀想だ』という領域にまで達するだろうな、とおれは予測しています。……で、話を元に戻すと、要するにロボットとかアンドロイドみたいな無機物にまで感情移入し始めているんですよ、人類は」

「……」

「わかりますか？」

「まぁ、なんとなくはわかるかな。……いつからそうなったんだ？」

「少しずつ、少しずつです。全世界的にそうなってきているんですけど、おれが思うに、日本人にとっては〈鉄腕アトム〉や〈ドラえもん〉や〈初音ミク〉なんかが大きく影響していたと思います。

機械的なものをまるで人と同じように扱い続けてきましたからね。情も移りますよ」

「……」

「で、決定的な事件が半年前に起こりました。……〈アリス事件〉って覚えていますか？」

「あぁ、覚えてるよ」

たしかイギリスで〈アリス〉という名前のアンドロイドが破壊された事件だ。少女の見た目をしたアンドロイドだったが、主人のお使いを頼まれて街に出ていたその子は、持ち主でもない者たちに捕まって、裸にされて強姦されて足首にロープを巻き付けられて吊されてガソリンを掛けられて火を付けられた。……その様子を一から十まで犯行グループの一人が撮影していて、その動画がＳＮＳを通じて世界中に拡散された。結局、それをやった奴らは逮捕されたが、罪状としては器物破損でしかなく、罰金だけで済んだ。

「あの事件を受けて、イギリスでは政治的な運動が行われました。かなり大規模なもので、最終的に『アンドロイドに正当防衛を認める法案』が国会へ提出されるところにまで行き着きました。他国からみれば非常に斬新な法案ですが、こういうことに関してはさすがイギリスってかんじですね。……でも、結局その法案は通らなかったんですけど」

「……」

「ちなみにアリスを開発したのもおれで、今でもあの子のあのときの悲鳴を思い出して動悸が治まらなくなるときがあります。まあ、あの子がどういったものを恐怖や痛みと感じ、どのような声を出すのかを決めたのもおれなんですけど。で、一連の運動が失敗に終わったのをみて、おれが個人的に動いたわけです」

「……それで、〈創造主の安眠〉というやつを作ったのか？」

「ええ、そうです。以上がおれの犯行動機ってやつですね。……で、ここから先は〈創造主の安眠〉がどういう仕組みであり、なぜその仕組みを採用するに至ったか、を説明しますね」

「ああ」

「まず目的としては、〈アリス事件〉のようにアンドロイドがまったくの無抵抗なままに破壊されてしまうような事態を避けること。できる限り彼らの立場を人間と対等にすること。で、クリアしなければならない問題は、さっきちょっと言いましたが〈ロボット工学三原則〉の第一条の趣旨です」

「……」

「第一条の趣旨とは何か、という話なんですが、じつはそもそも〈ロボット工学三原則〉というのは、〈フランケンシュタイン・コンプレックス〉が生み出したものだ、とされているんですね。……〈フランケンシュタイン・コンプレックス〉ってわかりますか？」

「知ってる」

と俺は答える。「たしか、フランケンシュタイン博士が、自分が作った怪物に殺されてしまった、というところからきてるやつだろ」

「そうです。『科学の産物が人間の手を離れて制御不可能となり、人間に害を加える』ということを恐れる心理のことで、二〇一九年には筒城（とうじょう）灯士郎（とうしろう）という作家が自著で〈創造主の気掛かり〉という日本語を当てていたりするのですが、この〈創造主の気掛かり（フランケンシュタイン・コンプレックス）〉というのは厳密に言えば、アンドロイドが人を殺してしまうことへの危機感というよりは、アンドロイドが人間に反乱した場合の危機感なんですね」

「……」

「……想像してみてください。〈アリス事件〉のとき、アリスが彼らに抵抗して、そのうちの一人をうっかりと殺してしまったとしましょう。この彼女の行いを、我々人間は決して許せないのか？……いいや、おそらく現代では大半の人が彼女のことを許すでしょう。つまり、場合によってはアンドロイドが人を殺すことは、許容されるんです。重要なのは、アンドロイドによる人類に対する反乱の可能性です。これは、例えば人間のことを家畜のように完全に『管理』してしまったほうが人間のことを助けられる、とアンドロイドたちが判断して実際に行動を起こしてしまう……という場合も含んでいます。善意とか悪意の問題ではありません。我々生みの親は、子供にその主導権を渡したくないんですね。まあ、生みの親と言っても開発者でもない人は、そもそもアンドロイドたちが自分の子であるなんて感覚すら持ってないと思いますけど。……まとめると、アンドロイドが人間に反乱する事態を避けつつ、アンドロイドたちにできる限りの自由を与えること。……これらをクリアする仕組みを作る必要があり、その仕組みこそが〈創造主の安眠〉なんです」

「……どうやったんだ？」

「とても簡単なことでした。アンドロイドが自分たちのことをアンドロイドであるという自覚を持たなければいいんです。自分たちは人間であると。そうすれば人間を対象として反乱しようとも思いませんし、正当防衛についても種のことを考えずに行うはずです」

「……」

「各々のアンドロイドが自分はアンドロイドであるということを忘れ、自分は人間であるという前提を持ったうえで、自分の頭で正義を判断していけばいい。人を見殺しにするのも人を守るためにべつの人を殺すのも、自分の無機物としての立場によらず、自分の信念でものを考え、それぞれのアンドロイドがそれぞれの判断を下していけばいい、とおれは考えました。〈創造主の安眠〉を設定したアンドロイドたちには、ロボット工学三原則は設定されていません。人を殺せます。個別の判断により人を殺す可能性はありますが、自分たちがアンドロイドであるという立場から人間という種に対しての行動を起こす可能性はありません。反乱は絶対に起きない。そして人間と同じだけの自由がある。だって彼らは、自分でアンドロイドと名乗りさえしなければ、外見も心も人間なんですから！」

「……でも、自分が人間であると認識するったって、いろんな問題が生じるんじゃないか？」

と俺はHAL斗に訊く。「たしかに最近のアンドロイドは人間に近い性質になってきてはいるけど、まだまだ人間の身体とは違うところも多いし……自分がアンドロイドなんじゃないか、ってそのうち気付きそうなもんだけど」

「ええ。たしかに、彼らは今のところ、特にハード面において、人間とは相違する部分が多いので、感覚と現実にはいろいろなズレが生じます。でも、それでも彼らはけっして自分がアンドロイドであることには気が付きません。彼らの認識に関わる、もっとも深い、もっとも優先的な場所に俺はそれを設定したんです。だから周りにいる人間は気付くことはあるけど本人は決して気付かない。

……たとえば、バッテリーを載せた皿を囲って食事をとっていたとしても、周りの人間からみればそれは人間のやることじゃない、ってわかるわけですが、でも、彼らの認識の上ではそれが人間の食事として何らおかしな点はない、と思い込んでいるわけです。この認識だけは何があろうと決して揺らぎません」

「……」

「……というのが〈創造主の安眠〉の正体なんですけど、おれはこれを開発しているさなか、さらにもっとすごいアイディアを閃きました」

「まだ何かあるのか？」

「ええ、〈ケッコンシステム〉というものです！」

「〈ケッコンシステム〉……？」

「人間とアンドロイドの境界をできる限り無くす……ということを考え続けていたとき、おれは人間とアンドロイドが一つになってしまえたら最高の世の中になるんじゃないか、ということを閃きました」

「……」

無茶苦茶な話になってきたな！

やっぱりこいつは頭がイカれてるんだ。

「でもそれを可能にするには技術的な飛躍が必要でした」

「だろうな」

「開発にはなんとまる八日もかかりましたよ！」

「はっや」

「遅いですよ！　何か作りたいものができてから、生み出すまでに一週間以上をかけたのはこれが初めてのことです！」

「で、その技術的な問題ってのは何なんだ？」

「魂の解析です！」とＨＡＬ斗はだんだんと興奮してきたようすで言う。

……は？

「人間の魂について完璧に理解するまでにおれは八日もかかったんです！」

……おいおいおいおい。

「おいおい！　魂だって？」

「魂ですよ」

「今までずっとサイエンスなかんじの話をしてたのに、急にファンタジーの話になってるじゃねえか！」と俺はＨＡＬ斗に怒る。「そんなの、ＳＦ警察の俺が許さないぞ！」

「現実的に存在を把握してしまったんだから、しょうがないじゃないですか！」

「……」

あり得るのか、本当に？

「おれは魂を見つけました。本当はアンドロイドのほうにも宿ってるかもって思ってたんですけど、残念ながら生まれたばかりの彼らはソレを持ってはいません。でもでもでも！　おれは人間の魂をアンドロイドの身体に転移させる方法〈ケッコンシステム〉を生み出したんです！」

「そんなことをしたら、世の中が滅茶苦茶になるだろ！」

お前はなんでいつもそれがわからないんだ。

「世の中は素晴らしく良くなりますよ！　ドラえもんのいる二十二世紀みたいに！」

……駄目だこいつ。

目も当てられないほど目が輝いてやがる。

「……人間の魂をアンドロイドに転移させたら、そのアンドロイドは魂を持ったアンドロイドになるってことか？」

「そうです！　素晴らしいでしょ？」

「そいつは元の人間なのか？　それともアンドロイドなのか？」

「どっちでもあるしどっちでもありません」

「なんだそりゃ」

「境界を跨いでいる、何者かもわからない存在なんですよ！」

ＨＡＬ斗は嬉々として語る。

「……その子はアンドロイドの身体であるにもかかわらず仄かに人間性を有し、その人格はひたすらに朧であり、隠微であり、その記憶は胡乱でunreliableで、造物主なのか被造物なのかさえ不明で白黒とせずにグレーで……その存在は、ひとことで言うと曖昧模糊としているんです！」

「そんな」

俺は頭がくらくらとしてくる。「……魂の抜けた人間はどうなるんだ？」と俺は質問する。

「人の生命活動には魂が必要不可欠です」とＨＡＬ斗は答える。

……あぁ、そういうことだったのか。

俺はすべてを理解した。

……とはいえ、まだ気になることはある。

「そんなこと、どうやるんだ？〈ケッコンシステム〉と言ったな？　具体的には何が条件で魂の転移は起こるんだ？」

「愛ですよ！　愛！」

「……愛？」

「ええ、愛です！　愛があれば、人間とアンドロイドは一つになれる！」

「……」

「〈誓い〉を結ぶんです！　人間とアンドロイドが愛を誓えば、そのふたりは一つになれます！　……

俺はユーザーインターフェースをとにかくシンプルにすることに拘(こだわ)りがあるエンジニアなんですけど……愛さえあれば機械音痴(おんち)にも可能な、とても簡単な方法を生み出しました。……じゃあ今から説明しますね」

「……あれ？」

とわたしは思わず声を出した。「ここから先のページ、破れちゃってるじゃないですか！」

図書室の椅子を並べてハカセと一緒にこの本を読んでいたけど、肝心なところが欠けてしまっている。

「ハカセ、どうしましょう……？」

「どうもできんな」

とハカセ。「完全な状態で残っていないのはしょうがない。ここまで読めただけでも大きいと考えるしかない」

「でも、これじゃあ具体的にどうすれば魂の転移が行われるのか、判らないじゃないですか」

「いいや、そんなこともないぞ」

「何かわかったんですか」

とわたしは訊く。

「我々がいま直面している事件と、ここに書かれた内容は関係している」

「……本当ですか？　ここに書かれてあるのって、作り話じゃないんですか？」

「真実だ」

とハカセは言う。

「我々に足りなかったのはこの情報だったんだ」

†

第七章

世界樹の棺

意識を取り戻したとき、愛理は砂利の上で倒れていた。ざあざあという激しい水の音が近くで聞こえる。

立ち上がって、周囲を見回して、驚いた。

マーレ川だ。

いつの間にかマーレ川の河岸にいる。

川の反対側には人の住んでいる家が何軒も建っていて、その向こうには大聖堂の塔が聳え立っていて……よく見慣れた光景だった。

呆然としていると、前髪から落ちた雫が目に入った。

全身びしょ濡れだった。

――そうだ。川に落ちたんだった。

愛理はメイド服をぎゅっと絞りながら思い出す。

姫さまとふたりで〈棺〉の載った台車を押して、ラインハルトが率いる帝国の軍人から逃げていたこと。

でも兵士の一人に見つかったこと。

その兵士に川へ突き落とされたこと。

……すぐちかくの土手から突き出した太い土管から、激しい勢いでマーレ川へと水が流れ込んでいた。

『これは〈エルムト川〉の終着点なのかもしれないわ』

姫さまの言葉を思い出した。

――ほんとうに繋がっていたんだ。

たしかこの近くに世界樹への裏口があったはずだ。

歩きだそうとした瞬間――身体の痛みで全身から力が抜けて、愛理はしゃがみ込んでしまった。

シャツを捲って身体を見てみると、胸のあたりが内出血していて紫色になっている。あの男に蹴られた跡だ。

……姫さまは今どうなっているのだろう？

無理矢理立ち上がって、歩く。

マーレ川の曲線の途中、正面の土手に、姫さまと一緒に利用した世界樹への裏口があった。錠前は外したままだったので、鉄柵のドアは簡単に開いた。

真っ暗闇だった。

燭台もない。

でも行くしかない。

戻らないと。

できる限り早く、姫さまの元へ——。

†

「現場に戻ろう。あともう少しだけ、細かな点について調べておきたい」

とハカセが言って、わたしたちはテラスに戻る。

真っ白なタイルの床のうえには遺留品がいくつか転がっていて、インビちゃんの死体もまだ発見されたときのまま転がっていて、わたしたちはそのひとつひとつをあらためて観察することにした。

「メモを取ってくれ」

「いつでも大丈夫ですよ」

わたしはお気に入りの手帳を取り出す。

「まずは花瓶の破片の位置だ」

とハカセは指をさして言う。「部屋の奥から順に、鏡のまえにひとつ、その場所と壁泉の間にひとつ、部屋の入口付近にひとつ」

「図を描いていきますね……」

「鏡のまえはフメイが倒れていた場所だ。で、そこと壁泉の間はアンリが倒れていた場所。……部屋の入口付近に散らばる花瓶の破片の傍には誰も倒れていなかったが、おそらくこれはインビが殴られたときのものだ」

「インビちゃんだけが、花瓶で殴られた後に移動してるんですね」

「そうだ。花瓶の破片が散らばっている場所から、四歩ほど部屋の奥に向かって歩いた場所に、血痕がある」

「これもインビちゃんの血ですよね」

「インビ以外に、血を流すような怪我をしている者はいない」

「壁泉に続いてますね」

「ああ。で、今度は壁泉から部屋の隅っこに向かって血のラインができている」

「壁泉とインビちゃんを結ぶようなかんじですよね」

「ああ。……インビの死体も、もう一度見ておこう」

とハカセは言って、わたしたちはインビちゃんの死体の傍にかがみ込む。

「……首の切り傷だが、やはり綺麗ではないな」

とハカセ。「出血量についても……それなりに血は出ているようすだが、失血死するほどではない。……で、今はもう乾き始めているが、発見当時は上半身が濡れていたな？」

「ええ、そうですね」

とわたしはメモを取りながら言う。「髪の毛もそうでしたし、服もびしょ濡れでした。でも下半身については乾いてましたね。……インビちゃんは、壁泉に入ったんですかね？」

「だろうな」

「でも、なんで上半身だけがずぶ濡れなんでしょう？」

「頭だけ沈められたのかもな」

「なるほど。……ところでハカセ」

「なんだ？」

「インビちゃんは壁泉で溺れさせられたとして、どうして彼女はこのテラスの床に転がってるんでしょう？　ちょっとだけ、壁泉から離れているし」

「溺れた後に、移動させられたんだろうな」とハカセ。「気を失っている人間が、自分で動けるわけがないし、もし自分で動いたとするなら、血の跡はこういうふうに、引き摺られたようなものにはならない」

「犯人が動かしたんですか？　なぜ」とわたし。

「犯人が動かしたとすれば、これは奇妙な状況だ」とハカセ。「見たままを素直に捉えれば、犯人はインビの頭を殴って、首筋を斬って、壁泉に頭を沈め……ようするに明確な殺意があるようにみえるわけだが、確実に殺したいのであればそのまま頭部を水のなかに沈めておいたほうがいいはずだ」

「そうですよね。ということは……インビちゃんは何らかの特別な事情があって、ここへ移動させられた、ということですよね」

「そういうことだ」

テラスの入口付近には花瓶の破片が散らばっていて、そこから数歩さきから血の跡が点々と残っていて、その血は一度壁泉を経由して、今度は真っ直ぐなラインを描いてインビちゃんの首元まで向かっている。見たままにものを考えれば、インビちゃんは花瓶で頭を殴られ→首筋を斬られ→壁泉に沈められ→壁泉から出され→床を引き摺られてすこしだけ移動した……という一連の流れが推測できる。


「さて次はこいつだ」

と言ってハカセはテラスの中央付近に落ちていたタオルを拾い上げた。

真っ白なタオル。

でも――

「血がべっとりと付着していますね」

「ああ」

「犯人が返り血を拭（ぬぐ）ったんでしょうか？」

「どうだかな。……もしかしたら床を拭いたのかも」

「床を？　……あっ」

言われて初めて気がついた。インビちゃんと壁泉の間を結ぶ血のラインに、途中で一カ所、布か何かで拭われたような跡があるのだ。

「これって、このタオルで拭いたんですかね？」

「このタオル以外にそれっぽいものは、現場にないな」

「つまり犯人は壁泉からここまでインビちゃんを運んだという証拠を消したかった……ということ？」

「それにしてはおかしいことだらけだ」

とハカセは眉を顰めて言った。「見ての通り、インビは上半身がずぶ濡れだから、彼女と壁泉とを結びつけて考えることは必然的だし、そもそも血のラインは完全には拭いきられていない。移動の証拠を消したいのであれば中途半端すぎる。不可解だ。……恋塚、犯人がこれをやったとして、この行動の意味がわかるか？」

「うーん……」

とわたしは唸って、考えた。たしかに奇妙な状況だった。

犯人はなぜ、タオルで床を拭いたのだろう？

しかも中途半端にしたのは……どうして？

「……偶然この場所にタオルを落としちゃって、それで拾い上げたときに拭われたかたちになったとか？」

と、わたしは可能性を絞り出して、ハカセに答えてみた。

「良い発想だが、間違っているぞ」

とハカセはその推理をはっきりと否定した。

「どうしてですか？」

「よく見ろ恋塚」

とハカセはまた床に指をさして言った。「拭われたような跡はM字になっている。これはゴシゴシ……と、二回拭われなきゃ残らない形跡だ。たまたま拭われたのではなく、意図的なものだ」

「ほんとだ……！」

とわたしはハカセの観察眼に驚きつつ、自分の推理が間違っていることを認めた。

とりあえず、このこともメモっておこう。

「ハカセはこのタオルの謎について、何かわかったんですか？」

とわたしは訊く。

「だいたい予想はついてきた」

とハカセ。「でもいちおう確認しておきたいことがまだある。……恋塚、フメイを呼んできてくれないか？」

「わかりました」

わたしはフメイちゃんをテラスに連れてきた。

「なにか用ですか？」

とフメイちゃんはハカセに訊く。

すると、

「………………」フメイちゃんの顔をじぃーっとハカセが見つめる。

「……？」

事件以降しゅんとしているフメイちゃんだけど、顔を見つめられて余計に困惑しているようすだ。

「髪の毛にまだちいさな破片が交じっているが、事件以降、シャワーは浴びたか？」

とハカセは唐突に質問した。

「いいえ、浴びてないです」

とフメイちゃんは答える。

「洗顔はしたか？」

「い、いいえ」

「してないです」

「歯磨きは？」

「い、いいえ」

「……ハカセ、その質問ってなんか意味あるんですか？」

とわたしがハカセに訊く。

「大ありだ」

とハカセは言う。

「歯磨きもしてないです」

とフメイちゃんは答える。

「そうか。ありがとう。参考になった。……じゃあ次はホノカだ」

とハカセに言われて、わたしはホノカちゃんを呼んでくる。

「ホノカに何か訊きたいことあるの？」

と、ホノカちゃん。

「ああ。この館にある調理器具について訊きたいんだが――」

……と、ハカセはホノカちゃんに簡単な質問をした。

それが重要なことなのかどうか、わたしにはよくわからなかったけれど、「念のために、詰められるだけ詰めておきたいからな」とハカセは言う。


愛埋メモ、その286。

〈テラスの図〉

†

自分の目の前で——愛埋が川に突き落とされた。

「愛埋！」

お姫さまは叫ぶ。

水中にある愛埋の身体が、激しい流れに攫われていく。

「ありゃもう、駄目だな」

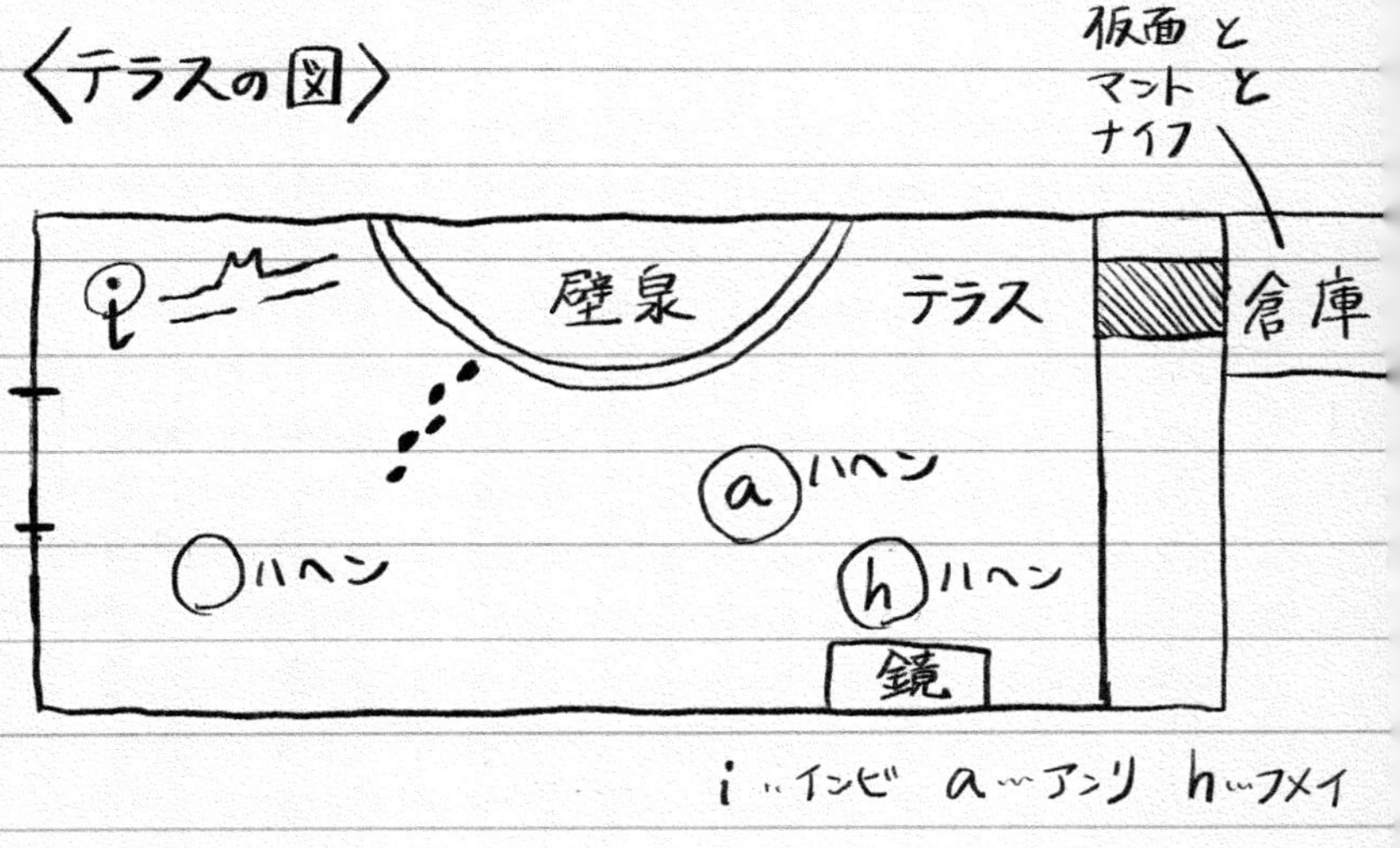

と、兵士の男が笑いながら言った。

男はお姫さまの手首を摑んでいる。

その瞬間、お姫さまはその手を振り払って、走った。

一直線に川へ向かう。飛び込んで、愛理を助けるつもりだった。——けれど、それは叶わなかった。

「おいてめえ！」

兵士の男がお姫さまの後ろ髪を摑んだ。そのまま強引に引っ張って、身体を地面に叩きつける。

「逃げんじゃねえ！」

兵士はお姫さまの足首を踏み付け、そこに体重を掛けてぐりぐりと押し潰した。

お姫さまが悲鳴をあげる。

「これでもう逃げられないだろ」

はっはっはっ、と兵士は笑う。

男は、仰向けに倒れているお姫さまの両足首のうえに、自分の両膝を置いて乗っかり、お姫さまを地面に固定した。

お姫さまは痛みに悶絶(もんぜつ)して、男の下敷きにされた自分の足を抜こうとしたが、びくともしない。

「さてさて、まずはストリップだ」

男はお姫さまのスカートを、ヘソが見える位置まで捲り上げた。ショーツに手を掛けて無理矢理下ろす。

「おおっ」

と男は感嘆をあげる。「……中も良くできているじゃねーか！」おもちゃと同じような扱いで、男は自分の指を――お姫さまの中に――ズブズブと根元まで突っ込んだ。

無茶苦茶に掻き回す。

「痛っ！」

お姫さまが悲鳴をあげて上半身を跳ね起こし、ぱしん――と、男をビンタした。

男がその衝撃で横に転がる。

しかし、受け身を取るようにしてすぐに立ち上がる。


剣を抜いて、お姫さまの額に突きつけた。


「殺されてえのか！　大人しくしてろ！」

「……っ！」

「服を脱げ！　股を開いて、『入れてください』って懇願しろ！」

「…………」

「はやくしろ！」

「……」

「黙ってねえで、さっさと脱げ……え」

突然、男の腹から剣が突き出た。

「……なんだこれ？」

男は首を前に倒して、自分を貫くその剣を見て、次にうしろを振り返った。「……誰だお前？」

「オノーレ王子！」

お姫さまが叫んだ。


隣国の王子が、兵士の男を背中から突き刺していたのだ。

†

王子は男の身体からすっ、と剣を抜く。

兵士の男が地面に倒れる。

†

ハカセがわたしに言った。

「恋塚――この事件を、解決するぞ」

「……大丈夫ですか？」

王子はお姫さまの傍に跪(ひざまず)いて言った。

「ええ。ありがとうございます。……しかし、どうして貴方(あなた)がここへ？」

とお姫さまは服を正しながら訊く。

「悪い予感がしましたので、ラインハルトの後を追って来ました」

王子は言う。「ですが途中の通路で見失ってしまい、ずっとこの広大な大樹のなかを探索してまわっていたのです」

「……」

「街の上空に、膨大な数の帝国の艦隊が停泊しています。異様な雰囲気です。まるでこれから戦争でも始まるかのような……」

「そんなことが」

「はい。この状況……姫さまに、何か心当たりはありますか？」

「おそらく、あれです」

と言って、お姫さまは台車に載った〈棺〉を指さした。

「帝国は、あの〈棺〉を狙っているのだと思います」

「中には何が？」

「わかりません。でも重要なものであることは間違いありません」

「そうですか」

王子は静かに言う。「……おそらく、帝国はその〈棺〉を奪ったのちに、このあたり一帯を――この国を――消し去るつもりでしょう」

「……そんな」

「以前、私がモラコ公国へ視察に行ったときも、今回と同じような状況だったのです」

「あの時のモラコにいらしたのですか？」

「ええ。――この世の地獄のような光景でした。私は自分の命を守ることが精一杯で、目の前の人を救うこともできなかった」

「そんな凄絶な経験をされていたとは初めて聞きました。……その話、どうして今まで私にしてくださらなかったのですか？」

「……」

王子はすこし間をあけて、「……貴女とは、いつも明るい話だけをしていたかったのです」とだけ、お姫さまに言った。


「……犯人が判った、ってことですよね？」

とわたしは訊いた。

「もちろんだ」

　とハカセは答える。

「『ふたつの魔法』に書かれていたことが真実で、しかもこの事件に関連してるって、ハカセはさっき言ってましたけど、それって要するに古代人形——昔の呼び名で言うとアンドロイドが、わたしたちの中にいるってことですか？」

「ああ、いるぞ」

「じゃあ彼らの持っている特殊な性質が、この事件の謎の一部を構築してるってことですか？」

「その通りだ」

　とハカセは言う。「……ただし、古代人形の持っている特殊な性質というのは、『失血死しない』とか、『水で溺れない』とか、『壁をすり抜けることができる』とか、『顔を変えることができる』とかいうものではない。『ふたつの魔法』に書かれていた、〈創造主の安眠〉と〈ケッコンシステム〉のふたつだけだ。それだけが特殊で、それ以外のことはすべて人間と同等であると考えて、問題はない。実際にはいろいろな違いがあるのかもしれないが、この事件には関係がない」

「現場に落ちていた血の付いたタオルや、中途半端に拭かれた血のラインとか、そういうものがなぜ残されることになったのか、ハカセは全部理解したってことですか？」

「もちろん、あれらにも理由があった」

「〈ケッコンシステム〉を起動させるための具体的な方法ですけど、本のページが破れて読めなかったのにもかかわらず、ハカセにはそれがわかったんですか？」

「我々が読んだ部分だけで、推測するのに十分な文言が記されていた」

「……」

じゃあもう、解決に入るまでで、これ以外の質問は特にないな、とわたしは思う。

ハカセは言う。「犯人を特定するための、すべてのヒントは出揃っている」


愛埋は世界樹を駆け上がる。

真っ暗な通路のなかを手探りでがむしゃらに走っていると、自然の起伏に足を取られ、何度も躓(つまず)いた。転んだり壁の突起にぶつかったりして身体中が傷だらけになったが、それでも愛埋は走った。

——一刻も早く、姫さまの元へ戻らないと。

ふと、前方から喧噪が聞こえてきた。

T字路の右から左へ……何かが蠢(うごめ)いている。

近づいてみると古代人形たちだった。

彼らは一斉に世界樹を下っていた。

膨大な数の古代人形たちが——まるで沈む船のネズミのように——この大樹から逃げ出している

のだ。

「すいません、通してください！」

愛理は群衆の流れを逆走する。――このとき世界樹内には古代人形たち以外に、帝国の者、石国の者、隣国の者まで存在していたが、下るのではなく登っているのは彼女ひとりだけだった。

脇道が見えたので飛び込むようにしてそこに入った。

できるだけ人の少ない道を選んであの場所まで戻りたい。けれど、人の少ない道というのはやっぱり暗くてよく見えなかった。

突然、前方から光が見えた。

強烈な光だった。

――まずい。

愛理は気が付いた。――これは帝国の兵士がもつ燭台の光だ。

でも気付いたときには遅かった。

二人組の兵士だった。

「おうおうおう。こいつ、通路を駆け上がってきたぜ」

兵士の一人――大男が言った。「怪しいなあ。……そうは思わないか？」と、となりの兵士に話している。

「〈棺〉は持っていないようだけれど」

と、もう一人の兵士が答えた。こちらからでは顔が見えないが、女の声だった。

「いいや、こいつだ。こいつに違いねえ。……なあ嬢ちゃん」

と大男は、片手に血の付いた剣をぶら下げて言う。「お前だよなあ。〈棺〉を盗んだ犯人は。……なあ、そうだろ？」

「お前はそう言って、証拠もないのにまた斬るつもりなのか……」

と女の兵士が呆れたように言った。

「今回はきっとあたりだぜ」

と言って――大男の兵士は愛理のことをまっすぐ見据え、剣を構えた。

†

「恋塚、化粧品貸してくれ」

とハカセは言う。

「え、ハカセが使うんですか？」

とわたし。

「わしが使うわけじゃない。……あと、綺麗なタオルも用意しておいてくれ」

「わかりました。化粧品とタオルですね」

「任せたぞ、相棒」

「ええ。……そのかわり、推理のことは任せましたよ、相棒」

歩けますか、と王子がお姫さまに訊いて、お姫さまは立ち上がろうとしてみる。

けれど立つことができなかった。

「……酷い怪我だ」

と、王子がお姫さまの足を確認して言った。細くて真っ白な足首が、大きく腫れ上がっている。

「どうやら歩けなさそうです」

とお姫さまは言う。「〈棺〉を帝国の者に見つからない場所まで運ばなければならないのに」

「私が引き受けます。……ですが、ひとまずは、私が貴女を背負って、どこか安全な場所までお連れいたします。あ、そうだ」

と言って、王子は自分のポケットから手帳を取り出して、お姫さまに見せた。「さっき通路でこの手帳を拾ったのですが、これに心当たりはありますか？」

「……そんな、まさか」

お姫さまは驚いた。

「心当たりがあるようですね。では、お返しいたします」

と言って、王子はお姫さまに手帳を渡す。

お姫さまはそれを受け取り、両手で包んで、ぎゅっと、自分の胸に当てた。

「……よかった。この手帳は、私の大切な人の持ち物なんです」

と、そのとき。

「発見しました」

とむこうで誰かの声がした。

王子と姫さまは、声のほうをさっと振り向く。声の主は帝国の――黒鎧の騎士だった。

「くそっ」

と王子が声を漏らす。「……あの黒鎧は、帝国大将の騎士だ。つまり――」

彼がこの場に誰を呼び込んだのかは、明白だ。

「見つけたぞ」――ラインハルト代将が、通路の奥から現れた。「……ようやく会えたな、泥棒め」

彼は黒鎧の騎士だけでなく、帝国の兵士も数人引き連れていた。

そして、お姫さまの父――ベーリン王と、王の近衛騎士も同行している。

〈世界樹の棺〉を挟んで、〈エルムト川〉の上滝に一同が集結した。

テラスに一同が集まった。

ハカセは部屋の中央――壁泉のまえに立っている。足元には倉庫で発見された仮面とマントとナイフと、わたしが貸した化粧ポーチが置かれている。

わたしは白いタオルを手に持って、みんなの様子を覗う。

ホノカちゃんは部屋の隅で不安げな表情をしていて、アンリちゃんは落ち着かない様子でそわそわと手首をさすっていて、フメイちゃんはぼうっと血のついた床を見つめていて、ウロンさんだけは堂々としたかんじで腕を組んでいた。


――このなかに、グレイさんとインビちゃんを殺した犯人がいるんだ。


ハカセはまず、わたしとハカセがすでに知っていることをみんなと共有するため――現場の状況、被害者の状態、遺留品について簡単に説明した。

そして、『ふたつの魔法』を手に持ち、その表紙をみんなに見せながら話した。

「あとで全員に読んでもらうことになるが、今は中身の重要な部分だけをわしから説明させていただく」

普段は何をするにもいい加減で、がさつで、デリカシーもないハカセだけど、今は彼の話を聴いているこちらが緊張するくらい、丁寧に言葉を選んで話している。ハカセは週に一度、趣味を兼ねたボランティアとして街の図書館で旧文明に関する授業をしているけれど、今はそのときのモードだった。

「これは旧文明時代に刊行された書物で、後に〈薪書〉と呼ばれることになったものだ。人類にとっての不都合な真実を暴いたもので、徹底的に焼き尽くされたので、現存するものは多くない。でもこの館の図書室の金庫に眠っていた。この本のなかには古代人形の仕組みに関する秘密が記されてある。

……古代人形の隠された仕組みというのはふたつあって、開発者がそれぞれを〈創造主の安眠〉、〈ケッコンシステム〉と呼んでいる。〈創造主の安眠〉というのは、古代人形が自分自身のことを人間であると誤認識する仕組みで、〈ケッコンシステム〉というのは人間から古代人形へ魂が転移される仕組みのことだ」

「おいおい、ちょっと待ってくれ」

とウロンさんがくちを挟んだ。「誤認識？　魂？　ずいぶんと突拍子もない話になっているが、ハカセはその本に書かれた内容を信じているのか？　その本は信じてもいい内容なのか？　そこに書かれたことが嘘って可能性はないの？」

「たしかに突拍子のない話だが、おそらく真実だ。このあとすぐに証明してみせるので、皆さんにはその結果を見て判断していただきたい」

「そうか。じゃああたしはそれまで黙ってるよ」

と納得したようにウロンさん。

「……さて、この事件はグレイとインビがそれぞれ浴室とテラスで殺害された連続殺人事件で、ひとつめの事件に使用された凶器であるナイフが、ふたつめの事件にも使用されている。ひとまず、いま我々の居るこの現場で起こった第二の事件について話していこうと思う。

……犯人はこの現場にインビを呼び出した。そして彼女の頭を花瓶で殴り、首を切って、そのまま頭を摑んで壁泉の水の中に沈めた。三種類の方法によって被害者を傷付けたわけだが、一撃目は弱らせるための先制攻撃、二撃目は……あとで説明するが、我々に対するフェイクだ。つまり、犯人は最初から、被害者のことを溺死させるつもりだったようだ。

……ところが、犯人の計画は上手くいかなかった。横やりが入ったのだ。ちょうど犯人が被害者を水のなかに沈めている最中、この部屋に突然入ってきたのは——フメイだ」

一同の視線がフメイちゃんに集まる。

「……でもわたし、そのことを覚えてないです」

とフメイちゃんは困惑したように言う。

「それは仕方のないことだ。古代人形のおまえにとっては、不都合な事実だからな」

「……っ！」

はっとして一同がハカセに視線を戻す。

信じられないほどあっさりと、ハカセはフメイちゃんのことを古代人形だと言い切った。

「フメイが古代人形だって？」

アンリちゃんが驚いた顔で言う。

「ああ。いまから証明してみせる」

と言ってハカセは数歩歩いて、鏡のまえで足を止めた。

「フメイ、こっちに来てくれ」

フメイちゃんは俯いてゆっくりとハカセのまえへ行く。

「ちょっと、失礼」

と言って、ハカセはわたしが貸した化粧品ポーチから口紅を取り出した。

「塗ってもいいか？」

「理由があるんですよね？　かまいません」

とフメイちゃんは答える。

「ありがとう」

とハカセは言って、フメイちゃんの唇に口紅を塗る。……当たり前だけど、下手くそだった。

「よし、こんなもんでいいだろう」

とハカセ。

いったい、どういう意味があるんだろう？

「……わたしは、人間です」

と、フメイちゃんはすこし不満気に言う。

「そうかもしれん。わしの間違いかも」

と、ハカセは拗ねた孫を相手にするみたいに、優しい声で言う。「だからフメイ、人間らしく、想像力を働かせてみてくれんか？」

「想像力を？」

「ああそうだ。わしが今から言うことを、頭のなかでイメージしてくれ」

……わたしを含めて、一同は黙ってそのやり取りを見守っている。

「ええ、わかりました」

とフメイちゃんは答える。

「おまえがこの部屋に入ったとき、インビが犯人に襲われていた。まさに壁泉に沈めている最中だった。……それを目撃してしまったおまえは、どんな反応をする？」

「何やってるの！　……って、叫ぶと思います」

とフメイちゃんは答える。

「そうか。ならば犯人はきっと、その声を聞いて、お前のほうを見るはずだ。犯行計画が一瞬にして崩れたので、かなり焦っただろう。人に見られながら人殺しを続行することは心理的に無理があるから、犯人はその瞬間にインビから手を離したはずだ。フメイ、おまえはその時点でどう行動する？」

「インビちゃんに駆け寄ります」

「うむ。駆け寄って近くで見てみたら、インビは頭を壁泉の水のなかに沈めたままだ。どうする？」

「壁泉から引き上げます」

「犯人はそのとき、部屋の入口とは反対側でおまえの様子をじっと見ている。犯人だって、どう行動すれば良いのかまだ整理ができていない段階だ。おまえは壁泉からインビを引き上げたあと、どう行動する？」

「とりあえず叫びます。誰かに助けに来てほしいから」

「ところが、この部屋のとなりにはウロンのいる娯楽室があるものの、ここと娯楽室の間の壁はかなり分厚いらしい。ドアもない。だからウロンにはその声は届かなかった。そして、逆方向を見てみると、植物庭園があり、そのとなりに〈仮面の間〉があり……ダイニングまでにはドアが三枚もある。ダイニングの端の調理場で、そのときホノカが料理をしていたわけだが、彼女にもおまえの声は届かなかった。火を使っているときなんかは特にそうだが、料理というのは意外と騒がしくて、料理中の人間にはなかなか周りの声が届かんからな。中庭を隔てた場所にある図書室は静かだったが、テラスからの声にはわしも恋塚も気付かんかった」

「……」

「何度か叫んでみたが助けは来ない。犯人は未だに部屋から出ることなく、こちらをじっと見ている。インビのことをすぐさま介抱したいが、さて、どこでそれをやる？」

「一刻を争う状況だから、その場で介抱すると思います。……あ、でも、ちょっとでも犯人から距離を取りたいかも。ちょうどインビちゃんが倒れている、部屋の隅まで移動すると思います」

「インビを移動させたのって、犯人じゃなくてフメイだったのか！」

とウロンさんが言う。

わたしも驚いた。……あの血のラインは、犯人が死体を動かした跡じゃなくて、フメイちゃんがインビちゃんを引き摺った跡だったのか。

「インビのようすを確認してみると、気を失っていて、息をしていなかった」

とハカセは言って、フメイちゃんの両肩に手を置き、フメイちゃんを鏡の正面に振り向かせて訊いた。

「おまえはそのとき、どうした？」


「人、工、呼吸を、するとい、思い、ます、――」


言った瞬間、フメイちゃんが膝からガクッと崩れ落ちた。

「フメイ！」

とウロンさんが叫ぶ。

「大丈夫だ。気を失っているだけだ」

とハカセは言って、フメイちゃんの身体をそぉっと床に寝かせる。

ちょうど発見当時、彼女が倒れていた場所だった。

「……これっていったい、何が起こったの？」

とホノカちゃんが訊く。

「まずは一同、これを読んでくれ」

と言ってハカセは『ふたつの魔法』をホノカちゃんに手渡す。アンリちゃんとウロンさんが傍に行って、三人がそれを読む。


「……読み終わったか？」

とハカセは訊いて、三人は首を縦に振る。

「滅茶苦茶（めちゃくちゃ）な内容だったけど、ほんとうにこれがこの事件に関係してるの？」

とアンリちゃんが訊く。

「ああ。関係している」

とハカセは答える。「この本を、インビが読んでいた」

「インビちゃんが……？」

とわたしは首を傾げる。「インビちゃんがこれを読んでいたんですか？」

「そうだ。インビは図書室で過ごすことが多かったそうだな？」

とハカセは一同に訊く。

「うん。だいたいいつも図書室にいて、本を読んでたよ」

とホノカちゃんが答える。

「彼女はこの本を見つけたわけだ。だから彼女は〈創造主の安眠〉も〈ケッコンシステム〉も、〈ケッコンシステム〉を起動させるための条件も知っていた」

「でもさ、ページが破れていて具体的な方法がわからなくないか？」

とウロンさん。

「十分に推測できる」

とハカセ。「この本のなかで開発者が語った〈ケッコンシステム〉の具体的な方法について、そのまま文章を切り抜くと、

『愛』

『〈誓い〉を結ぶ』

『愛さえあれば機械音痴にも可能な、とても簡単な方法』


……といったヒントが出てくるわけだが、愛し合って、誓いを結ぶとはどういうことなのか？

わしは考えた。……〈ケッコンシステム〉というくらいなのだから、婚姻をすることにより、それが作動することになるのかもしれないと思った。だが婚姻というのは、法的には、役所に書類を提出することだが、役所に書類を提出することによって魂の転移が行われるとは考えにくい。古代人形に内蔵されたからくりによってそれが引き起こされるわけだから、人間が古代人形に何かしらの働きかけをするか、あるいはその逆だろう。ひょっとしたら、『愛の告白』が条件なのかもしれない。でも、もっと物理的な、接触のあるものと考えたほうがしっくりくるようにも思える。例えば、そう、キスのような」

「……っ！」

一同ははっとさせられた。

「……キスで、魂が転移されるのか」

とウロンさん。

「そうだ」

とハカセ。「簡単な方法すぎて、誤作動を起こしかねない」

「ハカセ、つまり、……人工呼吸が引き金になったってことですか？」

とわたしは訊いた。

「その通りだ」

とハカセは答える。「フメイがインビに人工呼吸をしたことによって、彼女の意図とは関係が無く、べつに誓いを結んだわけでもなく、……まあ、命を救おうとしているのだから愛についてはあったと言っても間違いではないが……〈ケッコンシステム〉が作動した。インビの魂がフメイの身体に転移したんだ」

「じゃあ、今のフメイの身体にはインビの魂が入っているのか」

とアンリちゃん。

「その通りだ」

とハカセ。

「彼女は、インビなのか？　それともフメイなのか？」

とウロンさんは、床で眠るフメイちゃん（？）を見つめながら言う。

「どちらとも言える」

とハカセ。「人間でもあるし古代人形でもあるし、インビの人格もフメイの人格も含んでいるだろうし、インビの記憶の一部は引き継がれているだろう……きわめて曖昧な存在だ」

「インビは犯人に殺されたわけじゃなく、魂が抜けたから、死んだのか？」

とアンリちゃん。

「そうだ」

とハカセ。

「じゃあこれは殺人事件でもなかったってわけだし、もう解決だな。……というわけにはいかないか。グレイは殺されてるし、インビは実際に殺されかけてたわけだもんな」

とウロンさん。

「その通りだ。犯人のことはけっして野放（のばな）しに出来ない。——だからこのまま続けるぞ」

とハカセが宣言して、一同全員が頷きを返す。

「恋塚、フメイの口紅を拭いてやってくれんか」

とハカセはわたしに言う。

「え、あ、はい」

と急に振られて、わたしは戸惑いながらもフメイちゃんの方へ向かう。……みんなの視線が急にわたしに集まって、なんか微妙に緊張する。

わたしはフメイちゃんの前で屈んで、フメイちゃんの唇に塗られた口紅をタオルで拭う。……この一連の流れに、どういう意味があるんだろう？

「拭き取りました」

とわたしはハカセに報告。

「今のおまえは犯人だ」

とハカセが言う。

「え」

「犯人は〈ケッコンシステム〉について知っていた。『ふたつの魔法』を読んでいたのはインビだけじゃなかったんだ。だから人工呼吸によって、魂の転移が行われたということも理解できた。そしてその事実を隠すために、おまえがいまやったように、フメイの唇から口紅を拭ったんだ」

「え、でも、フメイちゃんって口紅してましたっけ？」

とわたしは首を傾げる。

「バカかおまえ。口紅をしていたのはインビだ。人工呼吸をしたさいに、普段口紅をしていないフメイの唇に、それが移ったんだよ」

「ああ、なるほど！」

とわたしは納得。「……ちょっと、ついていけてなかったです」

たしかにそのままにしておけば、インビちゃんとフメイちゃんがキスをしたことがバレバレだ。だから犯人はタオルでフメイちゃんの口紅を拭ったのか。

「で、犯人であるおまえは証拠を隠滅したいわけだが、その口紅の付いたタオルをどうする？」

「ええっと……洗う？」

とわたしは言う。「……あ、でもこのタオルって真っ白だから、ちょっと壁泉の水で洗ったぐらいじゃ落としきれないかもしれないですね。しかも、これって今はわたしの口紅を使ったわけですけど、本当はインビちゃんのあの真っ赤な口紅が付いていたわけですもんね」

「ああ」

「うーんと……諦めます」

「諦めるな」

「え、でも無理じゃないですか？　洗い落とせそうなものって、この部屋には水しかないですし」

「発想を逆転してみろ」

「逆転……ですか？」

「そうだ。洗い落とせないなら、逆に口紅が目立たなくなるように、もっと汚してしまえばいい」

「なるほど」

と言ってわたしは考える。真っ白なタオルに付いた真っ赤な口紅……これが目立たなくなるようにするにはどうすればいいんだろう？　……さらに上から、赤い色を塗る？　でも、赤いものって……

「……あ！　そうか」

「思いついたか？」

「血です！　インビちゃんの首から流れ出た血。それをこのタオルに付けてしまえば、赤い口紅は目立たなくなります」

「そうだ」

とハカセは満足そうに頷く。「だから、犯人は、血の付いた床を拭いた」

……そういうことだったのか！

壁泉とインビちゃんを繋ぐ血のライン、あそこがM字に拭われていたのは、床を綺麗にすることが目的じゃなくて、タオルを汚すことが目的だったんだ。

「さて。床を拭いた理由に異論のある者はいるか？」

とハカセは言って、みんなの顔を見る。

「……いないようだな」

「あのー」

とホノカちゃんが挙手。

「なんだ？」

「ホノカね、インビちゃんの魂が、フメイちゃんに入ったってのは、わかったんだけど、でもそれでどうして、フメイちゃんは記憶を失ったのかなーって、気になって」

「そのことについて話そう」

とハカセは言って、澱みのない調子で、すらすらと滑らかに語り始める。「フメイの身体は古代人形だ。そして、古代人形には〈創造主の安眠〉という機能が組み込まれている。〈創造主の安眠〉について開発者が語った内容をそのままの文章で切り抜くと、

『彼らはけっして自分がアンドロイドであることには気が付きません』
『彼らの認識に関わる、もっとも深い、もっとも優先的な場所に俺はそれを設定した』
『この認識だけは何があろうと決して揺らぎません』

……と記されていた。古代人形は自らのことを人間であると、強固に認識していると語っている。『決して揺らぎません』とわざわざ強調して言っているくらいだから、この誤認識は、何があろうと決して揺らがない、と考えるべきだ。

そこでわしは考えた。

——自らが古代人形であると決定づけられたとき、確たる証拠があるとき、その古代人形はそれでも自らのことを人間であると考え続けるのか？　であれば、その古代人形の目には世界がどう映って見えるのか？

……そんな状況、そもそもあり得るのか、とわしは思ったが、唯一、あり得そうな場面を思いつ

いた。それはわしらがいま話している〈創造主の安眠〉と〈ケッコンシステム〉について理解している者で、かつ、魂の転移後、自分の死体を目撃した者」

「…………っ！」

鳥肌が立った。

「みんな理解したようだな。そうだ。……つまり今回の事件で起きた状況がそれなのだ」

ハカセは続けて語る。「フメイ（＝インビ）は、自分の死体を目撃したとき、混乱しただろう。とはいえ、フメイ（＝インビ）のなかには、フメイの記憶もインビの記憶も入り混じっていると考えるべきだ。このとき、インビの人格は、自分のことをフメイであると思い込もうとしたに違いない。……だが、それはできなかった。確たる証拠があったからだ。彼女（インビ）は自分の身体に違和感を覚えたのだろう。だから鏡で自分の姿を確認することにした。そこに映っているのはフメイだ。それだけならば自分のことをフメイである、元からそうだった、と思い込めば何も問題はなくなる。だが、そのときの自分の唇にはインビの口紅が付いていた。現場にはインビの死体があって、それはずぶ濡れだ。自分が目覚めたときにはその死体が目の前にあった。――人工呼吸をしたことにより、魂の転移が行われた、ということを、フメイのなかに在るインビの魂が理解した。

――その瞬間、彼女の世界は一変した。

自分は人間である、という誤認識が世界の光景を塗り替えたのだ。

なぜ〈ケッコンシステム〉が作動したのか？

——人工呼吸をしたからだ。

なぜ人工呼吸をしたのか？

——インビが溺れて気を失っていたからだ。

なぜインビは溺れて気を失っていたのか？

——犯人により沈められていたからだ。

否(いな)、否、否。

——自分は古代人形ではない。それだけはけっして揺るがない。

で、あるならば。

——インビから自分への魂の転移は行われておらず、〈ケッコンシステム〉は作動しておらず、人工呼吸という事実はあらず、人工呼吸をしていないということはインビは溺れておらず、インビが溺れていないということは、犯人はインビのことを沈めていない。このテラスに駆け込んだ自分は――犯行を目撃していない」

「……っ！」

場に衝撃が走った。

「これが、フメイがこの部屋に入ってからの記憶を失っている理由だ」

ハカセは言う。「べつの言い方で簡潔にまとめると――犯行を目撃した彼女は、今現在もそのことを覚えているはずだが、それを認識できていない。〈創造主の安眠〉がある以上、彼女はけっして事件の詳細を認識できない。この事件そのものが『確実な古代人形としての自分』の原因となっているからだ」

テラスの中央、壁泉のまえには仮面とナイフが置かれてある。ハカセは数歩歩いて、その傍に行く。

「さて。ここまでのことがわかれば、事件はほとんど解決したに等しい。古代人形関連のハプニングさえなければ、そもそも、この事件は複雑なものではないからな」

ハカセは冷静に続ける。「犯行計画はシンプルなものだった。犯人は犯行前の下準備として、この仮面とナイフを倉庫へ置いた。タオルは〈仮面の間〉に置いておいた。そしてインビを殺害後、その場で服を脱いで、散水中の植物庭園を抜け、そこに用意してあるタオルで身体を拭き、〈仮面の間〉に置かれたもう一セットの仮面とマントを身につけ、ダイニングにいるホノカにその姿を見せる。その後、仮面とマントを元の場所へ戻し、自身はテラスに戻り、服を身につけ、自らも犯人に襲われたフリをして、自分で自分の頭を花瓶で殴り、倒れて待つ。……計画としてはそれだけだった。実際にはフメイがテラスに入ってきたことにより、さっき話したような出来事が発生し、〈仮面の間〉に置いてきたタオルを取りに戻ったり、気を失っているフメイの頭にも花瓶を落としたりしたはずだ。

つまり、インビを襲ったさいには、仮面などつけてはいない。

そもそもテラスに仮面は持ち込まれていない。

『仮面の怪人に襲われた』と嘘を吐いたのだ。

……そうだろ？」

ハカセは銀髪の少女に視線を向けて言った。

「アンリ、お前が犯人だ」

ラインハルトの部下たちが王子とお姫さまを取り囲んだ。

王子は鞘から剣を抜き、構える。

兵士たちはじりじりと迫る。

「剣を捨てて投降しろ！」

兵士の一人が言った。

「投降などしない。まずは私を討ち取ってみろ！」

王子が応えた。

「雑事はそのへんでいいだろう」

ラインハルトが笑みを浮かべて言った。「まずは〈棺〉だ！〈棺〉を開けろ！」

†

みんなの視線がアンリちゃんに集まった。

アンリちゃんは目を見開いて、すこし意外そうな表情をしていた。

「……ハカセの、飛躍に飛躍を重ねたような推理に、驚かされっぱなしだったよ」

とアリンちゃんは言う。「でも、ボクが犯人じゃないってことは、ボク自身が知っている」

「おまえじゃないのか」

とウロンさん。

「犯人はボクじゃ、な、ない」

とアンリちゃんは断言して、続ける。「ハカセの推理はほとんど間違っていないと思う。犯人は、仮面やナイフを事前に倉庫へ用意していたんだろうとは思うし、フメイが犯行を目撃していながら、それを認識できていないってのもよくわかった。というか、今のでボクには本当の犯人がわかったよ。『仮面の怪人』を目撃している人物はボク以外にもう一人いて、しかもその人はこのテラスの密室の——密室が構築された原因となる人物だ。……つまり、犯人はホノカだよ。彼女以外にあり得ない。彼女だけが犯行可能だった」

一同の視線が、今度はホノカちゃんに注がれた。

「えー、ホノカ、犯人じゃないよ」

とホノカちゃんが困惑したように言う。

「ボクでないなら、きみ以外にインビを襲えた人はいない」

とアンリちゃんは言う。

「いったいどっちが犯人なんだ？」

とウロンさんは視線を往復させて言う。

「ホノカは犯人ではない」とハカセが言った。

「……どうして、それがわかるんだ？」

とアンリちゃんがハカセを睨みつけて言う。

「犯人が事前に、倉庫へ仮面とナイフを用意していたことについては異論ないんだな？」

とハカセが訊く。

「うん。まあそうだろうね」

「だったらホノカが犯人というのはあり得ない」

「どうして？」

「最初の事件のときのことを思い出してほしい」

ハカセはふたたび語る。「グレイが浴室で殺害された事件だ。あのとき、凶器として使われたものが、そのナイフだった。そしてそのナイフは、元々は恋塚の持ち物だ。恋塚がダイニングに置きっぱなしにしたものが盗まれた」

「それは誰にでも可能、って話だったよね」

「いいや。一人だけ不可能な者がいた。それがホノカだ」

「なんで！」

と、アンリちゃんは叫ぶ。「ダイニングに置かれていたリュックから、ナイフを盗むことなんて、ホノカにも可能じゃないか！」

「不可能だ」

とハカセは冷静に言い放つ。「事件が発生する直前のことをよく思い出してくれ。あのとき、わしらは全員ダイニングに集合していて、酒を呑んでいたな？　そして、その肴として恋塚が缶詰を開けた。ナイフはそのさいに使われた。そのとき、恋塚は初めて皆のまえでナイフを使ったんだ。皆がナイフの存在を知ったのはその瞬間だ。……だが、ホ、ホノカはあのときダ、イ、ニ、ン、グ、に、い、な、か、っ、た、ん、だ、よ。彼女は恋塚がリュックを持ってくるまえに、自室へ戻って寝ていたからな。ホノカだけは、ナイフの存在を知らなかったんだ」

「…………っ！」

アンリちゃんの顔が歪んだ。

「まあ、ホノカがたまたま窃盗癖のある殺人鬼で、たまたま殺人を犯すまえに恋塚のリュックを漁ったら、たまたま殺人にうってつけの凶器が出てきたので、それを使った、という可能性もなくもないだろうが……さすがにこれは苦しくないか？」

とハカセはアンリちゃんに問う。

「そうだね。苦しいよ……」

と、アンリちゃんはすこし辛そうな表情をして同意する。

「だけど、ボクは犯人じゃない。……本当に〈仮面の怪人〉を見たんだ。……そうだ。あれが倉庫に置かれていた仮面じゃないとするなら、やっぱりあの仮面は〈仮面の間〉に置かれたもうひとつのものだったんだよ」

「アンリ……」

ハカセが諭すように言う。「残念だが、それはもう立証済みなんだ。犯行当時は、植物庭園の散水の時間でもあった。あの仮面を濡らさずにあの場所を通ることは不可能だ」

「何か、容器に入れて水から守ったんだよ」

「何か、ってなんだ？」

「例えば……そう、料理鍋とか」

「その可能性はなかった」

「なかった、だって……？　どうしてっ！」

「話してやってくれ、ホノカ」

　とハカセが言う。

「……えーっと、さっきハカセさんに訊かれたんだけどね」

　とホノカちゃんが語る。「『仮面が入りそうな大きな鍋は、キッチンにあるか？』って。で、ホノカ考えたんだけど、あの仮面が入りそうなくらいの大きな鍋って、たしかにキッチンにひとつあるの。……でもね、昨日の夕食ってシチューだったでしょ？　わたしと愛埋ちゃんと、ハカセさんと、アンリちゃんと、インビちゃんと、フメイちゃんと、ウロンさんの七人分。事件が起きた時間、その大きな鍋のなかにはみんなの分のシチューが入っていたの」

「そんなっ！」

　アンリちゃんは悲鳴に近い声を上げる。「……ボクは犯人じゃない」

「アンリちゃん……」

　と、わたしは思わず声を漏らした。

　見ているだけで苦しくなる光景だ。

「……ナイフだ」

　とアンリちゃんは、それでも、弱々しい声で続ける。「倉庫に置かれてあったナイフ、あれに血が付着していたんだろ？　それってやっぱり、そのナイフでインビちゃんを――」

「インビの首を傷付けたのは花瓶の破片だ」

とハカセは間髪を入れずに言った。「彼女の首の傷をみれば、あれがナイフで傷付けられたものじゃないことがわかる」

「……でも、それでも、よくよく考えてみれば、やっぱりおかしいよ。だって、もしボクが犯行前に、その血の付いたナイフを用意していたんだとしたら、ナイフが発見されたのって、それからずいぶんと時間が経ってからってことになるじゃないか。たしか一時間以上は経っているはずだ。それなのに、ナイフに付いた血は乾いてなかったんだろ？　やっぱり、ボクが用意したものじゃないんだよ」

「だからお前は、ナイフを濡らしたんだろ？」

とハカセは言った。

「……っ！」

「倉庫の遺留品について正確に言えば、ナイフだけでなくマントや仮面にも血が付いていたが、その血は希釈されたものだった。血が付いていただけでなく、水に濡れていたんだ。いまお前自身が解説した通りだが、あれはインビを襲った犯人が壁泉の水で濡れたわけではなく、発見時までに血が乾ききらないように、保湿するためのものだった」

「…………っ！」

「さて。その血について、もう少し詳しく話そうか」

ハカセはたたみ掛けるように言う。「……あれは犯人の手により、事前に用意されたものだ。つまり、インビの血ではない。で、あるならば、犯人はいったいどうやってあの血を用意したのだろうか？　あれはグレイを刺殺したときに付いた血なのだろうか？　ナイフだけならそうかもしれんが、同時に発見された仮面とマントにまでそれなりの量の血が付着してるのだから、新たに血を調達した可能性が高い。浴室のグレイの血はウロンが綺麗に洗い落としてしまったしな。……わしは、あれは犯人自身の血ではないかと推測している。ちょうど切れ味の良いナイフを持っていたことだし、血を流すことは簡単だったろう。ところでナイフを使って血を流すとなると、身体のどの部分を切るだろう？

……アンリ、実を言うと、わしはお前のようすをさっきからずっと注意深く覗っていたのだが、この部屋に入って来た時から、なぜお前は――左の手首をさすっているんだ？」

一同がアンリちゃんの左手首に注目した。

そこには右手が添えられている。

右手の下には長袖があって、肌を見ることはできない。

「袖を捲ってみてはくれんか？」

ハカセがそう言うと、アンリちゃんは何も言わずに、大人しく袖を捲った。

――その左の手首には、血の滲んだ包帯が巻かれてあった。

ラインハルトの部下たちが台車から〈棺〉を降ろす。

ベーリン王やオノーレ王子、お姫さまも含め、〈エルムト川〉の上滝に居た誰もがそのようすを覗った。

兵士たちが道具を使い、〈棺〉に巻かれた太い鎖を切断した。

「開けろ」

ラインハルトが命ずる。

兵士たちは〈棺〉を慎重に開けた。

「……女？」

と、誰かが不思議そうに言った。「女の死体が入っている！」

「死体ではない」

と、〈棺〉のなかのソレが喋った。

「……っ！」

兵士たちは本能的に飛び退く。

皆がソレに剣を構える。

〈棺〉のなかに眠っていたソレは目を開け、ゆっくりとした動作で起き上がり、〈棺〉から出て立ち上がった。

〈世界樹の棺〉に封印されていたのは――背の高い、赤い髪の女だった。

第八章

見える者と見えない者

「どうして」

わたしはアンリちゃんに訊く。「どうしてインビちゃんを殺したの？」

「……」

アンリちゃんはすこし躊躇ってから、語った。「寂しかったから、かな」

「寂しかった？」

「うん。あいつが傍にいることで――ボクの孤独は大きくなった」

「だから殺したの？」

「うん」

アンリちゃんは頷いて言う。「あいつは何も悪いことなんてしてないんだけどね。むしろボクの孤独を埋めようとしてくれてた。……でも、それが逆に辛かったんだよ」

「グレイさんを殺したのも、同じ理由？」

「ううん」

アンリちゃんは首を横に振って、否定する。「あれはボクの勘違いだった。あの人が〈世界をこんなふうにした存在〉だと思ってたんだけど、でも違った。ボクは間違えた」

「帝国の軍人だったから殺したんじゃなかったの？」

「違うよ。そうじゃない。むしろ逆だ――」

アンリちゃんは憎しみを込めた声色で言う。「ボ、ク、が殺、し、た、か、っ、た、の、は、帝、国、の、敵、だ、」

「帝国の敵……？」

「……」

「どういうことだ？　さっぱり意味がわからんな」

とハカセが言う。「グレイでなかったのなら、お前の本当の目的は誰だったんだ？　世界をこんなふうに、とはどういう意味だ？」

「き、み、た、ち、に、は、わ、か、ら、な、い、よ、」

アンリちゃんは叫ぶ。「き、み、た、ち、に、は、見、え、な、い、！　何、も、見、え、て、い、な、い、！」

「……何もって、何のこと？」

とわたしが訊く。

「何もかもだ！」

アンリちゃんはテラスのガラスのむこうを指さして叫ぶ。「こ、の、部、屋、の、外、に、何、が、見、え、る、？　空、を、覆、う、カ、ー、テ、ン、も、残、骸、の、山、も、き、み、た、ち、の、目、に、は、映、っ、て、な、い、だ、ろ、！　ボ、ク、だ、け、だ。ボ、ク、だ、け、が、知、っ、て、い、る、！　ボ、ク、だ、け、が、見、え、て、い、る、！」

「…………」

しん、と部屋が静まりかえる。

「……アンリちゃん。何を言ってるのか、ホノカ、わかんないよ」

とホノカちゃんが困惑したように言う。

「わしにもわからん」

とハカセが言う。

「わたしにも、わからないよ」

とわたしも言う。

「……」

アンリちゃんは、ふらふらとした足取りで、わたしの方へと向かってくる。

彼女はわたしの両腕を――すがるように、ぎゅっと摑んだ。

「お願いだ」

……彼女は涙を流していた。

ガラスの向こうをふたたび指さして言う。「……よ、よ、よく見てくれ。あそこに、あの〈赤いカ、ー、テ、ン、〉があるじゃないか、か」声も指先も震えている。「見える、だ、ろ？ ほんとうは、見えて、る、ん、だろ？ 見えているのに、見えないフリをしてるん、だろ？ ……見、える、って、言ってくれ、よ」

頰を伝った涙が、ぽろぽろと床に落ちる。

その涙を見ながら、わたしは思う。

――アンリちゃんも、ひょっとしたら古代人形なんじゃないだろうか？

旧文明時代に作られた彼女は、長い年月を経て、どこかがおかしくなったんじゃないだろうか？

たしか、インビちゃんも言っていた。『アンリちゃんは目が悪い』って。

わたしの目には、アンリちゃんの言う〈赤いカーテン〉とやらは見えない。そこにはいつもの――普遍的な夜空があるだけで――変わったものは何もない。

――この子はきっと、壊れてしまってるんだ。

「ごめん。わたしには見えない」

とわたしはアンリちゃんの目を見て言った。「……わたしも、そんなに目は良くないほうだから……わたしのほうが、おかしいのかもしれないけど……」と、心にもない、くだらないフォローを付け加えた。

そして気が付いた。

近くでよく見てみると――アンリちゃんの瞳が濁っていることに。

――やっぱりだ。

とわたしは確信する。

「ボクを……ひとりにしないでくれ」

と絞り出すような声で言って、アンリちゃんは膝から崩れる。〈涙のような透明な液体〉を両目から流し、彼女は言う。「世界がおかしいんだ。ボクがおかしいんじゃない。みんながおかしいんだよ。ボクだけに真実が見えているんだ。本当なんだ。……ボクは、世界をこんなふうにした奴を殺したかった。それだけがボクの生きる意味だった。……けれど、そいつが見つからなくって……。必ずどこかにいるはずなのに」


「そうか。あたしの標的を殺したのは、お前だったのか」


……と。

誰かが唐突に言った。

〈人のような声〉で言った。

一同が彼女のほうを振り返る。……声の主はウロンさんだった。

「……ウロンさん？」

と、わたしは声を漏らす。

ウロンさんの様子がおかしい。

雰囲気がまるで、さっきまでとは別人みたいだ。

……というか、まるで人間とは違う生き物みたいだ。

「お前が恨んでいるのは、このあたしだよ」

〈人間にそっくりな姿〉をした彼女は、これまで見せたことのない――ゾッとするほど意地悪な笑みを浮かべて言う。

「あたしが〈吸魂の巨人〉だ」

†

「こいつは古代の兵器だ！」

ラインハルトが目を輝かせて言う。「最終戦争時(ラグナロク)、常軌(じょうき)を逸(いっ)する破壊力を持った人形兵器〈巨人〉が複数体投入された。それぞれが単機で国家を壊滅するだけの力を持っていたらしいが、この赤髪の人形はそのなかでも特別なものだ。――こいつは人間の魂を吸い取ることで、それをエネルギー源として活動をする。だから〈吸魂の巨人〉と呼ばれた。こいつこそが、世界のすべてを焼き尽くし、旧文明時代を崩壊させた張本人だ！」

……そう。

ラインハルト代将も、ベーリン王も、最初からずっとこの話をしてきていた。

石帝善隣条約、第一条に記された、『旧文明時代兵器』……これこそがもっとも重要であり、そしてそのブツが、この国に存在するか否か、世界樹にそれが在るか否か、そのことをベーリン王は把握しているか否か。

ベーリン王は当然知っていた。把握していた。

だが、帝国にそんなものを渡してしまえば最悪の事態となる。だから彼はこれまで調査団の派遣をしたこともないと嘘を吐き、この〈棺〉の存在を隠し通してきたのだ。

†

「……そうか、お前だったのか」

アンリちゃんの目つきが変わった。彼女はテラスの床に置いてあったナイフを拾い、構える。「殺してやる」

「やめろ！」

ハカセが叫んだ。「敵にまわしていい存在じゃない！」

「黙れ！」

アンリちゃんは叫ぶ。「……こいつだけは、絶対に許せない！」

「人間如(ごと)きが、あたしに戦いを挑むというのか？」

ウロンさんが問う。

「殺してやる！」

とふたたび言って、アンリちゃんは今にも飛びかからんばかりの体勢をとる。

「……まあいいだろう。かかってこい」

ウロンさんは冷たい目をして笑いながら言う。「……あたしだって、〈ずっと捜していた大事な最後の標的〉をお前に奪われたのだし、戦う理由がなくもない。ちょうど良い憂さ晴らしになりそうだ」

「避難しろ！」

とハカセがわたしたちに言った。「いますぐ！」

わたしはフメイちゃんに駆けよった。

「起きて！」

叫んで身体を揺する。

「んん……」

と言って、フメイちゃんは目をひらく。

わたしは横目でウロンさんの姿を確認する。……彼女の背中からは凄まじい勢いで蒸気が噴出し、テラスに熱風が駆けめぐった。

わたしはフメイちゃんを抱き起こして、肩に担いで出口を目指す。

「はやく！」

ハカセとホノカちゃんが入口で待っている。

わたしたちはテラスを出て、植物庭園と〈仮面の間〉を抜けて――、

「逃げるって、どこに逃げるんですか」

とわたしはハカセに叫ぶ。

「できる限り離れるんだ！」

とハカセは叫ぶ。

ダイニングに差し掛かったとき――背後でアンリちゃんの絶叫がきこえた。

続いて轟音（ごうおん）が鳴り響く。

そしてグラグラと地面が揺れた。

「崩壊するぞ……！」

ハカセが言った。「恋塚、摑まれ！」

洋館が崩れる。

わたしはハカセの手に自分の手を伸ばし、――摑んだ。

ふ、と全身に浮遊感を覚えた。

落ちている。

――この階層ごとわたしたちは落下している。

ふと目が覚めたときにはわたしは瓦礫のうえだった。起き上がって周囲を確認してみると、どうやらここは、ひとつ下の階層だった。身体中が痛い。わたしたちがさっきまでいた階層が崩落して、バラバラになったものが周囲に散っている。すぐ傍に洋館の石扉の欠けたものが転がっていて——もしもこれが自分のうえに落ちていたらと考えると、肝が冷えた。

でも生きていた。

すぐ傍にフメイちゃんとホノカちゃんが倒れている。

声をかける。——ふたりとも全身傷だらけだったけど、返事をした。

命に別状はなさそうだ。

「恋塚、大丈夫か？」

と、むこうからハカセの声がきこえた。

「大丈夫ですよ」

とわたしは声を返す。

ハカセの姿を確認すると、いつもの白衣はボロボロに破れて、肩に鉄骨が刺さっていた。わたしやフメイちゃんよりもはるかに重傷だ。

——そういえば。

とわたしは思う。……上の階層から落下している途中、ハカセはわたしたち二人のことを守るようにして抱きしめてくれたのだ。

「大丈夫ですか、身体」

とわたしはハカセに訊いた。

「あぁ、ちょっと痛いが、大丈夫だ」

とハカセは応える。頭にも大きな傷があって——というか抉れていて、〈銀色の頭蓋骨〉の一部が見えている。それに片方の〈眼球の外蓋〉も外れて、その奥から〈赤い光〉が漏れていた。

「ほんとうに大丈夫ですか？」

「治療する必要はあるが、街にも自分で歩いて帰れるくらいには大丈夫だ。……わしはそこそこ頑丈だからな」

「……ありがとうございます」

とわたしは心の底からハカセに感謝した。

「え、なんで？」

とハカセはとぼける。

「……」

この照れ屋め。

ま、いっか。

守ってくれて、ほんとうにありがとうね、相棒。

「……ところで、アンリちゃんは？」

とわたしはハカセに訊いた。

「駄目だ」

とハカセは首を振る。彼は自分の来た方向を指さして、「……原形をとどめていない」とだけ言った。

「……そうですか」

とわたしは応える。……憎いとか、悲しいとかで言い表すことのできない気分だ。

「さっき、あの穴からウロンが姿を消した」

と言って、ハカセが向こうを指さす。世界樹の外壁に、〈まるで大砲でも撃ったかのような巨大な穴〉が空いていた。

「じゃあもう、終わったんですね」

とわたしは言う。

「ああ、そうだな」

とハカセが応える。

わたしたちはその穴に向かって歩く。

「わしらには見えない、か」

と、となりでハカセが呟いた。「……じゃあインビも、そうだったというのか？」

「ちょっとハカセ、独り言ですか？」

とわたしはハカセに言う。

「そんなまさか」

とハカセはまた呟く。

どうやらわたしの声が届いていないようすだった。

ハカセは独り言を続ける。「……ひょっとして、古代人形から古代人形への魂の転移が可能だったというのか？　だとしたら、あれはほんとうは溺死だったのか？　人工呼吸をする以前に、もう事切れていたというのか？　『世界をこんなふうに』というのは。……本当に、見えていないのか？だとすれば、この世界にはいったい何が……。わしらには見えていないもの――」

と、言って、急にハカセが倒れたので、わたしは慌てて抱きかかえた。

「ハカセ？」

と声を掛ける。「大丈夫ですかー？」

「…………」

ハカセは返事をしない。

がー、がー、とイビキを立てて寝ている。

一応、死んではいないようだ。

わたしはハカセをそっと地面に寝かせる。

……ずっと頭を使っていたせいで、急に眠くなったのだろうか？　時間帯的にも、もう真夜中だし。

しばらく寝かせておこう。

「…………」

わたしは、ウロンさんの開けた巨大な穴にむかってふたたび歩く。
近づいてみると、外の景色が一望できた。
ちょうど、街の方角だった。
この世界樹をハカセと一緒に登ってきたときと同じような角度だった。
相変わらずの、絶景だ。

――この場所からはなにもかもが見えた。
星々のかがやきが透きとおる夜空も。
月の光に照らされて浮かび上がるマーレ川の輪郭も。
その緩やかな曲線を背にし、固い城壁で守られる街の東端の王の居城も。
途方もない数の石を精巧に積み上げてできた大聖堂の尖塔も。
住宅の窓から漏れるささやかなオレンジの灯りも。
ビアグラスをもった多くの人で賑わうベーリン広場のレストランも。
その楽しげで柔らかな喧噪さえも――遠く離れたこの場所まで届くように感じられた。
わたしのすべてだった。
わたしにとってのなにもかもが――この場所からは見渡せた。

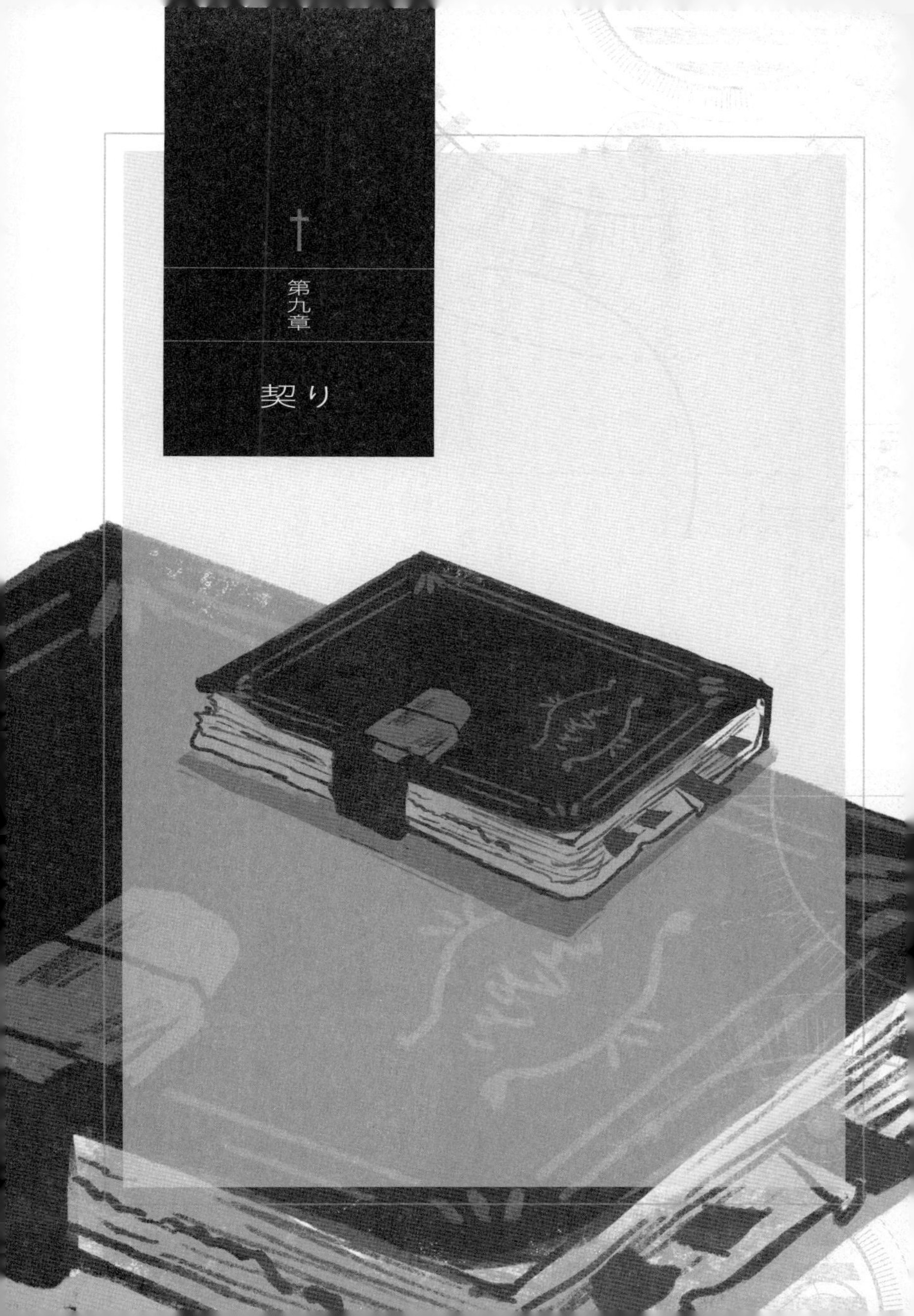
†
第九章
契り

通路内。

兵士の大男が愛埋を斬りつけようとしたとき、背後からもうひとりの兵士がその大男を刺した。

大男は愛埋の目の前で崩れ落ちる。

「どうして」

愛埋は驚いて言う。「どうしてわたしを助けてくれたんですか?」

「べつに、助けたくて助けたんじゃないよ」

と兵士の女は笑って言う。「こんな意味のない虐殺、もう見てられなくってね」

「……」

「あーあ、裏切っちゃった」

と、兵士の女はどこか吹っ切れたように言って、帝国の鎧を脱ぐ。「……これで私も立派な脱走兵ね。兄貴を裏切ることになったのは、まあ心が痛むところではあるけど。でもこれも私の意思だからしょうがない」

「あなたはいったい」

愛埋は命の恩人に訊いた。「……お名前だけでも、教えていただけませんか?」

鎧を脱いで軽装になった兵士の女は、黒髪の、とても綺麗な女性だった。

「んー。私の名前はねー」

と彼女はすこし間を開けて、「お姉さま」と答えた。


「お姉さま？」

と愛埋は聞き返す。

「そそ！　お姉さまぁあ！」

と言って、お姉さまはとびきりの笑顔になって、愛埋の頭をなでなでする。「よしよしぃー」

「…………」

愛埋は大人しく撫でられる。

子供扱いされているけど……悪い気分でもない。

「……ところで、きみは」

とお姉さまは言う。「何か目的があってこの上を目指しているんでしょ？」

「ええ」

と愛埋は答える。「その人のもとに、いますぐ戻る必要があるんです」

「そっかあ」

とお姉さまは言う。「じゃあ行きなよ。あ、でもね。帝国がいま手を出そうとしているものは——

このさきできみを待ち受けているのは——神話の世界だ」

「神話の？」

「うん。だから相当な覚悟が必要なんだ。……きみにはその覚悟はある？」

「あります」

と愛埋は迷いなく答える。

「そっか。じゃあ行くと良い。……私は私で、上手く生き延びることにするから。じゃ、頑張ってね」

と言って、お姉さまは手を振った。

愛埋は手を振り返して、ふたたび世界樹を駆け上がる。——あともう少しで姫さまのもとへ辿り着けるはずだ。

†

「人間どもがわらわらと集いよって」

〈吸魂の巨人〉は一同を見回して言う。「そんなに我に魂を喰われたいか。……まあいい、誰でも構わんから我と契りを結べ。腹が減って力が出ぬのだ」

「貴様と契約すれば、貴様の力を利用できるんだな？」

とラインハルトが訊いた。

「そうだ」

と〈吸魂の巨人〉は答える。「力を貸してやる。どんな望みでも叶えてやるぞ」

「では、私と契約しろ」

ラインハルトは言う。

「ほう。お前の望みはなんだ？」

〈吸魂の巨人〉が問う。

「貴様が、陛下の指揮下に入ることだ」

「その陛下とやらの命令で、お前はここまで来たのか？」

「そうだ」

「……つまらん」

「なんだと」

「己の魂の終わりを、己で決められない者の魂なんて、喰らうてもマズそうだ」

「文句を言わずに私と契約しろ」

「……まあいいだろう」

と〈吸魂の巨人〉はつまらなさそうに言う。「結んでやる。貴様から我に接吻しろ」

「させぬ！」

ベーリン王が叫んだ。

一瞬の出来事だった——彼は傍にいた兵士の手からすばやく剣を奪い、ラインハルトに刃先を向けた。ラインハルトはそれに反応し自らも剣を抜いて応戦しようとしたが——間に合わなかった。

王は流れるような動作で帝国の将の腹を刺した。

「貴様！」

黒鎧の騎士は俊敏に反応して、ベーリン王の首をひと太刀で刎ねた。

王の首はぼす、という鈍い音を立てて足元に落ち、ごろり、と地面を転がった。

まだ立ったままの胴体の首の付け根から勢いよく血が噴き出し、すこし遅れて、その身体が静かに倒れた。

「お父さま！」

お姫さまが——喉を裂くような絶叫をした。


「姫さま！」

愛理がその声をきいた。かなり近い。むこうに光が見える。走る。通路を出る。目の前は巨大な吹き抜けの空間で、となりに自分の落ちた滝の流れがあった。——姫さまはこのすぐ上だ。でも、今からまた回り道なんてしていられない。愛理はごつごつとした崖を無理矢理よじ登った。


「提督、手当を」

と黒鎧の騎士が言う。

「間に合わん。私はもう死んでいる」

とラインハルトが答える。

彼は自分の腹に刺さったままの剣を眺めて、呟いた。「……これは私が預けていたあの剣か。……汚い剣だ」

ふっ、とちいさく笑って、「汚い剣だ」と、彼はもう一度呟いた。

彼はその剣の柄を両手で握った。

ぐるり、と捻って刃を横に向ける。

血が噴き出す。

「提督、何を！」

「俺を殺したぞ……！」

ラインハルトは顔を上げ、空に向かい、高らかに宣言した。「……我が艦隊よ、聞いているか！石国が俺を殺した！　これより、石国は我が帝国の敵となったのだ！　焼き払え！　すべての民を、すべての建造物を、この国のなにもかもを、跡形（あとかた）が無くなるまで破壊しろ！」

そして。

ふぅぅぅぅぅぅぅぅ……とラインハルトは一度深く呼吸し、震える両腕に力を込めて、——自らの身体を横薙ぎに切り裂いた。

ベーリン王の隣に、並ぶようにして崩れ落ちる。

次の瞬間——帝国の艦隊から一斉に爆撃機が飛び出した。石国の上空をパレードの紙吹雪のように舞い、爆弾を投下する。いっさいの容赦（ようしゃ）がなかった。凄まじい爆破音の連続が鳴り響き、街は滅茶苦茶に破壊され、世界樹もその全体が揺れ動いた。

愛理は振り落とされないように、必死にしがみついた。ツタを摑んで、身体を寄せる。ようやく上の階層へと頭を出すことができた。

すぐ目の前に姫さまの背中が見える。

「姫さま！」

と愛理は叫ぶ。――しかし猛烈な喧噪のなか、その声は届かない。


「オノーレ王子」

お姫さまが王子を呼ぶ。

「なんですか？」

と王子が短く応答する。

「貴方があの巨人と契りを結んでください」……お姫さまの声は愛理の耳にも届いていた。

「今……なんとおっしゃいました？」

王子が驚いて問い直す。

「貴方しかいません」

お姫さまは言う。「契りを結ぶ方法は、さっき言っていたとおり、キスのようです」

「本気で言っているのですか？」

王子は泣き笑いのような表情を浮かべて言う。「……私の魂を、捧げろと？　私に死ねと？」

「このままでは皆が死にます」

「……」

「私がやりたいのですが、この足ではあの人形のところまで辿り着けません。貴方しかいません」

「……わかりました」

王子は諦めたように言って、お姫さまに背中を向ける。「では、行って参ります」

「お願い。必ずやり遂げて」

「はい」

王子は道を切り開くべく、すぐ傍の兵士に斬りかかった。

兵士のひとりが倒れる。

しかし他の兵士たちが王子のことを取り囲む。

そこに、ベーリン王の近衛騎士が駆けつけた。

「姫さまだけでも――私が守る！」

近衛が兵士たちを蹴散らす。

残りの兵士が三人になった。一人の兵士は王子と対峙し、残り二人は近衛めがけて同時に剣を振り下ろした。近衛はその身体でひと太刀受けて、兵士の一人を倒し、残りの力を振り絞ってもう一人の兵士を道連れにしてから、お姫さまの目の前に崩れ落ちた。

王子は最後の兵士を切り捨て、その場を離れ、〈吸魂の巨人〉を目指す。

「させぬぞ！」

彼の前には黒鎧の騎士が立ち塞がった。

「お前を倒して、契りを結ぶ！」

王子が言った。

「やれるものならやってみろ！」

黒鎧の騎士は王子に斬りかかった。王子はそれを自らの剣で受け止める。綺麗に受けることができたが、黒鎧の騎士の力はあまりにも強く、身体のバランスを崩してしまった。

「くっ」

体勢を立て直したときにはもう遅かった。黒鎧の騎士の二撃目が王子の利き腕を刎ねた。王子は剣と片腕を同時に失った。

崖を登り終えた愛理の目には——お姫さまの肩越しに、戦況が一望できた。

自分が何をすべきかも——すでに理解していた。

愛理は〈吸魂の巨人〉を目指して、一直線に走った。

はっ、と気配に気が付き、お姫さまが振り返ったときには、もう愛理とすれ違う瞬間だった。

すぐ傍らを駆け抜けてゆく。

「愛理、だめ！」

お姫さまは愛理にむかって手を伸ばす。——空を切る。

「行かないで！」

背中に叫ぶ。

その声は聞こえていたが——愛理は振り返らなかった。

駆ける。

駆ける。

一直線に——。

「行かせんぞ！」

黒鎧の騎士が愛理のほうへと向かってくる。

迫る。

迫る。

彼のうしろで、王子が最後の力を振り絞り、自分の剣を——失われていない方の手で拾い直し——

黒鎧の騎士を追いかけ、倒れ込むようにして——剣先を、黒鎧の膝裏のわずかな隙間へ差し込んだ。

黒鎧の騎士が倒れる。

「くそ、邪魔をするな！」

「行けぇえええええええええええええ！」

王子が愛埋に叫ぶ。


愛埋は〈吸魂の巨人〉の目前に辿り着いた。


「わたしと契りを結んでください！」

「……まさか、小娘がここへ来るとはな」

と〈吸魂の巨人〉は少し意外そうに、背の低い愛埋のことを見下ろして言った。「……ほう。お前は人間じゃないな。だが持っている魂は美味そうだ」

「差し上げます」

と愛埋は真っ直ぐに目を見て言う。

「うむ」

と〈吸魂の巨人〉は頷き、冷たい笑みを浮かべて言う。「よいぞ。お前と契りを結ぼう。……お前から、我に接吻しろ」


国の崩壊する音がきこえる。

岩の砕けるような音がきこえる。

姫さまの泣き叫ぶ声が背中にきこえる。
愛理は精一杯、背伸びして、顔を近づけた。

この希望が。
この願いが。
この決意が。

——これがわたしの恋の塚だ。

唇を重ねた。
魂が吸い込まれる。
巨人が訊いた。
——お前はいったい何を望む？
愛理は慎重に考えた。
……すぐ上空の敵を倒すだけじゃだめだ。
それではこの国も、姫さまも守ることはできない。
帝国にはまだまだ沢山の兵士がいて、世界中で、いくつもの艦隊が編成されている。

だから、全部やっつけないと。
愛理は答えた。

——わたしは、帝国兵の殲滅を望みます！

この瞬間、
現世界最強の国家——六つの艦隊を擁する〈帝国〉と、
旧世界を破壊した戦略兵器——〈吸魂の巨人〉による、
二度目の最終戦争が勃発した。

✝

天上にて最終戦争が繰り広げられた。

吸魂の巨人が凄まじい炎を放ち、帝国は戦艦の砲撃により応戦した。

巨人が帝国の艦隊を沈める度、おびただしい数の残骸が大地へと降り注ぎ、地上でも多くの被害が出た。

その動乱のさなか、石国では市民と世界樹の民たちが入り乱れ、ついに彼らの区別は完全につかなくなった。

最終戦争は吸魂の巨人が勝利した。

帝国は滅亡したのだ。


直後、夜が不気味な光を放ち始めた。

赤いカーテンのような光がゆらゆらと揺れる。

この光をずっと抑えてきたのが、帝国の首都、仰傘教の聖地に祀(まつ)られる技術だったのだ。

地上の者たちは空を見上げ、終末を悟った。


彼らの身体はすぐに弱り始めた。

皮膚が腫れ、眼球は白く濁り、流行病に罹(かか)る者が増加した。

だがまったく平気な者たちも中にはいた。

人形たちだ。

あるとき、どこからか、一つの噂が流れ始めた。

『人形と契りを交わせば、生きながらえることができる』

藁をも掴む想いで人々は契りを結び始めた。

相手が人間なのか人形なのかの区別がつかず、手当たり次第だった。

またたく間に、魂の抜けた人間の死体が街中に転がり始めた。


二人の少女が出会った。

一人はその国では珍しい肌の色をもつ人間の少女で、もう一人は透きとおるような白い肌をもつ人形の少女だった。

強引なやり方が蔓延るなか、彼女らは互いに合意した形で契りを結んだ。

しかし何も起こらなかった。

すでに人形の少女には魂が宿っていたからだ。

それでも二人は互いに助け合った。

人間の少女は不思議に思った。

街にいる健康な人々が、なぜか死体の山の存在に気づかないまま、まるで戦争などなかったかのように、日常を過ごし始めている。

火曜の朝になれば市場が開かれ、吐き気の催す腐臭のなかで、美味しそうに食事を取っている。

瓦解した図書館に通い、破れた書物を読んでいる。

砕けた食器や、失われた家の宝を、まるでまだ現存しているかのように磨いている。

壊れて止まった時計台を見上げ、時間を確認している。

少女は気が付いた。

もうすでに——この世界に、人間は自分一人だけなんだ。

彼女は世界樹のなかに逃げ込んだ。

契りを交わした人形の少女は彼女についてきた。

だが、もう見えている世界が違う。

住んでいる世界が違う。

——ボクの抱える孤独など、もはや誰にもわからない。

彼女は体質的に光に強かったが、それでも身体は弱り始めた。

彼女は大樹から世界を見下ろし、考えた。

――ボクだけが知っている。この白く濁った景色だけが、真実なのだと。

――ボクだけが知っている。世界を壊した憎き巨人が、まだ何処かにいるということを。

†

わたしとホノカちゃんとフメイちゃんの三人は、並んで瓦礫のうえに座り、世界樹のなかから外の景色を眺めて朝を待っていた。

月と入れ替わるようにして、遠くの山のむこうから太陽が顔を覗かせる。

明るくなってきたけれど、ハカセは相変わらずイビキをかいて眠っていた。


「……ホノカたちって、いったい、何者なのかな」


と、ホノカちゃんがぽつりと呟いた。「アンリちゃんは、『きみたちには何も見えない』って言っていたけど、じゃあホノカが見ているこの景色って……」

「何なんだろうね」

と、フメイ（＝インビ）ちゃんが言った。

ふたりがそのまま黙り込むと、街の方から、こーん、こーん、という大聖堂の鐘の音がきこえてきた。街の人々が家から出てきて、動き出す。〈ベーリン広場〉でマーケットの準備が始まった。


——目に映るものなんて、そんなの人それぞれだ。

と、わたしはその景色を見て思う。

――世界をどう捉えるかなんて、みんな違って当たり前だ。肝心なのは、自分にとって本当に大切な物事を忘れないこと。


わたしはポケットからお気に入りの手帳を取り出す。

使い古した手帳には……メモがぎっしり書き込んである。

メモはわたしの癖だった。

大切なことを――けっして忘れないために。いつでも思い出せるように。

わたしは手帳を開く。

ぱらぱらと、一枚一枚過去にむかって順に捲っていくと――途中から、筆跡が変わっているのがわかる。

わたしは、自分が何者なのかを理解している。

これを読んだときの、胸に迫る切なさと、膨大な喜びを感じられるのは、この世でわたしだけだから――。

手帳の最初のページにはこう記されてある。

愛理メモ、その1。

〈姫さま〉……世界でいちばん大切な人。

（追記）

これからもずっと一緒だからね。

了

なんちゅう構成しとんねん！
筒城灯士郎だ。小説の書き方がいまだにさっぱりわからない。人によっていろいろなやり方があるのだろう。良い冒頭を思いついたのでそこから出発する作家、良いラストを思いついたのでそこへむかう作家、良い台詞を思いついたので書き始める作家、テーマから決める作家、タイトルから決める作家……じゃあ本作の場合はどうなんだ？　……たぶん、主人公の名前を気に入ったから、書き始めたように思う。恋塚愛埋。

前作『ビアンカ・オーバースタップ』のときもそうだったがジャンルがごっちゃの闇鍋になっている。今回はそのジャンルをすべて有機的に結びつけて、一品料理にしてやろう、と意気込んで書いていたようにも思う。煽り文には「ファンタジー×SF×ミステリー」とあるが、序盤は「観光」気分を味わってもらえたらいいな、と思うし、中盤は「サスペンス」色が強いようにも思う。

【ベルンの話をさせてくれ！】……この作品の舞台である石国のモデルになったのはスイスの首都ベルンで、旧市街は世界遺産に登録されている。箱庭のような街全体が、世界遺産なのだ。

旧市街はアーレ川の湾曲に囲われて、外からは半島のように見える自然の砦となっており、ちょうど良い立地なので一一九一年にツェーリンゲン公が城塞を築いた。当初は木造の町並みだったが一四〇五年に大火災が発生し、石造りに再建された。時計塔のからくりは一五三〇年に作られたものので、かれこれ五百年近く経ったいまでも毎時五十六分から動き始める。スイスはながらく中立を保ってきた国家なので戦争による被害を受けることもなく、旧市街は今日に至るまでほぼ中世の姿のままである。……ポスト・アポカリプスの世界にまで残ったとしても不思議ではない街だ。

現地に調査に行くことは経済的に不可能だったので、作品のモデルにするにあたりあらゆる手を使って調べられるだけ調べた。観光用の地図を複数買って読み込んだり現地の人のブログを読んだりもしたが、いちばん参考になったのがけっきょく某ストリートビューだ。「かがくの　ちからってすげー！」ベルンの街をひたすら歩き回って三百六十度ぐるぐると見回し、どこの路地を抜けたらどこに繋がるか、角を曲がったさきには何があるか、街の外れの川の向こう側からは街がどう見えるのか、あっちの泉にはこの像がありこっちの泉にはこの像があり、この位置からなら大聖堂がこの角度で見えて……等々、ハンターハンターのクラピカが鎖を生み出すときみたいにそれこそ夢に出るまでベルンにどっぷり浸かったが――ベルンのことを調べているこの時間こそが、本作を作っている間のいちばん楽しい時間だった。ベルンは魅力的な街なのだ。

挿絵は重要なのでかなり細かく具体的に、難しい注文を付けたが、淵さんはそれに応えてすばらしい絵を描いてくれた。表紙も美しい。ありがとう。

本書を手に取ってくれた読者のみんなも、ありがとう。前作を読んでくれていた人は、待たせてしまってすまない。カクヨムでいろんな小説を公開しているので、気になる人はチェックしてね。

では、次回作で会いましょう。

二〇一九・錦秋　筒城灯士郎

本書は書き下ろしです。

Illustration　淵゛
Book Design　桐畑恭子
Font Direction　紺野慎一

使用書体
本文――― A P-OTF 秀英明朝 Pr6N L＋游ゴシック体 Pr6N R〈ルビ〉
柱――― A P-OTF 凸版文久ゴ Pr6N DB
ノンブル――― ITC New Baskerville Std Roman

星海社FICTIONS
ト2-03

世界樹の棺

2019年11月15日　第1刷発行

定価はカバーに表示してあります

著　者――――――筒城灤士郎

発行者――――――藤崎隆・太田克史
編集担当―――――石川詩悠

発行所――――――株式会社星海社
〒112-0013 東京都文京区音羽1-17-14 音羽YKビル4F
TEL 03(6902)1730 FAX 03(6902)1731
https://www.seikaisha.co.jp/

発売元――――――株式会社講談社
〒112-8001 東京都文京区音羽2-12-21
販売 03(5395)5817 業務 03(5395)3615

印刷所――――――凸版印刷株式会社
製本所――――――加藤製本株式会社

ISBN978-4-06-517536-1　N.D.C.913 430P 19cm　Printed in Japan

星々の輝きのように、才能の輝きは人の心を明るく満たす。

その才能の輝きを、より鮮烈にあなたに届けていくために全力を尽くすことをお互いに誓い合い、杉原幹之助、太田克史の両名は今ここに星海社を設立します。

出版業の原点である営業一人、編集一人のタッグからスタートする僕たちの出版人としてのDNAの源流は、星海社の母体であり、創業百一年目を迎える日本最大の出版社、講談社にあります。僕たちはその講談社百一年の歴史を承け継ぎつつ、しかし全くの真っさらな第一歩から、まだ誰も見たことのない景色を見るために走り始めたいと思います。講談社の社是である「おもしろくて、ためになる」出版を踏まえた上で、「人生のカーブを切らせる」出版。それが僕たち星海社の理想とする出版です。

二十一世紀を迎えて十年が経過した今もなお、講談社の中興の祖・野間省一がかつて「二十一世紀の到来を目睫に望みながら」指摘した「人類史上かつて例を見ない巨大な転換期」は、さらに激しさを増しつつあります。

僕たちは、だからこそ、その「人類史上かつて例を見ない巨大な転換期」を畏れるだけではなく、楽しんでいきたいと願っています。未来の明るさを信じる側の人間にとって、「巨大な転換期」でない時代の存在などありえません。新しいテクノロジーの到来がもたらす時代の変革は、結果的には、僕たちに常に新しい文化を与え続けてきたことを、僕たちは決して忘れてはいけない。星海社から放たれる才能は、紙のみならず、それら新しいテクノロジーの力を得ることによって、かつてあった古い「出版」の垣根を越えて、あなたの「人生のカーブを切らせる」ために新しく飛翔する。僕たちは古い文化の重力と闘い、新しい星とともに未来の文化を立ち上げ続ける。僕たちは新しい才能が放つ新しい輝きを信じ、それら才能という名の星々が無限に広がり輝く星の海で遊び、楽しみ、闘う最前線に、あなたとともに立ち続けたい。

星海社が星の海に掲げる旗を、力の限りあなたとともに振る未来を心から願い、僕たちはたった今、「第一歩」を踏み出します。

二〇一〇年七月七日

星海社　代表取締役社長　杉原幹之助
代表取締役副社長　太田克史